Never Let You Go

LAURELINE MAUMELAT

Never Let You Go

ROMAN

HARPERCOLLINS FRANCE
83-85, boulevard Vincent-Auriol, 75646 PARIS CEDEX 13.

www.harlequin.fr

ISBN 978-2-2804-6611-0 — ISSN 2271-0256

1. Collision

Lorsque les premières vaguelettes caressent mes orteils, je recule de plusieurs pas en jurant. L'eau est glacée !

Je le savais, évidemment, on est en octobre. Sur la plage déserte, seul un homme balade son chien au loin. Le fait que le front de mer soit vide est d'ailleurs la raison pour laquelle je m'y rends aujourd'hui. Cela fait une semaine que je suis arrivée dans la résidence secondaire de mon père, mais ces derniers jours, il y avait bien trop de promeneurs dans les environs. Ils m'auraient prise pour une folle ! Pas que ça me dérange, mais ils n'auraient pas pu s'empêcher d'en parler en ville. Une anecdote cocasse à raconter au bar ou au marchand de journaux.

— Vous ne savez pas ce qu'elle a fait la fille Van Dalfsen ?

Tôt ou tard, ce serait remonté aux oreilles de mon père et j'aurais alors pu dire adieu à mes semaines de liberté. Tout se serait terminé avant d'avoir commencé. Or, j'ai besoin de ce moment de répit, cette respiration avant de plonger dans le grand bain. Ces précieuses semaines d'isolement pour prouver à mon paternel, Piotr Van Dalfsen, et à moi-même sans doute, que je suis capable de mener à bien mon projet.

Projet qui en est d'ailleurs à sa conclusion. Il ne me reste plus grand-chose à faire avant d'y apposer le mot « fin ». Oui, sans les sacro-saintes règles de mon père et la pression constante qu'il exerce sur moi, je vais prendre mon envol.

C'est presque un pacte avec le diable, mais je n'ai pas d'autre choix. OK, il n'a pas de cornes ou de queue fourchue et sous son élégance aristocratique, il peut paraître charmant… Mais il cache bien son jeu. En vérité, il est dur et exigeant.

Depuis mon plus jeune âge, il m'oblige à entrer dans un moule que j'ai pourtant brisé dès ma naissance. J'étais un nourrisson capricieux, tout l'inverse de l'adorable poupon que mon père aurait souhaité présenter à ses connaissances. Je détonnais dans le parfait tableau que ma mère et lui composaient. Il n'y a qu'à voir les photos de l'époque : mes parents, souriants et impeccables, et moi en pleurs, rouge et aussi jolie qu'une grenade dégoupillée.

Avec le temps, et la mort de maman, je me suis évertuée à me faire oublier. C'était plus facile que de me rebeller vraiment. J'ai suivi le chemin, obéi aux ordres et, hormis quelques incartades et mon année de craquage total après le bac, je suis presque devenue une jeune femme modèle. *Oui, tout est dans le presque.*

Mes dérapages ont toujours pu être rattrapés par la réputation familiale et, bon an, mal an, j'ai réussi à préserver l'image lisse et irréprochable de la parfaite héritière : études prestigieuses, voie royale vers une carrière d'avocate, cheveux brillants et sourire éclatant.

Pour le moment, l'honneur est sauf.

C'est sans doute ce qui me donne aujourd'hui le droit de jouer ma dernière carte : celle qui servira à montrer à mon père que ma passion n'est pas qu'un passe-temps. Il croit que je dessine pour me vider la tête, parallèlement à mes études de droit. De son point de vue, l'art, quel qu'il soit, est un simple exutoire. Les

BD que je crée depuis mon plus jeune âge ont donc autant de valeur à ses yeux que les coloriages à numéros que remplit Gloria, notre gouvernante.

Ah ! ma Gloria d'amour. Une femme extraordinaire à la générosité sans bornes, qui occupe, dans mon cœur, la place de bonne fée tout autant que celle de figure maternelle. Et ce, bien qu'elle n'ait aucun talent artistique.

Bon, j'ai assez traîné !

Chaque minute doit être mise à profit. Si j'ai choisi de venir ici, c'est pour m'imprégner de l'ambiance bord de mer et pouvoir apporter la touche d'authenticité nécessaire à la finalisation de mes dessins.

Je prends une profonde inspiration, remonte mon jupon jusqu'à mes genoux et m'avance dans l'eau glacée. Les conditions climatiques sont idéales, identiques à celles de mon histoire. Un vent puissant fait battre le satin blanc de la robe de mariée contre mes jambes et entortille mes longs cheveux blonds. Le bruit des vagues qui se fracassent rugit à mes oreilles.

Je respire l'air iodé pour m'imprégner de ce que pourrait ressentir mon héroïne. Son désarroi, ses espoirs brisés, son amour lointain, la pulsion qui la pousse à agir de la sorte.

Quand l'eau atteint ma taille, je ne sens plus mes pieds. L'onde glacée mouille le corset brodé de dentelle. J'imagine ma poitrine compressée et cette sensation de suffocation que produit le froid sur…

— Arrêtez !

Surprise, je plisse les yeux pour scruter l'horizon.

— Revenez !

L'appel ne vient pas de devant, mais bien de la plage derrière moi. Je me retourne. Un homme, seulement vêtu d'un bas de jogging, se tient sur le sable, les bras tendus vers moi. Les embruns me cinglent le visage. Il crie encore, mais je ne comprends pas ses paroles. Qu'est-ce qu'il fait là ? Est-ce que c'est le gars avec son chien que j'ai aperçu plus tôt ? Si c'est le cas, il n'est pas frileux !

Voyant que je ne réagis pas, il entre dans l'eau sans une once d'hésitation. C'est limite s'il ne se met pas à courir vers moi. Ses jambes poussent les flots déchaînés avec force.

— Ne faites pas ça.

Ce n'est pas une demande ni une supplication. Son ton est autoritaire. C'est donc un ordre.

Je n'ai aucune intention de me suicider, mais si c'était le cas, je n'aimerais pas qu'un ersatz[1] de mon père s'adresse à moi avec ce ton péremptoire. Ce type ne cherche pas à me rassurer, il veut que je sorte de l'eau. Et j'ai bien l'impression qu'il vient me chercher !

Il s'approche de moi, sourcils froncés et mains en avant. Je vois bien qu'il tremble de froid, mais cela ne le ralentit pas. Il est plus jeune que je le pensais, il doit avoir mon âge. De son ventre à ses bras, sa peau est presque entièrement tatouée. Ses cheveux en bataille sont blond foncé et il a du dentifrice encore humide sur le menton. Il est mignon, dans le genre *bad boy* qui a une bonne hygiène.

— Je sais que la vie peut être sacrément merdique parfois, mais rien ne justifie que vous l'abrégiez.

Son affirmation semble l'écho d'une expérience vécue.

— Comment le savez-vous ? je lui demande, curieuse.

— Croyez-moi sur parole.

Malgré le vent et le bruit de vagues, j'ai clairement perçu le

1. Imitation médiocre.

tremblement dans sa voix. Mon cœur se serre face à sa vulnérabilité. Mais l'inconnu se reprend aussitôt, ses traits se durcissent et il me fait signe de venir d'un bref geste des doigts.

— Tout va s'arranger. Je vous le promets.

Le pauvre ! Cela me fait soudain de la peine qu'il pense que je mets fin à mes jours. Je suis sur le point de lui expliquer que tout ça n'est qu'une expérience quand il me saute dessus.

Dans d'autres circonstances, cela m'aurait ravie, mais il s'agit là d'un assaut brutal et inattendu. J'en ai le souffle coupé.

Il m'enlace de ses bras musculeux et me passe par-dessus son épaule comme si je ne pesais rien. Ce qui n'est pas le cas. Encore moins avec une robe trempée. Puis, il prend le chemin de la plage, bravant le courant qui le tire en sens inverse. Je me débats pour la forme ; je sens bien qu'il ne compte pas me lâcher. Pour rien au monde.

N'importe qui trouverait cette situation cocasse, mais pas moi. Je suis en réalité plutôt décontenancée par ce qui est en train de se produire. Jamais personne auparavant ne m'avait porté secours de la sorte. Jamais personne ne m'avait donné tant d'importance sans même connaître mon nom.

Tandis que je reste stupéfaite, mon sauveur réajuste sa position et mon jupon se rabat. Il est alors tout à fait visible que je porte une combinaison en néoprène dessous.

— Qu'est-ce que c'est que ce truc ?

L'inconnu s'arrête alors qu'il a encore de l'eau à mi-cuisses. Il se permet carrément de remonter le bas de la robe plus haut sur mes jambes. J'objecte et tente de faire redescendre le satin, mais dans la position dans laquelle je me trouve, je ne parviens qu'à m'empêtrer davantage.

— C'est quoi ? répète-t-il.

Me revoilà quatorze ans en arrière, quand mon père m'a surprise, lors du mariage de mon oncle, cachée sous une table, en train de fumer une cigarette avec Berthold, le seul cousin rigolo de ma famille.

— J'espère que ce n'est pas ce que je crois, Liv ! ne cessait-il de répéter.

— C'est une cigarette !

— Quoi ? rugit l'inconnu.

OK, j'ai répondu n'importe quoi, mais je rappelle tout de même que j'ai la tête à l'envers et que mon crâne reçoit un afflux sanguin trop important ! Et puis, c'est quoi cette manie d'aboyer tout le temps ?

— C'est une combinaison de surf !

— Merci, je ne suis pas aveugle !

Pourquoi est-ce qu'il demande alors ? J'ai horreur des questions rhétoriques. Pile au moment où je me dis que le sauvetage a assez duré, il me bascule dans ses bras et je me retrouve face à son très beau visage. Je lui souris timidement, mais Aquaman ne me rend pas la pareille.

— Ce que je veux savoir, c'est la raison pour laquelle tu portes une combi sous ta robe.

Je suis d'accord pour dire que le vent et la mer font un sacré vacarme, mais dans la mesure où l'on s'est rapprochés, lui et moi, pourquoi se sent-il toujours obligé de hurler ?

Je note, cela dit, le soudain tutoiement qu'il a utilisé. Ainsi que sa mine fermée… Je le devine sans mal au bord de l'explosion.

— Je vais t'expliquer. C'est un énorme malentendu.

Ce que je m'apprête à avouer va sembler ridicule, mais on va en rire tous les deux d'ici quelques minutes, j'en suis certaine.

— Je suis autrice et dessinatrice. Je suis en train d'écrire un livre.

Ça me fait tout drôle de prononcer ces mots à voix haute. J'ai beau clamer que j'aspire à vivre de ma passion, je n'ai osé le dire qu'à très peu de gens. Notamment à mon père lorsque je lui ai demandé de me laisser ces semaines d'isolement pour lui prouver que c'était ma voie.

Aquaman resserre sa prise autour de moi, ce qui me sort de mes pensées. Je peux alors voir que sa patience est à bout. Je m'explique précipitamment :

— Ça se passe à la fin du XVIIe siècle, mon héroïne a perdu l'homme qu'elle aimait, ou du moins, elle le croit…

L'expression de mon sauveur passe de la perplexité au dédain. Il a le regard d'un poisson crevé.

J'ajoute alors très vite :

— Attirée par le grand large, elle enfile sa robe de mariée et envisage de commettre l'irréparable. Voilà. J'avais besoin de savoir ce qu'elle ressent. Pour résumer, tout ça n'était qu'une expérience. Une simple expérience.

Je guette l'apparition d'un sourire sur son visage. Ou d'une lueur d'amusement dans ses yeux bleus. Mais en vain. On le dirait statufié. Poséidon sorti des flots – après s'être lavé les dents.

Tandis que j'en suis encore à espérer lire une émotion sur ses traits, j'obtiens une tout autre sorte de réaction. Il me laisse tomber comme une enclume. Et je coule de la même manière, tout en avalant une bonne rasade d'eau salée. Le temps que je rejoigne le sable, le type s'est éloigné d'un pas rapide. Cette fois, c'est moi qui l'interpelle.

— Attends ! Je suis désolée, vraiment. Je pensais qu'il n'y avait personne sur la plage.

Juste quand je crois qu'il ne m'a pas entendue, il fait volte-face brusquement et s'approche si vite que je m'entrave dans mon jupon et chute sur les fesses.

— Je n'étais pas sur la plage ! crie-t-il. Je sortais de la douche quand… Bref, il a fallu que je me précipite pour venir te sauver et, au final, tout ça n'était qu'une expérience débile !

— Hé ! Ce n'était pas débile ! Excentrique, original, d'accord. Surprenant, à la rigueur…

Sans même écouter la fin de ma phrase, il repart à grandes enjambées vers la maison à côté de la mienne. Je veux lui courir après, mais ma robe pèse une tonne. Je la déboutonne aussi vite que mes doigts engourdis le permettent et le rattrape. Je m'interpose entre lui et son portillon. Je tente de calmer la situation. Si nous habitons si près l'un de l'autre, c'est vraiment trop bête d'être en mauvais termes.

— Aquaman, je commence (et j'avoue qu'à ce moment-là, je bugue un peu sur ses tétons durcis par le froid). Accepte mes excuses !

Il fronce ses sourcils.

— Je fais ce que je veux.

— Évidemment. Je me suis mal exprimée…

En fait, j'ai envie de rire. Comme souvent, cela vient dans un moment particulièrement inapproprié. Mais il faut dire que le voir énervé pour si peu me procure beaucoup d'amusement.

— Je suis navrée du quiproquo.

— C'est bon, j'ai compris. Je te pardonne, allez…

Il me pousse afin d'accéder à son jardin.

Je déteste qu'on se débarrasse de moi comme ça.

— Ravie de t'avoir rencontré, voisin ! On se recroisera sûrement, je suis là pour plusieurs semaines.

Il joint ses mains tatouées devant lui en une prière silencieuse, pour garder son calme ou pour que je me taise, difficile de trancher.

— Je vais dire ça avec le maximum de tact dont je suis capable, prononce-t-il. Je pense que tu es tarée et je n'ai pas plus de temps à perdre avec toi.

Ce n'est pas excessif et mélodramatique comme réaction ? Je suis fautive, mais il commence un peu à me chauffer. Comme ses intentions étaient louables et que je lui suis redevable, je prends une profonde inspiration.

— Je crois que nous sommes partis sur de mauvaises bases, toi et moi. Je suis Liv Van Dalfsen et j'habite l'espèce de blockhaus que mon père se plaît à nommer maison d'architecte. Juste là.

Il ne prend même pas la peine de lever les yeux sur la demeure gigantesque qui fait de l'ombre à la sienne.

— Je m'en moque de ton nom. En revanche, j'aimerais que tu évites de recommencer tes expériences devant chez moi.

Je lui tends un calumet de la paix et il me crache la fumée au visage, en fait. Sympa.

— Dis donc, tu es drôlement irritable !

— Et toi, tu as des problèmes d'audition, non ? Je veux juste que tu m'oublies.

Ce type est irascible et insupportable. Je me demande bien pourquoi. Les mécanismes qui amènent les gens à se comporter de telle ou telle façon m'intriguent et m'intéressent. Cela me permet de mieux raconter leurs histoires.

Je tente de l'apaiser avec un sourire.

— Il me paraît difficile d'oublier notre rencontre. Je suis sûre qu'on pourrait en rire autour d'un verre, un de ces jours.

Il se penche vers moi et me parle comme si j'avais quatre ans.

— Tes oreilles sont grandes ouvertes ? La règle est simple, il n'y en a qu'une : tu n'entres pas dans ma vie.

Je n'ai pas envie de le contredire. Je vois qu'il est super sérieux et que l'humour ne doit pas faire partir de sa panoplie, mais c'est plus fort que moi, au moment où il me tourne le dos, je m'entends crier :

— C'est un peu tard pour ça ! D'autant plus que c'est toi qui es entré dans la mienne, je n'avais rien demandé !

2. Action

Je récupère ma robe souillée, un peu refroidie par l'inhospitalité de mon voisin. Et, comme d'habitude, la repartie parfaite me vient après coup. En l'occurrence, j'ai réalisé mon expérience en face de chez moi et la plage est à tout le monde ! Le domaine public maritime de l'État est inaliénable et par conséquent, personne ne peut en devenir propriétaire ! Si même mon père n'a pas réussi, ce n'est pas un mec tatoué dans une bicoque de surfeur qui va y parvenir. Aussi blanches soient ses dents !

Voilà ce que j'aurais dû lui cracher au visage, à Aquaman.

Agacée, je tape le code de mon portillon avec le doigté d'un hippopotame et, évidemment, ça ne fonctionne pas. J'inspire et expire plusieurs fois, puis je recommence. Sans succès.

Gloria m'a bien spécifié que c'était la date de naissance de mon père. À moins que ce ne soit pour le portail de devant ? J'essaye encore une fois. Puis je tente celle de ma mère, la mienne (fortement improbable, mais sait-on jamais), j'ose même celle de la maîtresse de mon père. Cette satanée grille demeure close.

Pourquoi cette maison est-elle un bunker ? Il faut qu'on m'explique ce que des cambrioleurs pourraient voler. Tout ce qui meuble l'intérieur est en béton et pèse une tonne ! Quant à la déco, elle est si épurée qu'il y a de l'écho. Ah, mais suis-je bête !

J'oublie qu'il y a une ou deux sculptures en bois de quatre mètres de haut dans le salon ! J'aimerais bien les voir, les courageux qui essayeraient de partir en courant avec.

Je soupire. En attendant, me voilà bloquée dehors. Et je n'ai pas pris mon portable. Il me nargue bien gentiment depuis ma table de chevet.

Il ne me reste plus qu'à passer par-dessus la grille. Ma mère m'appelait son ouistiti parce que je grimpais toujours sur tout sans me soucier de ma sécurité. Les années passant, j'ai amélioré la technique en pratiquant l'escalade – ce qui était assez convenable pour mon père –, puis le parkour, de manière plus officieuse.

Il a fallu que j'arrête cette activité à cause d'une très mauvaise chute, donc je suis rouillée. J'appréhende un peu de réveiller une vieille blessure, mais je dois pouvoir y arriver. Je lance d'abord ma robe de l'autre côté du mur de toutes mes forces, puis me recule pour prendre de l'élan. Je sautille sur place pour m'échauffer. Ce sont mes mains et mes pieds gelés qui m'inquiètent le plus. Je risque de ne pas avoir une prise suffisante.

Allez, ce n'est pas grave, ce ne sera pas la première fois que je tombe ! Même si ma dernière gamelle a bien failli me coûter la vie... Mais là, ce n'est pas comparable, je ne suis pas à plusieurs mètres de hauteur, ça va bien se passer ! Je cours et bondis comme un chat (enfin, je me plais à le croire). Quand mes orteils agrippent la surface humide, je crains une seconde de déraper, mais mes doigts trouvent une adhérence sur le côté. Je m'étire au maximum et pose ma main de justesse sur la tranche du panneau. Après quelques secondes, pendue comme un singe, je me tracte et me retrouve à califourchon sur le portail.

— Il va me falloir une excellente raison pour ne pas appeler les flics.

Je sursaute si fort que je manque de glisser de mon perchoir. Aquaman m'observe avec encore moins de gentillesse que tout à l'heure, ce que je ne pensais pas possible.

— Laisse-moi deviner, dit-il avant même de me laisser une chance de m'expliquer, tu écris un bouquin sur une cinglée qui fait du cheval sur les portails pour cambrioler des baraques de bourges et tu devais absolument connaître l'ivresse de l'illégalité afin de retranscrire ses sentiments avec le plus de fidélité possible. J'ai bon ?

Il se fout de ma gueule, là. En même temps, je l'ai bien cherché !

— Je peux savoir ce que tu fais si près de moi ? Je croyais que je ne devais surtout pas entrer en contact avec toi sous peine d'être maudite jusqu'à la troisième génération !

— Je n'ai jamais dit ça.

Il enfonce ses mains dans les poches de son pantalon de travail. Je remarque qu'il porte également des chaussures de sécurité et un pull à grosses mailles en laine beige.

— C'était tout comme ! Si tu es revenu parce que tu me trouves finalement spirituelle et amusante et que tu veux qu'on devienne copains, ça ne m'intéresse plus. Dommage.

Il sort un canif de sa poche arrière et je jure que, pendant une fraction de seconde, je calcule si je suis assez rapide pour plonger de mon côté avant qu'il me prenne pour cible. Mais il se met à se nettoyer les ongles avec la pointe aiguisée.

— Pas du tout. Je te confirme que je ne veux rien avoir à faire avec toi. Jamais, en aucune circonstance. C'était vrai tout à l'heure, et ça l'est encore plus maintenant. C'est juste que… C'est juste qu'il paraît que j'ai été désagréable à te hurler dessus, donc je venais te présenter mes excuses.

Le jeté de couteau m'aurait moins surprise que sa déclaration. Il m'a coupé l'herbe sous le pied, cet abruti.

— Et maintenant, j'appelle les flics, déclare-t-il, en échangeant le canif contre son portable.

Panique à bord. Ce type a l'air tellement borné que rien de ce que je pourrais dire ne le fera changer d'avis et je n'ai pas le temps d'aller chercher une pièce d'identité. Soudain, c'est la révélation !

— Je m'en souviens ! 2603 ! C'est la date d'anniversaire de Gloria ! Comment j'ai pu être aussi débile ?

— Une question tout à fait légitime, marmonne le beau gosse dans sa barbe.

Je saute avec agilité (là encore, je l'espère) juste devant lui et tape le code avant qu'il obtienne quelqu'un au bout du fil.

— Voilà ! Tu vois, j'habite vraiment ici.

Il me regarde d'un air sceptique. Ah non, déçu, plutôt. Il aurait préféré que je finisse en taule.

— Faut que j'aille bosser, grogne-t-il.

— Moi aussi.

Il lève les yeux au ciel.

— Et je te prierais de cesser de me suivre. Ça frôle le harcèlement !

Déjà, il s'éloigne vers sa maison, donnant une fois de plus l'impression que je parle toute seule. Pas question que je le laisse fuir une seconde fois.

— Au fait, je n'accepte pas tes excuses ! Alors, tu peux dire à la personne mieux élevée que toi qui t'a envoyé, ta mère, ta femme ou ton chien, que si nous n'avons pas de bons rapports entre voisins, c'est entièrement ta faute ! Tu es désagréable, Aquaman ! Et, en plus, tu n'as même pas le physique de Jason Momoa pour compenser !

Volte-face de M. Grand Sourire. Je m'ancre bien dans le sol pour ne pas tomber à la renverse une nouvelle fois. Il se contient, mais je vois presque de la fumée sortir de ses naseaux. Il me tend la main avec un sourire crispé.

— Je m'appelle Solal. Et toi, tu es Liv, la gentille voisine pas collante. Nous ne sommes plus des inconnus et nous avons d'excellents rapports, mais lointains, très lointains, je me fais bien comprendre ?

Il me broie la main de ses doigts calleux, avant de me lâcher avec un air soudain fatigué. Sa voix s'adoucit.

— Pardon. Mais je ne plaisantais pas. Tu restes de ton côté et moi du mien, d'accord ?

Il ébouriffe ses cheveux, me dévisage quelques secondes, puis répète :

— D'accord ?

Je hoche la tête. Consciente toutefois de ma tendance à désobéir, j'avoue :

— Je ferai de mon mieux. Mais, tu sais, c'est toi qui n'arrêtes pas de franchir cette ligne imaginaire qui n'existe que dans ta tête.

Et voilà, je monologue une fois de plus. Solal est déjà loin.

3. Réaction

Il pleut des cordes, maintenant. J'aurai au moins échappé à ça !

Assise à l'immense table – et quand je dis immense, c'est un euphémisme – de la salle à manger, j'écris des phrases que j'efface la minute qui suit. Pourtant, je sens que je tiens quelque chose. Depuis qu'Aquaman m'a sauvée des flots, tout à l'heure, une idée a jailli dans mon cerveau : un rebondissement qui enrichit mon roman. Alors qu'il ne me restait qu'à boucler quelques illustrations et étoffer les expressions, je me rajoute du travail.

Cela dit, c'est précisément ce que je suis venue chercher ici. Une ambiance, une authenticité, une révélation… Je pense que c'est ce que mon sauveur m'a apporté, même si ça chamboule une bonne partie de l'histoire.

Cela fait quelque temps que je suis au point mort, que ce soit à l'appart ou ici. J'ai eu beau me creuser la cervelle devant mon roman terminé, j'avais le sentiment qu'il manquait quelque chose. Cette fois, j'ai trouvé et c'est beaucoup plus intéressant. Par contre, Gloria et Berthold vont me tuer quand ils vont apprendre que je rajoute des péripéties !

Mon héroïne, qui est éperdument amoureuse d'un marin qu'elle croit mort, va faire la rencontre d'un pirate. Le nouveau protagoniste sera blond avec les yeux bleus et se comportera de façon déroutante. Il s'appellera Solal et… ben voyons ! Si l'idée est là, il va falloir que je creuse encore les détails. Il ne s'appellera pas Solal !

Je n'arrive pas à me sortir mon voisin de la tête, alors je referme l'écran de mon ordinateur en soupirant.

Les dessins que j'ai croqués en rentrant de ma baignade sont étalés devant moi : mon héroïne s'avançant dans la mer en furie, un voilier qui s'éloigne à l'horizon, un portrait de Solal de profil, son torse, ses poings fermés, sa mâchoire, une cicatrice sur l'arête de son nez, un grain de beauté sur le lobe de son oreille droite. Oui, j'ai enregistré tous ces détails en si peu de temps… Après tout, un bon sens de l'observation est une qualité indispensable pour tout illustrateur. Et le fait que Solal soit canon et moi un peu en manque de compagnie m'a aidée.

Son visage est bien imprimé sur ma rétine. Par contre, je me retourne le cerveau pour me souvenir de ce que représentaient ses tatouages ; quand j'y réfléchis, seuls ses tétons me reviennent en mémoire. Heureusement, je n'écris pas un conte de fées (même avec beaucoup d'imagination, je n'aurais pas pu le transformer en prince charmant), mais il fera un pirate sexy en diable !

C'est sa faute, aussi. Si on dit « N'ouvre pas la boîte », « Ne regarde pas derrière la porte ! », il est impossible de penser à autre chose. Moi, j'y vais au pied-de-biche pour la défoncer cette foutue porte ! Avec son histoire de limite à ne pas franchir, j'ai envie de sauter à pieds joints de son côté. Alors que s'il s'était contenté de me balancer dans l'eau et de m'ignorer, je n'aurais pas insisté. Quoique…

Ces dernières années, avec les études le jour, les petits boulots, mon père qui me surveille et mon projet que je développais le soir, je n'ai pas eu beaucoup de temps à consacrer à ma vie sentimentale. Je suis en manque d'affection, de considération et de sexe. Et pas nécessairement dans cet ordre.

J'attrape le croquis du visage de Solal. Il sera un parfait fauteur de troubles dans mon histoire. En ce qui me concerne, il me déstabilise beaucoup. Je n'en reviens pas de ne pas avoir repéré mon voisin ultra-canon avant aujourd'hui !

Bon, si j'ai de nouvelles illustrations à peindre, il va falloir que je m'installe un peu mieux que sur un bout de table ! Je balaye la pièce du regard. Il me faut un coin lumineux et confortable où travailler et dans lequel je pourrai épingler mes dessins pour les avoir sous les yeux et terminer le nouveau plan.

Je regarde autour de moi en soupirant. Cette baraque a le don de me vider de ma substance. C'est déprimant et froid. En venant ici, je ne voyais que l'isolement et l'ambiance californienne. Avec un soupçon de *Newport Beach*, ma série préférée, et les pieds dans l'eau. J'ai juste oublié que le décorateur d'intérieur a choisi la mer de la tranquillité comme source d'inspiration. Les quelques fois où je suis venue ici, je ne pensais qu'à me baigner. C'était l'été, l'atmosphère était tout autre et j'avoue ne pas y avoir prêté attention.

Moi qui voulais de la tranquillité, je suis servie ! Pour ma première semaine, ça a plutôt eu des avantages ; après la frénésie de ces derniers mois, j'ai pu de nouveau m'entendre penser. J'ai soufflé un grand coup, ai réfléchi au passé, je me suis reconnectée avec moi-même et j'ai commencé à envisager l'année prochaine… Mais là, ça suffit ! Poussée par ma pulsion créatrice, j'ai envie de mettre de la musique à fond – à commencer par *California* de Phantom Planet –, de chanter à tue-tête, de faire du roller ou du trampoline, n'importe quoi qui pourrait briser l'ambiance post-éruption volcanique et nuées de cendre.

J'ai besoin de couleurs, de coussin, de fleurs, de vie, quoi ! Et je garde l'idée du trampoline aussi, car ça serait dément. Pour travailler dans de bonnes conditions, je vais aménager la maison à ma convenance. De toute façon, mon père n'y met jamais les pieds, il n'en saura rien.

Je pars explorer tous les recoins afin de dégoter le meilleur spot possible pour mon bureau. Je peux d'ores et déjà éliminer les pièces principales qui ne conviennent pas ; trop vastes, trop piste d'alunissage. Une seconde, j'envisage la cuisine qui est un peu mon QG quand je suis dans mon appartement, mais celle-ci m'évoque trop une salle d'autopsie. Au premier étage, toutes les chambres se ressemblent, y compris celle dans laquelle je me suis installée. On dirait des salles de massage, manque plus que les chants d'oiseaux artificiels. Je dépasse la pièce remplie de machines de muscu, puis celle contenant le billard, et débouche dans la suite parentale aussi chaleureuse qu'un musée.

Je suis sur le point de la quitter quand je me rends compte que je suis tout au bout de la maison, ce qui signifie que… Oui, la fenêtre de la salle de bains m'offre une vue plongeante sur la propriété du voisin ! Et le dressing possède une baie vitrée donnant sur l'extérieur. De taille raisonnable, moquette au sol, l'océan en fond et un accès tout proche au mystérieux Solal. C'est parfait. Enfin, non, c'est mal d'espionner – sauf quand on n'a aucun scrupule, comme moi.

Et puis, je peux regarder. Je ne me souviens pas que Solal ait fait mention d'une telle interdiction dans son discours d'intimidation. Il m'a demandé de rester de mon côté. Je respecte sa volonté.

Je ne cherche qu'une muse, je ne vais pas camper H24 devant la fenêtre ! J'ai un livre à finaliser pour réaliser mon rêve et obtenir la paix, enfin. Si je fais mes preuves, mon père m'a juré qu'il n'exigerait plus rien de moi et que je serais libre de vivre comme bon me semble. Je ne compte pas me laisser distraire par Solal… ou alors, vite fait.

Mon regard englobe l'espace encore vierge de moi. L'invasion va bientôt commencer et quand j'aurai mis ma touche personnelle à cet endroit, il sera méconnaissable. Le décorateur d'intérieur en ferait une syncope.

Avant que je descende manger le reste de sandwich ratatiné que je me suis préparé, hier, j'aperçois un véhicule qui s'engage dans l'allée voisine. J'hésite. Si je commence à surveiller le moindre de ses faits et gestes, ça peut très vite devenir addictif. Je me connais, je n'ai jamais su dire non à une bonne série. Pourquoi insiste-t-il tant pour ne pas que je m'approche ? C'est louche… Il ne sait pas à qui il a affaire, le pauvre. J'ai une imagination débordante et je suis capable de lui inventer les pires activités, comme dans *Breaking Bad* ou *Weeds*.

Tandis que mon esprit tergiverse, mon corps est déjà près de la fenêtre. Une fourgonnette blanche se gare devant chez Aquaman. Elle est décorée d'une palette de couleurs et du logo :

SOLAL PERROT, PEINTRE EN BÂTIMENT

Rien de bien mystérieux, pour le moment. Cela dit, ce genre d'engin serait idéal pour toutes sortes de trafics. Qu'est-ce que ça peut bien être ?

Je détaille son jardin, propre et entretenu ; rien d'anormal, là non plus. Un cabanon, quelques arbres, un barbecue maçonné. J'avoue, je suis presque déçue.

Et puis soudain… Je constate que ses yeux sont braqués sur moi. Le saut de côté que j'effectue ne rend pas hommage à mes années de parkour. Ça ressemble plus au bond désespéré que l'on fait quand quelqu'un crie « Une mine ! ».

En tout cas, maintenant, je sais. Je sais pourquoi Solal veut me tenir éloignée de sa maison : c'est un tueur en série. Ou un tueur à gages. Ce qui revient au même si l'on y réfléchit bien.

Je ne dois pas être son type de proie, sinon je serais déjà six pieds sous terre. Je n'en suis pas fière, mais j'avoue que mon amour-propre en prend un coup… Il ne veut pas que je vienne fureter dans ses affaires. Si je me fie à son regard, c'est certain qu'il assassine des gens !

À tâtons, je m'approche de la fenêtre et tente de jeter un nouveau coup d'œil discrètement. Solal est toujours là, immobile. C'est bon, je renonce à l'espionner ! À quatre pattes, je regagne le dressing et, une fois hors de vue, je me redresse. Je dois aller m'alimenter. Quand mon estomac crie famine, mes divagations peuvent être sans fin. Et puis, je connais ce type depuis quelques heures à peine et me voilà à ramper dans ma propre maison pour ne pas qu'il s'imagine que je l'épie, ce que je suis précisément en train de faire. Absurde !

Une fois mon pauvre bout de sandwich englouti, je dois me rendre à l'évidence : j'arrive au bout de ce que j'ai rapporté de mon appart et il faut que je fasse des courses. Donc, je m'organise et commence par remplir le frigo et dévaliser le magasin de décoration pour créer les conditions nécessaires à un bon environnement de travail. Ensuite, concentration.

Ce qui ne devait me prendre que quelques jours va finalement durer plus longtemps par la faute de mon pirate, alors au boulot !

Avant de partir, je griffonne quelques mots sur une feuille et monte la scotcher au-dessus de la fenêtre de la salle de bains, après m'être assurée que mon voisin n'était plus là. Satisfaite, je relis mon mémo à voix haute :

Règle numéro un : rester éloignée de Solal.

Je m'emmitoufle dans mes manteau, bonnet et gants. Dehors, je ne peux m'empêcher de zieuter, vite fait, chez lui. Sa camionnette est toujours garée devant la maison.

Je démarre et attends quelques minutes que l'habitacle soit suffisamment chauffé. Le portail ouvert, je m'apprête à m'engager sur la route quand Solal surgit devant ma voiture, la main en avant. Je pile. Il m'a tellement surprise que mes mains tremblent et mon cœur bat à cent à l'heure. Il frappe à ma vitre. Je sursaute comme une imbécile. Je suis vraiment à cran !

Il est hors de question que j'ouvre, non merci ! Il va certainement me traîner par les cheveux hors de mon véhicule et me faire Dieu sait quoi dans les buissons. Il frappe de plus belle. J'hésite à repartir en l'ignorant, mais je vois soudain un couple déboucher d'un petit chemin. Des témoins ! Il ne pourra rien me faire.

Sur le dos de la main avec laquelle il me fait signe d'ouvrir, je peux lire « *De nobis fabula narratur* » écrit au-dessus d'un tatouage représentant une étoile filante. Je descends ma vitre avant qu'il la brise avec ses poings, il en serait bien capable vu ses bras musclés ! *Pourquoi je pense à des trucs comme ça ?*

— Je t'ai vue, dit-il aussitôt.

Je prends mon air innocent, celui qu'un de mes ex, aspirant poète, appelait « ta face de faon effarouché » – notons ici l'allitération en f.

— Je ne vois pas de quoi vous parlez ! Vous permettez, je suis pressée.

— On se vouvoie de nouveau ?

— Tout à fait, pour marquer la distance et remettre les pendules à l'heure. Si les limites sont claires, les chiens seront bien gardés ! En ce qui me concerne, les règles, les lois et les restrictions, je connais parfaitement, je fais des études de droit ! Donc, on se vouvoie.

Dans ses iris, je peux lire en lettres de feu « Bonne à interner ». Je repousse du bout des doigts les coudes qu'il a posés sur ma portière. Il se recule d'un pas pour me toiser.

— Dans ce cas, pourquoi est-ce que tu m'espionnes ?

— Tout de suite, les grands mots ! Je regardais par la fenêtre quand vous êtes passé par là. Vous n'êtes pas le centre du monde, monsieur Perrot !

Il frotte ses mains constellées de taches de peinture pour les réchauffer. Je note une autre locution latine sur son poignet, mais je n'ai pas le temps de la lire. Le couple s'arrête non loin de nous pour s'embrasser. Cela me donne le courage de dire ce que j'ai sur le cœur.

— Et puis, pour être tout à fait honnête, avec vos mises en garde, vous m'avez fait peur. J'ai l'impression que vous me cachez quelque chose de très grave et ça m'intrigue. J'ai conscience qu'en vous avouant tout ça, je risque ma vie, s'il s'avère que vous êtes vraiment dangereux, mais…

Il rit. Pour de vrai. Pas un ricanement machiavélique ou hystérique. Un vrai beau rire sincère.

— On n'est pas dans *Fenêtre sur cour*, là !

— Vous connaissez Hitchcock ?

Il se rembrunit aussitôt, semble-t-il vexé. Mince, ma question était maladroite.

— Oui. Pourquoi ? J'ai l'air trop débile pour ça ? Comme je suis peintre en bâtiment, je suis qu'un pauvre inculte d'ouvrier ? Tu as des préjugés, Liv Van Dalfsen.

— Non ! Enfin, si peut-être, mais liés à l'âge. Ce n'est pas un réalisateur de notre génération, voilà tout.

Solal adresse un geste rapide à l'homme et la femme qui le saluent chaleureusement avant de s'éloigner.

— Bon, écoute, je vais clarifier mes propos pour que tu cesses de te faire des films. Si je t'ai demandé de rester loin de moi, c'est parce que tu ne me parais pas complètement saine d'esprit. Et c'est vraiment la dernière chose dont j'ai besoin dans ma vie actuellement. Je n'ai pas de temps à consacrer à tes élucubrations de petite fille pourrie gâtée…

Je le coupe :

— Qui est-ce qui parlait d'a priori, juste avant ?

Mon voisin prend une profonde inspiration et s'appuie à nouveau sur ma portière. Son parfum flotte jusqu'à moi – une senteur boisée mêlée à des notes salées d'eau de mer, de peinture et de chewing-gum tutti frutti.

— Figure-toi que mes élucubrations, comme tu dis, ne sont pas liées au compte en banque de ma famille, mais à ma folie douce ! je lui précise.

Il sourit en plissant le nez.

— C'est ton argument de défense, madame l'avocate ?

— Tout à fait, Aquaman. Même si je n'étais pas riche, je serais excentrique ! Et je ne suis pas avocate. Mon but est de ne pas le devenir, justement.

Solal secoue la tête, puis tape sur le toit de ma voiture.

— Cesse de me mater, en tout cas. Je ne découpe pas les gens pour évacuer leur corps dans une valise, mais c'est la première fois que j'ai une voisine comme toi… Donc on ne sait jamais… En tout cas, la prochaine fois que tu es prise d'une de tes lubies, ne compte pas sur moi.

— Ça va ! Ne te sens pas obligé de jouer les super héros parce que je t'ai surnommé Aquaman. Je me débrouille très bien toute seule ! De toute façon, ne crains rien, je suis d'accord avec toi, le mieux est qu'on reste loin l'un de l'autre.

— Parfait. Tu n'étais pas censée me vouvoyer ? s'enquiert-il avec un sourire suffisant.

Je suis bien contente d'avoir décidé de ne pas le fréquenter.

— Écarte-toi, je dois aller acheter un trampoline !

4. Confrontation

J'ai exagéré. Ce trampoline est énorme ! Cela dit, avec, on a moins l'impression que le vide va nous aspirer dans son vortex. La pièce est presque chaleureuse. La dépense était sans doute inutile, mais j'ai besoin de m'approprier ce lieu.

Hier matin, les gars du magasin qui m'ont livré l'engin n'en revenaient pas que ce soit pour l'installer dans le salon. L'un d'entre eux a dit que si c'était chez lui, il mettrait aussi un flipper et un home cinéma pour réchauffer l'ambiance. Quand je l'ai prié de me conseiller une marque de flipper, j'ai cru qu'il allait me demander en mariage.

Je touille mon thé, assise au comptoir de la cuisine, les yeux rivés sur le trampoline. Je pourrais aménager le mur du fond en paroi d'escalade, ce serait génial ! Et puis, suspendre un hamac devant la fenêtre… N'importe quoi ! Je ne suis pas là pour longtemps, je ne suis pas chez moi et surtout, ça me coûterait encore un bras. Si je me lance enfin dans mon projet dès janvier, il va falloir que je surveille de plus près mes finances. J'ai un peu de sous de côté grâce aux petits boulots que je faisais à droite à gauche, mais je n'irai pas loin si mon père ne paye plus mon loyer, ce qui me pend au nez… Bien sûr, j'ai une somme d'argent plus conséquente, mais je me suis promis de ne m'en servir qu'en cas de besoin. Et clairement, un flipper ne représente pas une priorité absolue.

En revanche, il faut que je termine le dressing pour y travailler dans les meilleures conditions. Pour le moment, j'y ai mis coussins colorés et plantes, mais ce n'est pas suffisant.

Comme je suis un peu dérangée du cerveau, j'ai pensé à embaucher mon charmant voisin pour un coup de peinture, puis me suis ravisée. Ma tendance à vouloir comprendre les gens ne doit pas me détourner de mon objectif.

D'ailleurs, je me montre très raisonnable quant à mon observation-inspiration (autrement appelée : mon espionnage de vicelarde). Hier, je n'ai regardé qu'une fois…

OK, deux. Je l'ai vu rentrer du travail, il m'a aperçue, je l'ai salué, il m'a fait un sourire ironique. Un peu plus tard, j'ai découvert une femme brune sur la terrasse. Sans doute Mme Perrot. Elle portait un jean, un blouson d'aviateur et fumait, perdue dans ses pensées. Elle avait l'air jolie.

Je mentirais si je disais que je ne suis pas déçue qu'il ait une compagne, mais c'est mieux ainsi. Ça met un terme à mon fantasme de lécher ses tatouages. Enfin, non, je garde le fantasme, mais ça me permet de rester focalisée sur mon projet. Je suis souvent pleine de bonnes intentions, avant de les enfreindre. Donc, là, au moins, c'est clair.

Ma journée d'hier a été productive. Mon pirate m'inspire. Je sais précisément les changements que je dois apporter et j'ai coloré une de mes illustrations : un portrait criant de ressemblance avec Solal. En plus sombre (si, si, c'est possible), plus torturé, plus balafré aussi.

Je termine mon thé et m'étire. Hier, j'ai été efficace et j'ai très bien dormi. Je me suis couchée dans la suite parentale, signe que c'est moi, l'occupante des lieux. Je m'en suis voulu d'avoir eu le réflexe de me mettre dans une des petites chambres, la première semaine. Il faut que je cesse d'agir comme si mon père allait surgir dans ma vie.

Lâche rien Liv, tu y es presque !

Dehors, le soleil brille enfin dans un ciel bleu vif. Il fait froid, la plage est déserte. Ce sont les conditions idéales pour un footing et réfléchir à la suite de mon histoire. Je m'habille en vitesse, puis descends jusqu'à la plage. En trottinant sur place, je lance ma playlist « Tu déchires » ; la meilleure des motivations ! Le nom de mes compilations est explicite : « Tu déprimes », « Tu crains », « Tu délires »… Je m'élance sur la chanson *Hello Sunshine* de Super Furry Animals, toujours issue de la bande originale de *Newport Beach*. C'est le petit shoot d'énergie dont j'ai besoin !

Bien entendu, Solal est là. Dans l'eau. Je le reconnais à ses tatouages. Ceux que j'ai léchés dans mes rêves. Ceux que je ne lécherai jamais dans la réalité.

Il nage le papillon, comme le gars dans cette pub pour un parfum. Celle où l'eau ruisselle sur les muscles qui roulent sous sa peau hâlée. Je déglutis et me mets une claque mentale. Ce type est en couple – et en plus, il me déteste.

Pendant que je stagne en bavant comme une limace, le beau tatoué en profite pour sortir de l'eau et récupérer sa serviette à quelques mètres de moi. Il s'essuie les cheveux en me fixant. Il ne dit rien, alors que je m'attends à ce qu'il m'incendie de le mater une fois de plus. Sans doute est-il résigné. Me justifier ne servirait à rien.

L'intensité de son regard me perturbe, je n'arrive jamais à

déterminer s'il va s'énerver, éclater de rire ou me parler gentiment. Il est compliqué à cerner. Lentement, tel un félin qui s'approche de sa proie pour ne pas l'effaroucher, Solal marche vers moi. Ma respiration se bloque. Le voir avancer torse nu, dégoulinant, va alimenter mes fantasmes pour les prochaines nuits, c'est garanti.

Il ramasse un morceau de bois flotté, puis continue sa progression, tandis que mon rêve se transforme en cauchemar. Il va m'assommer !

Mais non. Au lieu de s'en prendre à moi, il trace une ligne dans le sable juste à mes pieds. Une ligne qui le sépare de moi. La ligne à ne pas franchir.

J'éclate de rire. Je l'ai déjà dit : cela m'arrive rarement au bon moment. Face à moi, Solal se renfrogne.

— Bonne journée, je lance en enjambant le trait dans le sable et en partant à petites foulées.

Pour ne pas casser l'effet de cette sortie dont je suis assez fière, je ne me retourne pas. Pourtant, ce n'est pas l'envie qui manque !

Après plusieurs kilomètres durant lesquels je passe en revue mon programme de la journée, je termine ma boucle et arrive déjà près de la maison. Appuyé sur la balustrade de sa terrasse, Solal lit un bouquin. Sur une impulsion, je bifurque vers mon voisin. Je m'arrête derrière sa clôture et l'interpelle :

— Salut !

Il baisse son roman, *Mr Vertigo* de Paul Auster (j'adore ce livre), et me regarde en soupirant. Il porte un jean et un sweat à capuche noir. Simple, séduisant, à tomber. *Que la vie est mal faite !*

Je ne me démonte pas et l'interroge :

— J'ai besoin d'un peintre et je me demandais si tu étais disponible.

Méfiant, il plisse les yeux. Il semble peser le pour et le contre. Pour : c'est du travail. Contre : c'est pour moi. Je souris. On ne sait jamais, ça peut faire la différence. Un jour, quelqu'un m'a affirmé que mon sourire pourrait arrêter des guerres. Ce garçon était ivre, mais on ne refuse pas un compliment.

— Tu peux entrer, dit-il.

Là, c'est moi qui trouve ça louche. Je pousse le portillon et m'avance avec circonspection. Son jardin est peut-être criblé de pièges. Je traverse la pelouse sur la pointe des pieds et parviens, finalement, à la terrasse sans encombre. Depuis la porte vitrée entrouverte, j'aperçois des cheveux gris dépasser du dossier d'un fauteuil. Celui-ci est tourné vers une télé au son poussé à fond. Solal se plante devant moi pour faire obstacle à ma curiosité.

— C'est pour quoi ?

— Une pièce assez petite. Un dressing.

Ses yeux me détaillent, comme s'ils cherchaient à découvrir quelque chose que je tiendrais caché.

— Je peux te poser une question ? me demande-t-il à voix basse.

— Avec plaisir ! je réponds, ravie qu'il s'intéresse un peu à moi.

— Pourquoi tu insistes ?

Il est calme. Pas de colère dans sa voix. Il paraît sincèrement curieux de comprendre pourquoi je m'évertue à venir vers lui alors qu'il me repousse. Sauf que je n'ai pas d'explication sensée à lui fournir. Je peux d'abord lui parler de mon attirance déplacée ou des fourmillements que son regard provoque en moi. Ensuite, je termine mon discours avec le fait que je l'ai intégré dans mon roman tellement il me fascine ?

Ou pas.

Je sais que c'est l'absence de relation de ces derniers mois qui me pèse, couplée à mon obsession pour les gens que je mets dans mes histoires. Je finis toujours par confondre fiction et réalité ; Solal est un pirate et j'aimerais qu'il se lance à l'abordage de mon corps.

Sans doute ai-je encore un peu de chemin à parcourir en matière de délicatesse, mais – parce qu'il y a un mais – je ne suis pas une briseuse de ménage. Alors je me contente d'un :

— Je suis obligée de répondre ou j'ai droit à un joker ?

Il penche la tête et croise les bras. Nous nous examinons en silence. Le bleu de ses iris est comme celui de la mer : changeant. C'est cliché, mais c'est pourtant l'analogie la plus pertinente qui me vient. Intimidée par notre connexion visuelle, je sens le rouge me monter aux joues. J'étais déjà sûrement bien écarlate à cause de ma course, en plus d'être échevelée et en sueur… Qu'on ne vienne donc pas me dire que j'essaye de le séduire !

Est-ce que ce n'est pas le moment où sa femme interrompt notre face-à-face avec l'envie de me crever les yeux ? Non ? Parce que s'il continue à me fixer de la sorte…

Soudain, une fusillade à la télé nous fait sursauter. Moi surtout, Solal a juste cillé. Il se précipite à l'intérieur et se met en quête de la télécommande en soulevant les coussins du canapé. Je me décale pour tenter de voir la personne assise. Il s'agit d'un vieil homme aux prunelles délavées. Avec son visage coupé à la serpe et sa peau burinée, il a fière allure, mais il semble hagard.

Solal baisse finalement le son, puis tapote l'épaule de l'homme.

Sa main s'attarde, il lui murmure des mots que je n'entends pas. Je détourne le regard.

Mon voisin a l'élégance de ne pas revenir sur notre précédent échange. Ou, plus vraisemblablement, il s'en fout de savoir pourquoi j'insiste.

— Montre-moi, dit-il.

— Pardon ?

— Ce qu'il faut peindre.

— Quoi, maintenant ? je m'exclame, horrifiée à l'idée de le faire entrer dans la maison sans y être préparée.

Solal passe une main dans ses cheveux blonds. J'arrive enfin à déchiffrer la locution latine *Alta alatis patent* ; je me la note mentalement pour chercher la signification plus tard.

Une mèche retombe sur son front. Ça devrait être interdit d'être aussi beau. Il faut une loi qui stipule que les gens comme lui doivent rester entre eux, loin des autres, pour ne pas les tenter.

Ou alors, un truc personnalisé : Liv Van Dalfsen, ici présente, femme lubrique et sans volonté, ne doit pas s'approcher de Solal Perrot, homme beaucoup trop séduisant. Ah zut, ça existe déjà, ça ; c'est une ordonnance restrictive.

— Je suis disponible tout de suite, déclare mon voisin, après, j'ai d'autres projets.

— Je n'ai pas fait le ménage…

Je m'interromps ; c'est moi qui l'ai sollicité, alors autant aller jusqu'au bout. Il enfile des boots usées jusqu'à la corde, rabat sa capuche et fourre les mains dans ses poches. Le savoir derrière moi me gêne ; je tente, tant bien que mal, de descendre le bas de ma veste sur mes fesses. Nous pénétrons dans la maison et je lui fais traverser la pièce principale au pas de course. Ça ne fait pas longtemps que je suis là, mais on pourrait croire que j'ai subi un siège de plusieurs mois : vaisselle accumulée, vêtements éparpillés…

Nous montons. Solal, qui a tenu à se déchausser, évolue en silence, imperturbable. Je suis incapable de savoir ce qu'il pense du trampoline, du désordre ou de la décoration. Avant de franchir le seuil de ma chambre, j'angoisse. Est-ce que j'ai jeté mes sous-vêtements n'importe où ? J'ouvre la porte, scanne le lieu des yeux. Ouf, rien de compromettant.

C'est quand on arrive enfin dans le dressing ouvert sur la salle de bains que je comprends mon erreur. Obsédée par le bazar, j'en ai totalement oublié ce qui est encore plus embarrassant : les dessins de Solal et mon mémo. Tandis que mon voisin inspecte l'espace d'un air professionnel, je dissimule mon carnet dans mon dos et m'assois sur l'îlot central du dressing pour cacher mon travail. Tant pis pour le reste, avec un peu de chance, il n'y fera pas attention.

— C'est une petite surface à peindre. Pourquoi tu ne le fais pas toi-même ?

Sous-entendu : pourquoi tu t'obstines à faire appel à moi ?

— J'ai peur de commencer à faire des arcs-en-ciel et des licornes.

— Non, mais tu as quel âge ?

Je sais que c'est une question rhétorique, mais je fais comme si ça l'intéressait vraiment.

— Vingt-cinq, et toi ?

— Pareil, dit-il en jetant un œil dans la salle de bains.

Ce n'est pas de bol. Mon écriteau « Règle numéro un : rester éloignée de Solal » ne serait pas plus visible s'il clignotait.

— Peut-être pas des licornes, je précise, mais des papillons, ça par contre…

Il sourit. Aussitôt, les contractions que je ressens dans certaines parties de mon anatomie ne me disent rien qui vaille.

Il montre mon mémo du menton :

— Ce n'est pas ton point fort, les règles, je me trompe ?

— *Nope.*

— Moi, c'est toute ma vie.

— Super fun.

Le bleu de ses iris vire au pétrole.

— Ce n'est pas super fun, mais ça évite les mauvaises surprises.

— Faut croire que non.

Il me regarde sans comprendre. Je lui explique :

— Je suis là, pas vrai ?

Deuxième fois qu'il sourit. À la troisième, je ne réponds plus de rien !

— Baptiste, qui bosse avec moi, doit pouvoir le faire dans la semaine. Faut que je regarde le planning. Vendredi, sans doute.

Je suis déçue. Ce serait vain de le nier. Mais c'est mieux ainsi.

— Ou alors…

Mon cœur fait une vrille.

— Je peux m'en charger demain après-midi.

— Mais c'est dimanche, je m'entends répondre, quand bien même je voudrais crier « Oui ! »

Je comprends alors qu'il préfère qu'on s'arrange entre nous et que le travail ne sera pas déclaré.

— Oh ! OK, pas de problème ! Demain, c'est parfait. Tu veux boire quelque chose ? Une bière ?

Solal braque ses yeux sur moi. Il faut qu'il arrête de me donner l'impression d'être le centre du monde quand il me regarde. Ça me provoque des palpitations.

— Je ne bois pas, merci. Et puis, je dois y aller. Tu me donnes ton numéro de téléphone ?

Tout l'air de la pièce vient d'être aspiré, mais pas par moi. Je manque d'air. J'ai chaud. Je soutiens son regard.

— Pour quoi faire ?

— Pour échanger sur la couleur que tu veux et sur le prix.

Ah ben oui, suis-je bête.

Solal s'approche de moi jusqu'à frôler mes genoux. Je me mords la lèvre. Oui, une fraction de seconde j'ai cru qu'il allait m'embrasser. Au lieu de quoi, il pointe du doigt un des croquis posés derrière moi.

— Pour ta gouverne, ce n'est pas un aigle qui est tatoué sur ma poitrine, mais un phénix.

— Ce n'est pas toi !

Cette tentative de me disculper est pitoyable, mais ce qui est important, c'est de le faire avec aplomb. Solal plonge ses iris bleu orage dans les miens et j'y lis une lueur d'amusement. Je l'aime tellement celle-là, c'est ma préférée ! Bien mieux que celle d'envie de meurtre que je lui connais déjà.

— Ah non ? Ce mec me ressemble pourtant beaucoup, dit-il en attrapant un portrait de lui. Dommage, je commençais à me dire que tu étais vraiment douée.

— Je...

C'est trop tard, je ne peux pas revenir en arrière sans passer pour une imbécile ou une menteuse. Solal sourit. Il sait qu'il m'a piégée et cela lui fait plaisir. Je détaille son visage, ses lèvres charnues, sa mâchoire carrée... je suis devant la vitrine de la meilleure pâtisserie du monde avec l'interdiction d'entrer prendre une douceur. À moins de la voler.

Oh ! c'est mal de penser ça, très mal même !

— Il faut que j'y aille, répète-t-il.

Pourtant, il ne bouge pas. Est-ce qu'il me prend aussi pour une pâtisserie ? Je me force à détourner le regard de sa bouche rouge et luisante. C'est un appel au crime !

— Je te donne mon numéro, alors ? je demande, subitement.

Il sort son portable et pianote les chiffres que je lui énumère. Je vois qu'il m'enregistre à « la voisine ». Pas terrible. Mieux que « la folle », mais moins bien que « Liv ».

— Je vais acheter la peinture, tout à l'heure. Tu as une idée de la teinte ? Rose bonbon ? Lilas, peut-être ?

— Figure-toi que c'est une excellente idée. Un vieux rose me plairait bien.

Je m'attends à ce qu'il se moque de moi, mais, à la place, il fait défiler des photos et finit par m'en montrer une. Enfin, un bout seulement. Sans doute une chambre. La couleur me convient parfaitement, je lui dis et il s'empresse de ranger son portable.

Puis il me fixe à nouveau. Et quand on m'examine de la sorte, un vieux complexe resurgit. J'ai peur qu'il me charrie sur les taches de rousseur qui parsèment mon visage. Toute mon enfance, j'ai subi des railleries à ce sujet. Pourtant, moi, je les adore ; ma mère avait les mêmes.

— Faut vraiment que j'y aille.

Est-ce que je le retiens sans m'en rendre compte ? Ça fait quand même trois fois qu'il réitère son envie de partir, sans amorcer un mouvement. Je vérifie, mais non, mes doigts n'agrippent pas son sweat en coton et je n'ai pas non plus enroulé mes jambes autour de sa taille.

La sonnerie de l'entrée retentit, brisant cet étrange moment. Nous nous échappons de la pièce comme si nous venions d'être surpris à faire des choses répréhensibles. Ce qui n'est malheureusement pas le cas. Sauf dans ma tête.

Quand j'ouvre la porte, Gloria se tient sur le perron, rayonnante. Simple gouvernante selon mon père, elle est pour moi bien plus que ça. C'est mon rayon de soleil, mon roc, ma péninsule. Je l'appelle Mamita[1]. Ça ne m'empêche pas de l'accueillir avec un :

— Qu'est-ce que tu fais là ?

— Le ménage, pardi ! s'écrie-t-elle en me poussant pour entrer, encombrée de l'aspirateur sans fil dont elle ne se sépare jamais.

Je me tourne vers Solal, gênée. Je ne veux pas qu'il croie que je suis incapable de nettoyer la maison toute seule !

— Bonjour, je suis Gloria, se présente-t-elle en lui collant deux bises sur les joues.

— Solal.

— Ça fait plaisir de rencontrer un copain de Liv. Elle est tellement nulle pour se lier d'amitié !

Le franc-parler de Gloria n'a pas d'égal. Cela dit, ce qu'elle affirme est vrai. Pour ma défense, je n'avais pas d'affinité avec les coincés des écoles dans lesquelles mon père me parquait.

— Je suis le voisin, précise Solal.

— Encore mieux, c'est plus facile pour se voir.

Gloria ne comprend pas les sous-entendus. S'il veut qu'elle saisisse le message, il faut être explicite : « Liv me harcèle et me paye désormais pour rester avec elle ».

1. « Maman » en espagnol.

— On se contacte plus tard, lance-t-il en s'éloignant dans l'allée.

Le temps que je réponde « OK », il est déjà au portail. Je me retourne vers Gloria et son irrésistible sourire.

— Je suis contente de te voir, Mamita, mais je me débrouille. Ce n'était pas la peine de faire toute cette route.

— Allez, viens me faire un câlin, maintenant que ton ami est parti. Rien que pour te serrer dans mes bras, ça valait chaque centimètre.

Je me blottis contre sa poitrine pleine et retrouve son odeur réconfortante. Gloria sent le détergent et les crêpes, elle sent la vie, là où mon père a toujours empesté le parfum. Elle s'écarte soudain en poussant un cri horrifié et me montre la pièce en désordre d'un geste.

— Pas besoin de moi, hein ?

— J'allais le faire !

— Et qu'est-ce que c'est que ça ?

— Un trampoline.

— Je le vois bien !

— Alors pourquoi tu demandes ?

Elle soupire, puis remonte ses manches.

— J'ai peu de temps, il faut que je rentre ce soir. Je dois astiquer le lustre de la grande salle à manger, demain matin. Ton père reçoit à déjeuner.

À mon tour de soupirer. Je commence à poser la vaisselle sale dans l'évier.

— Dans ce cas, on s'y met à deux.

Gloria se fâche rarement, mais quand elle pose ses poings serrés sur ses hanches, ce n'est jamais bon signe.

— Ne dis pas n'importe quoi ! Chacune son travail ! Je veux

connaître la fin de ton histoire et le compteur tourne. Ton père ne te donnera pas de seconde chance, Liv.

— S'il m'en laisse vraiment une. J'ai peur qu'en janvier, il fasse machine arrière.

Gloria abandonne ce qu'elle s'apprêtait à faire et me considère quelques secondes.

— Viens là que je te coiffe, m'ordonne-t-elle.

Quand ma mère est morte, Mamita a instauré cette tradition : un démêlage énergique de mes longs cheveux ondulés tandis qu'on échange sur ce qui nous chagrine. Ça ne sert à rien de lui dire que je dois me doucher. Je m'assois donc sur une chaise, elle sort une brosse de son sac et s'attaque à ma chevelure.

— Ton père a bien des défauts, mais il n'a qu'une parole, me rassure-t-elle. Tu as dit que tu avais terminé ton roman, qu'il ne te restait que quelques retouches. Alors, fais-le et tu lui prouveras qu'il peut croire en toi.

Est-ce le moment de lui raconter que j'ai ajouté un nouveau rebondissement absolument palpitant ? Et si je la décevais ? Et si elle m'accusait de retomber dans mes vieux travers ?

Je sais que ce n'est pas le cas, mais ça pourrait donner cette impression… J'ai peur de la suite, bien sûr, mais je n'ai pas d'hésitation. Je ne cherche pas à me mettre des bâtons dans les roues, c'est juste une vraie bonne idée… et peut-être le moyen de rester dans la création. Un moyen de ne pas m'appesantir sur mes doutes et mes nombreuses questions : est-ce que je peux me lancer vraiment ? Voler de mes propres ailes ?

Tant que la voie est tracée, c'est presque facile, il n'y a qu'à suivre les balises. Mais quitter le droit chemin alors que je viens d'obtenir mon master, c'est un risque. Je sais quelle image mon père a de moi et je ne lui jette pas la pierre. Après mon bac, je lui ai déjà demandé de m'accorder du temps et il l'a fait, il m'a donné sa confiance. Et moi, j'ai gâché cette chance. Mon année aux États-Unis en tant que jeune fille au pair a été le prétexte à toutes les dérives. Pour Berthold et moi, c'était *spring break* toute l'année. *Sea, sex and sun.* J'avais vingt ans et l'envie de vivre à fond sans réfléchir. Mais contrairement à ce qu'il croit, je ne suis plus la même personne qu'il y a cinq ans, j'ai énormément changé.

— Oui, tu as raison, Mamita.

— C'est à toi de jouer, ajoute Gloria, affirme-toi pour de bon parce que sinon, en moins de temps qu'il n'en faut pour dire « dommage », tu seras une avocate qui dessine ! Et ne perds pas ton temps en batifolages.

Je proteste autant pour sa remarque que pour la douleur qu'elle m'inflige.

— Hé ! Ce n'est pas ce que tu crois. Solal va peindre le grand dressing, parce que le décorateur de papa a vraiment tenté d'étouffer toute joie de vivre en s'occupant de ce lieu !

— Hum… À propos de ton père, j'ai un message de sa part.

Je crains le pire.

— Gaspard sera sur la Côte, le week-end prochain, continue Gloria. Ton père pense que ce serait bien de lui rendre visite.

Gaspard Vannier, ma bête noire, ma némésis, un débile pédant avec lequel mon paternel veut m'unir depuis le bac à sable. Grande famille, grande fortune, grande gueule.

— Je ne suis pas libre, je prévois de me faire un lavement du côlon.

Gloria ne comprend pas le sarcasme.

— Pourquoi tu ferais ça ?

— Je préférerais être amputée des deux bras plutôt que de le voir, Mamita.

Gloria noue mes cheveux sans aucune délicatesse.

— Cesse de faire l'enfant, Liv ! Contente ton père, passe une heure avec Gaspard, ça ne t'engage à rien. Il faut parfois faire des concessions pour ensuite avoir la paix.

Bizarrement, là, ça ne dérange plus personne que je perde mon temps !

5. Consternation

Mon héroïne, Rosalie, est anéantie. Elle a reçu la confirmation officielle de la mort de Thomas, son promis. Dans la nouvelle planche que j'ai ajoutée, guidée par son chagrin, elle s'aventure dans les quartiers mal famés, à la recherche de Jacob, cet homme qu'elle ne devrait pas fréquenter. Quand elle le trouve enfin, elle lui arrache une bouteille de rhum des mains et boit plus que ce que sa frêle constitution peut supporter. Elle est ivre.

Voilà en résumé le passage que j'ai travaillé hier, vu que Gloria a refusé que je l'aide. J'ai tenté de retranscrire l'ambiance : la sombre taverne, dangereuse et glauque, les gueules cassées. Et surtout, l'attitude indéchiffrable de Jacob face à une Rosalie vulnérable.

Toute ressemblance avec des personnes existantes est purement fortuite.

Allongée en pyjama sur le trampoline, je regarde les croquis que j'ai terminés cette nuit, un de la taverne et un autre que j'adore : Rosalie qui titube sur la plage, Jacob veillant sur elle, dans l'ombre.

Vibration de mon portable. SMS de Solal :

Empêchement cet après-midi. Peux venir maintenant ?

Pas de problème. Laisse-moi le temps d'enfiler une culotte.

Ce n'est pas ce que je veux envoyer, pourtant ma main va plus vite que mon cerveau. Je suis horrifiée par le sans-gêne dont je fais preuve ! Je m'empresse de corriger le tir en m'excusant et précisant que je suis un cas désespéré, mais il est plus rapide que moi :

On est en octobre. Couvre-toi un peu plus que ça.

Il me coupe la chique, là. Est-ce que c'est de l'humour ? Oh. mince ! Est-ce qu'il flirte avec moi ?

Je suis là dans 10 minutes.

Je t'ouvre le portail (et je m'habille en entier. Je plaisantais, bien sûr).

Heureusement, il ne répond pas. Je me suis assez ridiculisée !

Une heure plus tard, Solal a bâché le sol du dressing et commencé à peindre. Moi, j'ai migré dans la chambre, habillée, et je me consacre à mon illustration en cours. Je suis couchée sur le ventre à même la moquette. En sourdine, j'ai mis ma playlist « Tu te concentres ».

Il est pourtant difficile de ne pas repenser au regard scrutateur de mon voisin quand je lui ai ouvert la porte, ou au fait qu'il y a cinq minutes, il a ôté sa chemise pour se mettre en débardeur. De temps en temps, je ne peux m'empêcher de jeter un coup d'œil par la porte restée ouverte.

— Je peux te poser une question ? je lance en mâchouillant mon crayon.

— Non.

Je n'ai rien entendu.

— Que signifient tes tatouages en latin ?

Le rouleau arrête son mouvement de va-et-vient, puis reprend lentement.

— OK, je commence, lui dis-je alors. J'ai un petit singe enroulé autour du bras droit, parce que ma mère m'appelait ouistiti quand j'étais petite.

Silence dans le dressing.

— J'ai même un tatouage caché.

Liv, ta place est en enfer ! D'autant que ce tatouage n'a rien d'indécent, au contraire, il est juste très personnel. Très, très personnel…

J'ai envie que Solal se confie un peu à moi, mais il continue de peindre en m'ignorant. Je le rejoins dans le dressing et observe un moment ses muscles qui roulent sous sa peau tatouée. Il finit par me regarder, sérieux.

— Même s'ils sont visibles, mes tatouages sont tous secrets.

Je suppose que ça met fin à mon interrogatoire. Ce type est tellement énigmatique ! Et je suis tellement curieuse !

— Je te sers à boire ?

D'où me vient cette obsession de le faire boire ?

— De l'eau, s'il te plaît.

— Super !

Oui, trop d'enthousiasme pour pas grand-chose, mais pour une fois qu'il ne m'envoie pas sur les roses !

— J'ai Badoit, Perrier, Vittel…

— Tu as quelque chose contre l'eau du robinet ?

J'éclate de rire. Pourquoi ? Je ne sais pas. Sans doute parce que Solal me déstabilise.

— Liv Hilke Regina !

Je me retourne en sursautant. La silhouette imposante de mon père se dresse dans l'embrasure de la porte et aussitôt, j'ai l'impression que la lumière a baissé. Comme s'il me cachait le soleil. Il nous considère, immobile, pareil à un croque-mort qui attend de prendre nos mensurations.

— Papa !

— Bonjour, monsieur, dit Solal.

— Je peux te parler à côté ? tonne mon géniteur.

Gênée et surprise, je commence à expliquer :

— Je te présente Solal Perrot, à qui j'ai demandé de…

— Maintenant !

Je le suis aussitôt. Mon père est aussi raide et monolithique qu'une statue moaï de l'île de Pâques. Vu que l'attaque est la meilleure des défenses, je commence par lui dire :

— Je sais que c'est ta maison, mais il me semble que tu m'as appris à frapper avant d'entrer.

Mon père me fusille du regard.

— J'ai téléphoné, j'ai frappé, j'ai appelé ton nom.

— Tu as oublié de sonner. Ça, je l'aurais entendu !

— Ça suffit, Liv. Que se passe-t-il, ici ? demande-t-il en détaillant la pièce, comme si un autre homme se cachait sous mes draps.

— J'ai embauché un peintre pour rafraîchir le dressing. Et moi je travaille. Tu n'étais pas censé avoir des invités à midi ?

— Ça a été annulé. Pourquoi repeins-tu le dressing ?

J'ouvre les bras, comme si c'était évident.

— Pour travailler dans de bonnes conditions ! Même un asile est plus chaleureux que cet endroit !

Mon père ignore les piques que je lui lance.

— Je suis venu en personne parce que je voulais m'assurer que tu avais eu le message concernant Gaspard.

Son regard s'attarde sur la porte ouverte du dressing d'où Solal doit tout entendre. Je m'assois sur le lit en soupirant.

— As-tu bien compris les clauses de notre contrat, Liv ?

— Je t'en prie ! Ce n'est pas un contrat. C'est pour moi l'occasion de te prouver que ça vaut le coup que je m'accroche à mon rêve. Quand j'aurai fini, tu comprendras. Et pour ce qu'on s'était dit, si ma mémoire est bonne, il n'y était pas question de Gaspard.

Les yeux de mon père sont comme de la lave en fusion.

— Il est hors de question que tu réitères tes bêtises !

Nous y revoilà ! Forcément, il remet ça sur le tapis : mon année à l'étranger, ma chute en parkour – discipline qu'il ignorait que je pratiquais… Tous ces moments où je l'ai profondément déçu. Je vais pour me défendre, mais je préfère garder le silence, sa colère passera plus vite. Face à mon manque de réaction, il lâche :

— Ta mère avait de grandes espérances pour toi !

L'argument imparable ! Je serre les mâchoires, inspire, expire et finalement, souris. Ce n'est pas le moment de flancher. Mon père reste imperturbable. Fidèle à ses habitudes, il a été à l'essentiel : sa parole a été répandue, il n'a plus une minute à perdre. Un dernier regard vers le dressing, puis il tourne les talons et disparaît.

Quand je rejoins Solal, il a remis sa chemise.

— Je suis désolée.

— Laisse tomber, me coupe-t-il, tranchant. J'ai l'habitude. Il y a beaucoup de résidences secondaires par ici, appartenant à une certaine catégorie de gens…

Les remarques qu'il ne peut s'empêcher de faire sur notre différence de classe sociale me donnent l'impression d'être Marissa dans *Newport Beach* et Solal serait évidemment Ryan. Sauf qu'eux sortent ensemble tandis que nous, on passe notre temps à se chamailler.

— L'impolitesse de mon père est inexcusable, je réplique. Et elle n'est pas exclusive aux riches, si c'est ce que tu sous-entends.

— Restons-en là. Si tu pouvais me laisser bosser, maintenant, je n'en ai plus pour longtemps.

Dépitée et en colère contre mon père, mais surtout contre moi-même de n'avoir pas plus réagi, je retourne à mon croquis, mais le cœur n'y est plus. J'allume mon téléphone qui me notifie les appels en absence de mon père et des textos : un de Gloria m'avertissant qu'il était en route – sans blague ! – et un autre de Gaspard, impatient de me voir. Merveilleux !

Dans la soirée, je ressasse les événements de la journée en grignotant. Solal est parti sans avoir desserré les dents et mon père m'a relancée d'un simple mot, par SMS :

Discipline.

Le moment me semble opportun pour me mettre dans la peau de Rosalie. Elle veut fuir la réalité et, même si elle a des pensées impures au sujet de Jacob, elle est bouleversée. Comme moi.

Comment réagir face à mon père ? Il est tentant de l'affronter, mais à quel prix ? Ne plus jamais lui parler ? Je ne m'en sens pas encore capable. Pour l'instant, je préfère la méthode douce, celle que ma mère utilisait pour l'amadouer. Je ne peux qu'espérer qu'en découvrant ce que j'ai réalisé, il comprendra que ça, c'est le vrai moi. La vraie Liv.

Dans la cave pleine de grands crus classés, je découvre une armoire où des whiskys sans âge côtoient des rhums de différentes origines. Je jette mon dévolu sur une bouteille ornée d'un perroquet vert, en provenance de Guyane.

Enveloppée dans une couverture, je vais m'asseoir sur les marches qui mènent à la plage. Dans les ténèbres, j'entends le ressac. Il n'y a presque pas de vent et aucun nuage pour me cacher la voûte céleste. Je débouche la bouteille et en avale une lampée. Bon sang, ça arrache ! Pour en boire une deuxième, je n'ai aucun mal à me motiver et à m'identifier à Rosalie : il me suffit de penser à tout ce qu'on peut perdre en un claquement de doigts.

6. Révélation

Je ne sais pas quels mots une jeune femme du XVIIe siècle mettrait sur sa première cuite, mais moi – pour qui ce n'est pas une première – je peux dire que je suis cassée en deux. Ce rhum trente-deux ans d'âge, c'est pas une blague !

J'erre, ma bouteille à la main. J'ai perdu ma maison. Je suis perdue, tout court. J'ai oublié de laisser une lumière allumée. De toute façon, entre les autres baraques, le ciel étoilé, le phare et les voitures sur la route au loin, je suis dans une boule à facettes. Trop de lumières, trop de musique dans ma tête. Des chansons paillardes, allez savoir pourquoi. Sans doute à cause de Jacob, le pirate. Ce qui me fait penser à Solal que j'ai envie de toucher. Mais ce ne serait pas raisonnable.

Cela dit, a-t-on des idées raisonnables quand on est ivre ? En tout cas, moi pas.

Je me sens tellement seule ! Je m'effondre dans le sable. Ça aidera à stopper le tourbillon autour de moi. Les yeux levés vers le ciel, je regarde la pierrade… non, la cascade (la pintade ?) d'étoiles.

C'est… *beau.*

Je suis à mon max, là, niveau adjectif. Pour une autrice, c'est nul, mais je me rattraperai demain avec des mots de plus d'une syllabe. Je me mets en position fœtale pour braver le froid qui me tombe dessus. J'ai mal au crâne. Je veux rentrer chez moi, me faufiler sous ma couette en duvet d'oie, à côté de mon dressing rose peint par l'homme aux tatouages secrets. Je tremble.

— Papa !

J'ai de nouveau huit ans et j'appelle mon père pour la première fois. Avant c'était toujours maman que j'appelais, mais elle n'est plus là. La maladie l'a emportée loin de moi et chaque nuit, des cauchemars me réveillent en sursaut. Empêtrée dans mes draps mouillés de transpiration, j'ai l'estomac qui me tourne et je suis frigorifiée. J'ai l'impression que je vais vomir.

— Papa !

Non, la voix ne vient pas de l'intérieur de l'éponge qui me sert de cerveau, mais de l'extérieur.

— Papa, il y a une dame qui dort par terre.

Je ne dors pas. Je suis dissociée de mon corps, mais je ne dors pas.

— On dirait la dame sur laquelle tu as crié l'autre jour.

Malgré mon état, je parviens à entrouvrir un œil. Accroupie au-dessus de moi, une petite fille blonde comme les blés avec une coupe garçonne me scrute de ses yeux curieux.

— Tu es une fée ? je demande d'une voix rauque.

Elle se gratte le nez en souriant.

— Non.

— Tu as l'air d'un ange.

— Papa dit que j'ai l'air, mais pas la chanson.

— Le mien, il dit que je ne suis bonne à rien. C'est qui ton père ?

— C'est moi, répond Solal en me surplombant soudain de toute sa hauteur.

J'éclate de rire.

— Je suis morte ?

Il se penche vers moi. Je le vois à l'envers et, bon sang de bonsoir, il est toujours aussi beau.

— Ça se pourrait, tu as tout du zombie, en tout cas.

— Je vois un ange qui t'appelle papa.

— Elle est rigolote, pouffe la petite.

— C'est ma fille, Naya.

Dans mon esprit, c'est le black-out, un trou noir qui absorbe mes dernières pensées cohérentes, puis je ris de plus belle de cette hallucination hilarante.

— Tu n'as pas de fille ! je m'exclame.

— On dirait bien que si.

Et ce n'est pas sa réponse qui m'inquiète, mais la façon dont il pose les yeux sur elle. Je n'ai jamais compris l'expression « couver du regard » jusqu'à maintenant. D'un simple coup d'œil, il crée une bulle de douceur et d'amour autour d'elle pour la protéger du monde. Et de la voisine bourrée, sans doute.

— Tu veux passer ta tête sous l'eau ? demande la gamine. Baptiste, le copain de papa, c'est ce qu'il fait quand il s'allonge sur la terrasse et qu'il a l'air mort comme toi.

— Naya ! Rentre au chaud.

La petite obtempère. Alors que j'en suis encore à digérer la nouvelle qui brise mes fantasmes, Solal ramasse ma bouteille, puis siffle entre ses dents.

— Tu obtiendras le même résultat avec de l'alcool premier prix, tu sais ? Tu n'es pas obligée de te descendre du rhum à trois mille euros.

Je ne comprends pas un traître mot de ce qu'il dit parce que ses lèvres charnues m'hypnotisent.

— Je t'aide ? me demande-t-il.

Je me redresse tant bien que mal et prends appui sur lui. Son corps est chaud et il sent si bon ! Je pourrais pleurer tellement j'ai envie de me blottir contre lui. Alors qu'il me hisse sur sa terrasse, je constate que, dans mon brouillard éthylique, j'ai quand même réussi à m'effondrer juste devant sa maison. *Pas mal, Liv !*

Dans le salon, Solal me lâche sur le canapé et je m'y vautre sans élégance. La petite fille réapparaît. Je n'arrive pas à déterminer si elle est réelle. Cette gamine, ça pourrait être moi. J'étais aussi blonde qu'elle et mon père, qui se plaignait de mes cheveux hirsutes, me les avait fait couper. La petite ricane dans ses mains, puis repart. Je ferme les yeux.

— Elle va bien, la dame ?

— T'inquiète pas. Ce doit encore être une de ses expériences.

— Pourquoi tu dis ça ?

— Parce qu'elle fait des trucs bizarres.

— Pourquoi ?

— Parce qu'elle aime se raconter des histoires.

— Moi aussi, j'aime ça.

— Naya, il est tard, va te mettre en pyjama, s'il te plaît.

— Toi aussi, tu racontes des histoires, des fois. Tu disais qu'une souris emportait mes dents, alors que tu les gardes dans ta table de chevet.

— Tu ne vas jamais me le pardonner, n'est-ce pas ?

Je me lève et titube en direction de cette conversation qui me semble à des kilomètres. Je débarque dans la cuisine, mais la gamine a disparu. Solal est en train de faire du café.

— Je suis tellement soûle que j'ai cru que tu avais une fille.

Je m'assois sur le carrelage, car les chaises sont trop loin. L'envie d'avoir quelqu'un dans ma vie me frappe soudain de plein fouet. Voilà pourquoi je cours après ce joli mirage qu'est Solal Perrot. J'en ai marre d'être seule. Je veux quelqu'un auprès de qui me plaindre de la pression exercée par mon père, quelqu'un à qui montrer mes dessins, quelqu'un pour me réconforter et me dire que je vais y arriver. Est-ce qu'il n'aurait pas un frère jumeau ? Je veux m'en assurer, mais à la place, je m'entends déclarer :

— Tu me plais.

Solal s'immobilise, la cafetière en suspension au-dessus d'un mug barré d'un « Bonne fête papa ».

— Je sais, c'est déplacé, voire débile. Mais, voilà il fallait que ça sorte.

Solal s'agenouille pour être à ma hauteur. Doucement, il attrape ma main et y dépose une tasse de café. Je pense que je lui fais pitié. Je reprends :

— Je sais que je dois rester loin de toi et de ta maison. Je m'en souviens, même si ce n'est pas évident, ce soir. Mais, est-ce que mon pirate peut quand même te ressembler, dis ?

Alors qu'il esquisse un sourire, prêt à me répondre, la petite surgit d'un couloir, en pyjama Miraculous[1].

— Quel pirate ?

Elle est tellement jolie. J'aimerais qu'elle ne soit qu'un délire de mon esprit aviné, et à la fois, ce serait dommage.

— Elle existe vraiment, n'est-ce pas ?

Solal hoche la tête, patient.

— C'est ta petite sœur ? je demande, pour en avoir le cœur net.

— Non, dit-il.

1. Série télévisée animée dans laquelle l'héroïne, Ladybug, a un costume aux couleurs d'une coccinelle.

Résignée, je soupire et me présente :

— Enchantée, Naya, je suis Liv.

— Tu veux me lire une histoire ?

C'est là où une personne normalement constituée répliquerait :

— Non, j'ai déjà bien assez abusé de votre hospitalité. Ton père ou ta mère peuvent s'en charger. En plus, je suis vraiment trop bourrée et je ferais des rimes en prime !

Puis elle disparaîtrait en présentant ses plus plates excuses.

Mais pas moi.

Petit un, parce que tout le monde s'accorde sur le fait que je ne suis pas normalement constituée.

Petit deux, parce que ma maison me semble beaucoup trop loin, pour le moment.

Petit trois, la raison la plus importante : parce que j'adore les livres pour enfants !

Solal et moi répondons en même temps à la question de Naya. Il dit non et moi oui. Divergence de points de vue. Il m'observe et je perçois parfaitement la veine qui palpite à sa tempe gauche.

— Juste une petite, papa, insiste la gamine.

J'appuie sa demande d'une moue suppliante, mais c'est la lueur d'espoir qui brille dans les yeux de sa fille qui le fait fléchir. Il accepte d'un hochement de tête. Naya s'élance dans le couloir en sautillant de joie. Pour diminuer mon ébriété, j'avale tout rond une grosse gorgée de café encore brûlant. Je tousse.

Solal me tend la main pour m'aider à me relever. Il ne pourrait pas plutôt me porter dans ses bras jusqu'à la chambre de la petite tel un pompier sexy à ma rescousse ? Je parviens à me tenir debout et, touchée par son aide, je vais pour le remercier, quand il glisse près de mon oreille :

— Une histoire, pas plus. Naya va te supplier d'en lire une autre, mais tu refuses. C'est clair ?

— Comme de l'eau de roche.

Je lève mes yeux injectés de sang au ciel. Quel rabat-joie ! Je lui souris néanmoins et secoue la tête pour lui notifier que j'ai compris. Pourquoi est-ce qu'il m'observe comme ça ?

— Quoi ?

— Tu dois me lâcher.

En effet, je m'accroche à sa large main, tatouée de la locution latine qui signifie « Cette histoire est la nôtre ». Je n'ai aucun mérite, j'ai cherché sur Internet. Je m'attarde sur ce contact parce que j'ai conscience que c'est le seul qu'on n'aura jamais et que j'ai encore le prétexte de l'alcool pour me conduire de la sorte.

— Sa chambre est au fond. Et ne fais pas de bruit, s'il te plaît.

Comme une bonne soûlarde, je mets mon doigt sur la bouche pour montrer que j'ai saisi. Je suis bourrée, pas stupide ! Je m'engage dans le couloir. La moquette amortit mes pas, mais je fais un excès de zèle en marchant sur la pointe des pieds. Ce qui est une mauvaise idée dans mon état actuel. Je vacille et tente de me raccrocher à une console que quelqu'un a mise beaucoup plus loin que ce que je pensais. Évidemment, je m'écroule contre le mur dans un bruit de boule de bowling lancée sur un plancher. D'un même élan, Naya et Solal se dirigent vers moi chacun d'un côté du couloir. La petite rigole, le grand moins. Au moment où je me relève, une porte s'ouvre sur le vieux monsieur qui écoutait la télé trop fort. Il porte un pyjama rayé rouge bordeaux usé jusqu'à la corde et un bonnet de nuit. Ce détail me ferait presque rire si son regard délavé ne me dévisageait pas comme une revenante.

— Céleste ? dit-il.

Confuse, je balbutie des excuses. Solal attrape le vieil homme par le bras en me jetant un regard lourd de reproches.

— Tout va bien, Léonard. Vous pouvez retourner vous coucher.

Naya me prend la main.

— Tu viens, on va la lire cette histoire ?

Je lance un dernier coup d'œil par-dessus mon épaule. Solal étreint Léonard et lui frotte le dos comme on le ferait à un enfant qui a fait un cauchemar. Naya tire sur mon bras jusqu'à la porte de sa chambre. Enfin, jusqu'aux deux portes de sa chambre : une ouverture classique et une de la taille d'un enfant juste à côté. Il y a bien ce moment où je me dis que j'hallucine, mais Naya s'y engage et me fait signe de la suivre. Par la grande porte.

— Pourquoi je ne peux pas passer par la petite, moi aussi ? je demande, déçue.

Naya s'esclaffe comme si je venais de raconter la meilleure blague du monde.

— Parce que c'est la règle, c'est celle pour les enfants. Toi, tu es une adulte !

Techniquement, je lui accorde le point, mais si on demande à mon père ou au sien, je suis certaine qu'il y aurait débat.

— Et si j'y passe quand même ? je suggère avec malice.

La petite fille réfléchit sérieusement avant de conclure :

— Ça ne changera rien.

J'affiche un sourire triomphant et me baisse pour entrer par la porte de hobbit. Avant de la franchir, je remarque, affichée sur le mur, une liste de consignes.

– Se laver les mains avant les repas.

– Se déchausser avant d'entrer dans la chambre.

– Éteindre la lumière en quittant la pièce.

– Se brosser les dents (matin et soir) et les cheveux.

– Faire le lit, le matin.

Et tout un tas d'autres règles aussi amusantes les unes que les autres. Je suis épuisée rien qu'à les lire ! J'ôte mes bottines, tout de même. Quand je me redresse, je ne peux m'empêcher d'émettre un cri admiratif, la chambre de Naya est incroyable. Le décor peint sur les murs représente un entrelacement de branches et de feuillages sur lesquels sont posées différentes variétés d'insectes. Meubles, tapis et linge de lit sont intégralement verts, et au plafond pendent des fleurs en crépon. Seul un des murs est rose. Le même que celui de mon dressing. Je sais maintenant d'où vient la photo que Solal m'a montrée.

— Tu as la chambre la plus cool du monde ! je déclare, clairement envieuse.

— Merci, dit Naya en fouillant dans un petit coffre en bois, en bas de son armoire. C'est papa qui a tout fait. Sauf les fleurs, ça, c'est moi !

Elle extrait un livre kaki avec un ours et une coccinelle sur la couverture et me le tend, radieuse.

— Je veux lire celle-là !

Je m'en empare et nous nous installons côte à côte dans son petit lit.

— C'est ton père qui a fait la liste à l'entrée ?

— Hum, sinon j'oublie, ricane-t-elle, espiègle.

J'avais à peu de chose près la même série d'obligations lorsque j'étais enfant, sauf que c'était Gloria qui se chargeait de me les remémorer en me courant après dans la maison.

J'ouvre l'histoire à la première page, observe quelques secondes les jolies illustrations colorées, puis écarte une mèche courte du front de la fillette.

— Au moins, tu peux barrer « se brosser les cheveux », je lui réplique avec un clin d'œil.

Elle glousse. Je prends une profonde inspiration, me frotte les paupières pour me réveiller et me plonge dans la lecture de *Millie et Grognon*, prête à donner vie aux personnages.

Totalement absorbée par les aventures trépidantes de nos deux compères, je suis en plein dans un dialogue animé entre la coccinelle excitée et l'ours ronchonchon quand la fillette et moi sursautons.

— Naya ! s'écrie Solal depuis le seuil de la chambre.

Je me tiens le cœur pour ne pas qu'il bondisse de ma poitrine avec son baluchon, mécontent d'être maltraité. En plus, je suis sûre que mon cerveau en profiterait pour se faire la malle aussi.

— Pas ce livre, susurre Solal entre ses dents.

— Mais Liv, elle fait super bien toutes les voix ! objecte Naya.

Je suis partagée entre la joie qu'on reconnaisse mes efforts de conteuse et l'incompréhension face à la colère de Solal. Il semble hors de lui.

— De toute façon, c'est l'heure de dormir. Dis bonne nuit à la voisine.

Ah ben d'accord. Le rappel de distance est on ne peut plus limpide. Solal s'éloigne déjà dans le couloir.

— Papa ? s'écrie Naya pour le retenir.

Les pas se sont arrêtés. Il attend qu'elle ajoute quelque chose. La petite dit alors à voix basse :

— Pardon.

Je ne sais pas vraiment à quoi je viens d'assister, mais mon cœur fond en voyant le chagrin dans le regard de Naya.

— Merci, c'était chouette, me confie-t-elle en passant ses bras autour de mon cou. À bientôt, Liv. Bonne nuit.

Je suppose que c'est à ce moment précis que je dois lui expliquer qu'on ne se reverra sûrement pas. J'ai plutôt l'alcool joyeux, mais les petites filles trop chou aux grands yeux tristes, moi, ça me donne envie de pleurer. Je ne suis pas obligée de lui dire adieu tout de suite, après tout. Même si je garde mes distances avec son père, il est encore possible que Naya et moi, on se croise sur la plage, non ? Je ne suis pas Cruella, non plus !

Je borde en vitesse la couette de la petite pour me donner contenance, puis la salue d'un geste de la main en quittant la pièce. Mes chaussures à la main, je rejoins Solal qui m'attend dans la cuisine, appuyé contre le plan de travail, les bras croisés. Juste quand je crois que je ne peux pas le voir plus énervé, il me prouve le contraire. C'est une colère rentrée, intériorisée et contenue, mais qui menace d'exploser. Je jurerais voir ses yeux humides. J'avoue que ça m'a dégrisée, tout ça.

— Je suis désolée à propos de ce que je t'ai dit plus tôt. J'ai tendance à faire de grandes déclarations quand je suis ivre. Une fois, j'ai voulu me marier avec l'employée d'une sandwicherie. Elle avait soixante ans et préparait le meilleur jambon-beurre du monde ! Est-ce qu'elle le barattait elle-même, je ne le saurai jamais, mais…

— Liv, me coupe Solal.

Oui, soûle, je parle aussi à tort et à travers. J'ajoute :

— Bref, c'était vraiment déplacé de ma part. Tu as une vie bien remplie. Il est clair que tu es occupé et je le suis également. Donc, on en reste là. Je vais me tenir à carreau, c'est promis.

Il semble fatigué. Moi aussi.

— Tu veux que je te raccompagne ? propose-t-il.

— Non, ça va aller. Merci.

J'ouvre la baie vitrée, saisie par le vent d'octobre, et trottine jusqu'au bout de la terrasse, les pieds gelés, malgré les chaussettes. Je pourrais prendre une minute pour remettre mes boots, mais je crois qu'il est temps que je disparaisse de la vue de Solal.

— 2603, me lance-t-il.

— Quoi ?

— 2603, le code de ton portillon.

— Oh, oui, merci. Je m'en souvenais, cette fois.

Il hoche la tête.

— Bonne nuit, Solal.

Je descends les marches de bois et traverse l'allée. La lumière extérieure de Solal s'allume, ce qui me permet de rentrer chez moi sans encombre, mais avec l'impression désagréable d'avoir fait une connerie.

7. Résolution

Haut les cœurs ! Et non pas haut-le-cœur, même si en l'état actuel des choses, c'est un mix des deux. Je me sens nauséeuse avec un mal de crâne carabiné, mais aussi une détermination nouvelle.

C'est bon, je me suis suffisamment éparpillée. Il est temps de rassembler mes neurones et surtout de rappeler à la maison mes hormones en ébullition ! Allez, on rentre, les filles, il n'y aura pas de partie de jambes en l'air avec Solal Perrot, chargé de famille. Oui, il est très attirant. Oui, derrière cette belle façade se cache un être intrigant. Oui, en tant que peintre, il ne doit pas avoir son pareil pour t'enduire le corps de chocolat et le lécher de haut en bas. Mais ce sont des pensées stériles. Agréables, certes, mais stériles.

Il a une fille. Et même si j'ai fait beaucoup de baby-sittings et que j'adore les enfants, je ne suis pas une spécialiste. Je ne fréquente pas non plus de papa. Ou de maman, du reste. Toutes les personnes de mon âge, dans mon entourage, sont accaparées par leurs études.

Solal a sa vie, moi la mienne. Un peu de frustration n'a jamais fait de mal à personne. Au contraire, c'est une énergie que je peux rediriger et exploiter pour mon projet. Finis les abus, les distractions, les mecs canon, les fillettes adorables et surtout, le rhum hors de prix !

Moi aussi, je peux me référer à une locution latine : *Anima sana in corpore sano*. Un esprit sain dans un corps sain. Concentration maximale, optimisation de mon temps, footing, alimentation qui favorise les idées et la focalisation. À partir de demain – aujourd'hui il est trop tôt, ma tête accueille encore des danseurs de pogo –, je m'y mets à fond. Je sais que je dois mettre le paquet sur mon roman pour aboutir à un travail digne de ce nom, pour en être fière, pour me dire que j'ai mis toutes les chances de mon côté, pour ne pas avoir honte et valider le fait que c'est la voie à emprunter, une bonne fois pour toutes. En l'état, j'aimais déjà mon travail, il était bon, mais en venant ici, je cherchais plus. Grâce à Solal, j'ai découvert un nouveau personnage. Il faut voir le bon côté des choses !

Encore pelotonnée sous ma couette, je glisse une main en dehors et tâtonne sur ma table de chevet où je sais que traînent un calepin et un stylo. Je m'appuie contre l'oreiller et me mets à croquer une frégate, toutes voiles dehors. Le *Jolly Roger* flottant en haut du mât. Je ne sais pas comment je n'ai pas pensé à inclure un pirate plus tôt ! Cela aurait dû être une évidence. Ma mère les adorait ; au cinéma, dans la littérature. Peut-être le fait de me trouver au bord de la mer a fait inconsciemment remonter des souvenirs…

Être seule ici me procure du bien-être et me remémore tout ce que j'ai mis de côté ces dernières années. Maman était fascinée par les femmes pirates, ces pionnières, ces aventurières intrépides. Si ma Rosalie n'en est pas une, je sais qu'elle finit par devenir aussi courageuse et indépendante que ces femmes-là.

J'extirpe de mon sac mon peignoir en polaire marron avec des oreilles d'ours. Pas sexy, mais terriblement confortable. C'est ma tenue cocooning-réconfort-lendemain de cuite, ou encore examen-rendez-vous chez le dentiste. Je mets environ trois heures à atteindre la cuisine pour ne pas brusquer mon cerveau qui menace de se faire la malle pour de bon. Devant mes placards, je bugue un moment, incertaine de ce que je dois absorber pour me sentir mieux. J'envoie un SMOS – un SOS sous forme de SMS – à ma sauveuse de toujours. Gloria aura la solution, elle en a une pour chaque situation de la vie.

Quelques secondes plus tard, une série de réponses arrive : « eau de coco », « jus de tomate », « banane », « œuf », « gingembre ».

Je ne peux pas dire que ça me donne envie, mais je fais confiance à Mamita. Elle sait tout. Par miracle, j'ai les ingrédients qu'elle a énumérés, alors je mets l'ensemble dans un blender et prie pour que le bruit ne fasse pas exploser ma boîte crânienne. Face à l'aspect peu ragoûtant de la mixture, je prie une nouvelle fois pour ne pas vomir. Le goût est infect. Tout à fait le genre de raison qui incite à ne plus jamais s'alcooliser.

Mon portable me notifie un autre SMS :

L'un ou l'autre te fera du bien.

Ah mince. Bon, eh bien, j'imagine que je multiplie les chances d'un rétablissement rapide.

Une heure plus tard, je maudis Gloria. Je ne me sens pas mieux du tout. Il ne me reste qu'un moyen pour sauver la journée, c'est de bosser un peu malgré mon état. Une tasse de tisane de mélisse à la main, j'apporte mon nécessaire à dessin dans le dressing. À la vue de mon stupide mémo, je pense à Solal et à ce qui s'est passé hier soir. Il y a vraisemblablement beaucoup d'éléments qui m'échappent, mais lui et Naya avaient du chagrin, ça, c'est une certitude. En faisant irruption dans leur quotidien avec ma subtilité légendaire, j'ai l'impression que j'ai causé plus de mal que de bien.

Je me sens coupable. Mon premier réflexe serait de retourner m'excuser, mais cela impliquerait sans doute de faire une nouvelle erreur. Le mieux pour moi est de rester loin de la famille Perrot pour le moment.

Je décolle la feuille sur laquelle est écrite la seule règle à respecter et jette un œil à la maison voisine. L'utilitaire n'est pas garé devant. Aucun signe de vie. Je soupire, balance mon mémo désormais inutile dans la corbeille et m'installe à la table.

Je déballe avec soin mon matériel. J'aligne lentement pinceaux, stylo-plume, gomme, film de masquage et autres outils dont j'ai besoin. En dernier, j'ouvre mon set dévoilant une palette de couleurs intenses. Rien qu'à les regarder, cela m'apaise. La peinture est l'un des rares domaines dans lesquels je fais preuve de patience et de calme. Je me sens déjà mieux. Oui, quand je suis devant ma feuille, je n'ai plus de doute, je sais que ma place est ici. Je me sens sereine, en harmonie.

J'attrape mon carton et en extrais les images déjà encrées que je veux colorer. Celle du dessus est une vue de Jacob, impénétrable et sombre, se tenant fièrement derrière son gouvernail. J'ai un pincement au cœur en passant le premier coup de pinceau sur le visage du pirate, mais je finis par en faire abstraction.

Quand mon téléphone sonne et que je lève les yeux de mon travail, je constate que deux heures viennent de disparaître. Ma tisane est froide et j'ai le dos en compote, mais je suis heureuse. Devant moi sèchent plusieurs planches sur lesquelles je n'aurai que quelques retouches à faire.

Mon portable continue de sonner. Sur l'écran s'affiche « Berthold ».

J'aurais dû m'en douter ! Je décroche en me frottant les yeux, mon interlocuteur se contente de me dire :

— Visio !

Et il coupe la communication. Maintenant qu'il sait que je suis dispo, il va pouvoir se repaître de ma tête de zombie. Ce type a un sixième sens pour me cueillir dans des situations délicates, du genre gueule de bois, et il adore en constater les dégâts.

Il y en a pour qui leur instinct les aide en affaires ou en amour, Berthold, lui, a des antennes pour détecter le moment le plus mal choisi pour me téléphoner, et ça, même de l'autre côté de l'Atlantique. C'est un don inutile, mais ça n'en reste pas moins impressionnant.

Depuis deux ans, il vit à Boston et exerce un boulot dans la finance auquel je ne comprends rien. Son appartement luxueux lui fait payer un loyer indécent. Il a toujours été attiré par ce qui brille. Il parle fort, rit fort, surtout de moi, a un goût déplorable en matière de fringues ou de femmes, mais c'est mon meilleur ami, en plus d'être mon cousin.

Je pourrais refuser l'appel, évidemment, mais à quoi bon ? Il me harcèlerait. Du coup, dès que l'écran s'allume et que mon visage apparaît, Berthold explose de rire. C'est un des sons que je préfère au monde et qui, à la fois, me tape le plus sur le système. Ce qui n'arrange rien est que mon cousin est toujours joyeux. Ou prétend l'être. Même au fond du seau, il dit que ça va. Méthode Coué en force.

— Ah ouais, quand même ! s'exclame-t-il. Quand j'ai un moment de déprime, il suffit que je t'appelle et je me sens mieux, agent L.

Je souris en entendant l'un des surnoms que nous nous sommes donné, gamins. L'agent L et l'agent B, toujours dans les bons coups. Deux espions corruptibles à fond, à condition d'avoir la bonne quantité de bonbons. Gamins, on a fait les pires bêtises et je ne parle même pas de celles de notre fameuse année en roue libre.

— Tu ne déprimes jamais, je lui rétorque.

— C'est vrai. Toi, en revanche, tu n'es pas au mieux de ta forme.

Il ricane d'un air moqueur, confortablement installé dans son lit *king size*. C'est vrai que c'est le matin chez lui.

— Gloria m'a raconté que tu n'étais pas très concentrée…

Voilà donc la raison de son appel. Mamita adore Berthold. Quand nous étions petits, elle trouvait qu'il avait une bonne influence sur moi en me permettant d'être une enfant et pas un robot, comme le souhaitait mon père. Depuis que Berthold s'est exilé aux États-Unis, elle l'appelle sans cesse pour savoir s'il se nourrit suffisamment et s'il va bientôt rentrer.

— Quelle rapporteuse, celle-là ! je m'offusque. Et puis, c'est faux, je bosse. J'ai même ajouté un pirate !

— Quoi ? Mais tu es folle ! Tu avais terminé !

— Oui, mais tu te souviens, je te disais qu'il manquait un truc et que j'espérais le trouver ici. Eh bien, c'est chose faite.

— Dans ce cas, c'est cool. En plus, ça aurait fait plaisir à ta mère… Mais est-ce que c'est raisonnable, Liv ?

— Je peux le faire, B. Aie foi en moi.

— *Alright*, L. Mais Gloria m'a dit aussi qu'il se passait des choses pas très catholiques avec ton voisin.

— Absolument pas ! C'est juste un peintre que j'ai engagé pour refaire les murs du dressing.

Je vois au fou rire qu'il retient qu'il n'achète pas mon bobard. Malgré tout, ça me réchauffe le cœur de voir cet abruti. Berthold est le singulier mélange entre une Néerlandaise, la sœur de ma mère, et un Jamaïcain. Il en résulte une carnation parfaite couleur caramel et des yeux verts hors du commun. Il n'est pas beau à proprement parler, mais il ne passe pas inaperçu, ça, c'est sûr. Moi, je le trouve irrésistible avec son caractère enjoué et son ouverture d'esprit. Malheureusement, on ne se parle pas aussi souvent que j'aimerais.

— Un peintre, hein ? Pas la peine de te fatiguer, Gloria m'a dit que c'était tout à fait ton genre.

— Déjà, je n'ai pas de genre, donc n'importe quoi, et puis, pff, alors là, mais si tu savais à quel point, pas du tout, mais pff.

Il fait mine de se tapoter l'oreille avec l'index, le visage penché.

— Attends, j'ai une info de dernière minute, oui, c'est ça, on me dit dans l'oreillette que tu es une grosse menteuse.

Nous éclatons de rire ensemble et cela me fait penser à toutes les fois où nous avons partagé nos histoires de cœur. De mon premier *crush* à l'école primaire, en passant par tous les garçons qui m'ont fait tourner la tête durant notre année aux États-Unis, à mon dernier flirt de cet été, Berthold connaît tous les mecs sur lesquels mes yeux se sont attardés. Et pas que les yeux pour certains…

De mon côté, j'ai des lacunes, dans la mesure où la majorité de ses relations durent aussi longtemps qu'un détartrage chez le dentiste. En plus de me faire le même effet.

— C'est à cause de ton peintre moche que tu as cette tête de déterrée ? me demande mon cousin.

— Je n'ai jamais dit qu'il était moche.

— Ouh, ça y est, tu prends sa défense !

Je constate avec surprise que c'est vrai. En même temps, il faudrait être aveugle pour dire le contraire.

— Je te connais par cœur, il te plaît. Je parie mon salaire annuel qu'il est difficile à déchiffrer.

J'affiche une moue explicite : énigmatique, ça correspond bien à Solal.

— Un regard expressif ? ajoute Berthold. Un ou deux tatouages, peut-être ?

Sa liste a le don de m'agacer un tantinet. Je suis donc hyper prévisible. OK.

— Sur tout le corps, les tatouages, je ne peux m'empêcher de préciser.

— Tout le corps ? répète mon cousin, en soulevant un sourcil.

Il se bidonne contre la montagne d'oreillers qui trône sur son lit. Je m'allonge sur l'un des canapés inconfortables du salon.

— De ce que j'en ai vu, oui, je réponds. Rien en dessous de la ceinture, espèce de pervers !

Pour détourner son attention de Solal, qui ne fait de toute façon plus partie du tableau, je questionne Berthold sur son travail et ses propres relations amoureuses. Bavard sur le premier sujet, il s'éteint sur le second.

— Rien à signaler côté conquêtes, conclut-il. Il va falloir que j'y aille, Liv. C'était chouette de te voir.

— Pareil, agent B.

— La prochaine fois, tu me montres tes planches. Je veux voir ce que tu nous concoctes !

Il croit tellement en moi ! Il fait partie de ma *team* de supporters avec Gloria. Il m'a toujours encouragée à dessiner et à tenter d'en vivre. Sentir son soutien me réconforte.

— Promis.

Mon téléphone sonne au moment où je me retourne sous la couette. C'est un numéro inconnu. La fatigue me terrasse et j'hésite vraiment à répondre. Et si c'était une mauvaise nouvelle ? J'appuie néanmoins sur le bouton en rabattant la couette sur moi.

— Hum ?

— Bonjour, Liv. C'est Gaspard.

Chihuahua ! Je n'ai pas reconnu son numéro, il faut vraiment que je l'enregistre sous l'intitulé : « Ne pas répondre ». Gaspard Vannier, ce n'est pas une mauvaise nouvelle, c'est carrément les quatre cavaliers de l'Apocalypse qui débarquent !

8. Obligation

Pourquoi ai-je accepté de boire un verre à la maison plutôt qu'en ville ? Ça restera un des mystères non élucidés de l'histoire, entre le triangle des Bermudes et la zone 51.

Cela dit, contre toute attente, Gaspard s'est montré charmant au téléphone. Je me suis dit qu'il avait droit au bénéfice du doute. Nous ne nous sommes pas revus depuis plusieurs années, il a peut-être mûri.

Le reflet dans le miroir géant de la chambre parentale confirme que j'ai fait un effort vestimentaire notable. Abandonnant provisoirement mon pyjama que je ne quittais plus depuis deux jours, j'ai enfilé une blouse fleurie dans les tons rouges et un jean. Un peu de maquillage, mes longs cheveux blonds qui caracolent sur les épaules ; mon apparence est convenable, mais neutre. Malgré les efforts que je fais pour accueillir Gaspard, je reste sur mes gardes. Notre dernière rencontre s'est quand même soldée par une dispute au terme de laquelle je l'ai giflé.

Au rez-de-chaussée, je vérifie d'un coup d'œil que tout est prêt, pour ne pas faire traîner cette corvée plus que nécessaire. Petits légumes accompagnés de sauce, gâteaux apéritifs et une variété de boissons alcoolisées digne d'un bar à la mode. Pour moi, il y a du jus de fruits, je n'ai pas envie de perdre le contrôle et de réitérer mon invasion chez Solal.

À 19 h 30, j'entends la voiture dans l'allée. Pile à l'heure. Quand j'ouvre la porte, Gaspard se tient comme dans un mauvais film, le coude appuyé contre le mur. Il me sourit avec des dents trop blanches pour être humaines.

— Salut, ouistiti.

Trois secondes. Il aura fallu trois minuscules secondes pour sceller le destin d'une éventuelle relation, même amicale. Je referme la porte brutalement en espérant qu'il se la prenne en pleine poire. Cet abruti a toujours utilisé le surnom que me donnait ma mère, malgré mes menaces pour qu'il arrête. Depuis le jour où on nous a obligés à passer du temps ensemble, on dirait qu'il prend un malin plaisir à découvrir mes faiblesses et à me torturer avec.

Il frappe plusieurs coups à la porte.

— Liv ? Pardon, j'avais oublié. Ouvre, s'il te plaît, je ne le ferai plus !

J'inspire, j'expire, je fais craquer mes doigts et ma nuque. *Zen, Liv, zen. Ce n'est qu'une petite heure.*

J'ouvre en grand.

— Ne m'appelle plus jamais comme ça ! je le préviens. Si tu t'avises…

— Ouais, je sais, tu seras impitoyable, me coupe-t-il, en me bousculant pour entrer. Où est-ce que je pose ça ?

Il brandit avec fierté une bouteille de Dom Pérignon.

— Je ne savais pas si tu en aurais dans ta bicoque.

Bon sang, même sans boire une goutte d'alcool, je vais sortir de là avec les mêmes effets : migraine et nausées.

— Ça fait plaisir de te voir, ouistiti. Toujours aussi mignonne ! Bien qu'on commence à voir quelles parties de ton anatomie vont s'affaisser en premier.

Il me faut fournir un effort considérable pour ignorer le fait qu'il m'a une fois de plus nommée « ouistiti » ainsi que l'examen minutieux qu'il fait subir à mon visage. Monsieur veut devenir chirurgien esthétique depuis qu'il a cinq ans et il adore indiquer aux gens ce qu'ils pourraient améliorer.

— Menton, nez, énumère-t-il à voix basse, les yeux plissés. Tu sais qu'on peut faire disparaître tes éphélides ? Avec quelques retouches, tu serais même canon !

S'il y avait un cahier des charges à remplir pour être la personne la plus détestable de l'humanité, Gaspard cocherait toutes les cases. C'est tellement énorme que j'éclate de rire.

— Allez, viens, on va ouvrir ta bouteille de champagne avant que tu dises plus de conneries !

Je choisis le canapé et m'attends à ce que mon invité s'installe en face dans un fauteuil, mais il s'assoit juste à côté de moi avec un sourire carnassier. Bras sur le dossier, il me fait un clin d'œil.

— Alors, quoi de neuf, Liv ? Comment se passe le droit ? C'est chiant, non ? Je n'ai toujours pas compris ce que tu es allée faire là-bas !

Si je lui balance le bouchon dans la tronche « par inadvertance », ce serait grave ? Au pire, il pourra se recoudre tout seul tandis que je siroterai son millésimé, non ?

Après avoir finalement envoyé valdinguer le bouchon à l'autre bout de la pièce, je me sers et avale la coupe entière comme si c'était du Coca. Face à Gaspard, je ne me sens plus de respecter mes bonnes résolutions concernant l'alcool ! Et puis, je crois que ce qui m'agace, c'est que cet imbécile m'a percée à jour. Le droit m'ennuie tellement !

— On ne trinque pas à nos retrouvailles, d'abord ? demande-t-il.

Je m'en ressers avant de lui donner son verre.

— Non, Gaspard, on n'a rien à célébrer toi et moi, si ce n'est le record que tu as battu : tu n'as jamais été aussi rapide à me rendre dingue.

Il grimace en soufflant.

— Arrête, Van Dalfsen, tu as toujours été dingue !

Je me tourne vers lui de manière à lui faire face. Je détaille sa coupe courte dont aucun cheveu brun ne dépasse, ses yeux noirs qui m'ont toujours évoqué ceux des requins, son pantalon et sa chemise impeccables. Prise d'une impulsion, je plaque mon oreille sur son torse. En cherchant bien, il doit y avoir un cœur qui bat quelque part !

Je me souviens qu'au lycée, Gaspard était très doué en magie et qu'il emballait souvent les filles avec des tours de passe-passe. Je dois avouer qu'il n'a pas perdu la main. Quand ses doigts se referment sur mon sein gauche, je n'ai rien vu venir. Il me pétrit si fort que je le soupçonne de vouloir me mettre à cuire après coup. J'hésite à lui proposer des graines de sésame à saupoudrer dessus.

À la place, je le fais saigner du nez. Je n'ai pas une force herculéenne, c'est juste que Gaspard saigne avec une facilité déconcertante. La claque que je viens de lui assener était d'intensité moyenne : de quoi lui remettre les idées en place, mais pas non plus lui décoller le cerveau.

À l'école, dès qu'il faisait trop chaud ou qu'on avait sport,

Gaspard pissait le sang par le pif, genre fontaine d'hémoglobine comme dans les films d'horreur de série B.

Il lâche mon sein pour colmater la fuite de ses mains, mais c'est trop tard, sa jolie chemise blanche n'est plus aussi immaculée qu'à son arrivée.

— Merde, fait-il en souriant.

Je ne lui rends pas la politesse et le regarde goutter sur le carrelage de marbre.

— Tu m'as filé une sacrée tarte, dis donc, s'amuse-t-il.

— Si tu me touches encore sans que je t'y autorise, tu auras droit à une pièce montée entière, c'est compris ?

À son regard, je devine que non.

— Je t'arrache les yeux et je m'en fais des boucles d'oreilles. Quant à tes testicules…

— C'est bon, message reçu cinq sur cinq. Je pensais juste qu'on pouvait se remémorer le bon vieux temps.

Quel gâchis d'avoir une maladie dégénérative du cerveau si jeune ! Non, mais quel bon vieux temps, sérieux ? La plupart de nos moments ensemble, je les passais à l'insulter ou à lui filer des baffes ! Ah mince, j'ai peur de comprendre…

— Mes gifles te manquaient ?

— Pas précisément, mais comme on se retrouve en bord de mer, tous les deux, que je n'ai plus d'acné, que tu n'as plus de bagues aux dents, on pourrait…

— Déjà, tu pourrais arrêter de saigner sur moi.

— Ouais, tu as raison, je vais aux toilettes, je reviens.

Le temps qu'il me rejoigne, je suis allée lui chercher une chemise de mon père, piochée au hasard dans le dressing.

— C'est ta faute, aussi, là, à te jeter sur moi ! Et puis, pourquoi tu as accepté de me voir, si ce n'était pas pour un petit moment torride ? s'enquiert-il en me révélant un peu trop longtemps son torse musclé et glabre.

Plusieurs longues secondes s'écoulent sans que je puisse articuler le moindre mot. Je trouve terrifiant qu'il n'ait pas envisagé une seconde qu'on puisse se voir comme de simples « amis » d'enfance, ou pour n'importe quelle autre raison que le sexe.

— Ça s'appelle le bénéfice du doute. J'ai cru que peut-être tu n'étais plus un vantard arrogant et antipathique.

Il hoche la tête, l'air de comprendre la méprise.

— OK. Dans ce cas, il suffisait de me le demander directement, je t'aurais dit que je n'avais pas changé.

Peut-être, oui. On grignote pensivement des bâtonnets de carotte en se fixant en chiens de faïence. Je n'ai aucune envie de l'interroger sur ses études de médecine ni sur sa vie amoureuse, je m'en moque comme de mes dernières chaussettes. C'est faux, même mes dernières chaussettes me passionnent plus que ça. Une jolie paire montante bleue et violette.

— J'organise une fête, samedi, m'annonce-t-il sans préambule.

Gaspard n'a sûrement pas beaucoup de qualités, mais il faut reconnaître qu'il n'est pas rancunier.

— Il y aura les copains habituels, la bande de la plage, ajoute-t-il. On est tous là pour le week-end prolongé, ça sera sympa de se revoir.

Je vote définitivement pour une maladie qui ronge le cerveau. Je n'ai jamais fait partie de sa « bande de la plage », des « fils et filles de » qui aimaient se retrouver le week-end dans les résidences secondaires de leurs parents pour des beuveries et des courses à tombeau ouvert sur les chemins sablonneux, avec des bolides qu'ils n'avaient pas l'âge de conduire. On était pourtant complètement dans l'ambiance *Newport Beach*, mais ça ne me faisait pas rêver, curieusement.

Comme il est évident qu'on ne va pas coucher ensemble et que nous n'avons strictement rien de plus à nous dire, nous écourtons ce moment aussi douloureux pour lui que pour moi. Je le raccompagne à sa voiture de sport rouge pétant.

— On se voit à ma fête, samedi ! me lance-t-il en faisant crisser les graviers de l'allée.

Non, en fait. On ne se voit pas samedi ni aucun autre jour de la semaine ou d'aucune semaine du siècle à venir. J'ai passé du temps avec Gaspard, ce que je raconte dans un SMS laconique à mon père :

Devoir accompli !

Maintenant je peux me consacrer à des occupations mille fois plus passionnantes, telles que changer le rouleau de papier toilette ou m'appliquer un masque maison. Après avoir mixé un concombre et du yaourt, je m'en étale une couche épaisse sur le visage et m'allonge sur le trampoline pour réfléchir.

Pendant longtemps, j'ai cru que Gaspard et moi pourrions être amis. Il était là à toutes mes fêtes d'anniversaire, ainsi qu'à chaque réception et autres pince-fesses organisés par ma famille. Il arrivait que nous soyons les seuls enfants présents. Nous avions reçu la même éducation, les mêmes valeurs et surtout, ses parents étaient tout aussi exigeants et préoccupés par les apparences que mon père – voire plus. Pourtant, nous ne pouvions pas être plus différents : il était vantard et méchant. Je me souviens avoir eu parfois très peur de devenir comme lui. Heureusement, j'avais un garde-fou : Berthold. Mon oncle, ma tante et lui menaient une vie beaucoup plus simple et, me semble-t-il, plus joyeuse que moi. Ils vivaient dans une maison normale où on pouvait manger avec les coudes sur la table et regarder les dessins animés le mercredi après-midi. Berthold n'était pas obligé de suivre des cours de piano, de japonais ou de n'importe quoi d'autre qui l'aide à enrichir son CV.

Quand je lui montrais un des cadeaux hors de prix que j'avais reçu à Noël ou mon anniversaire, il me répliquait « C'est ce que tu voulais ? ». Souvent, je mentais pour ne pas qu'il perçoive mes doutes. Non, ce n'était pas ce que j'avais demandé, mais au moins, ça coûtait cher, ça voulait dire que mon père m'aimait un peu. Heureusement, il y avait toujours Gloria pour m'offrir un présent plus modeste avec une étiquette accrochée dessus « *Au nom de ta maman* ». Je garde chacun de ces objets comme des trésors, alors que je suis incapable de savoir ce que sont devenus les autres cadeaux.

Il est curieux de constater qu'en grandissant Berthold a cherché à atteindre mon niveau de vie, et moi le sien.

Quand quelqu'un frappe, je crois que c'est Gaspard qui vient de s'apercevoir qu'il n'a pas peloté mon sein droit, mais non. D'autant plus que les coups proviennent de la porte de derrière. J'ouvre et découvre alors un homme qui se contrefiche de ma poitrine : Solal.

9. Déambulation

— Salut, fait-il en me regardant étrangement. Désolé de te déranger.

Il semble surpris de me voir. Il ne peut pas l'être autant que moi, ça, c'est sûr ! Avec un sourire un peu gêné, il ajoute :

— Je me suis permis de franchir le portillon.

Ah ben oui, tiens. Toute à ma joie de le découvrir sur le pas de ma porte, je n'ai pas capté qu'il n'a pas sonné.

— Il faut que je change le code, je soupire, j'en ai un peu marre que tu me harcèles.

Il sourit franchement cette fois. *Mamma mia* ! Il passe d'un pied sur l'autre, les mains dans le dos, puis se frotte le menton en observant la plage. Le vent lui dégage le visage, en jouant avec ses mèches blondes. Qu'est-ce que c'est agréable de le voir !

— Je suis désolé de venir à l'improviste, mais j'ai un service à te demander.

Stop ! Plaît-il ? Quoi ? Je me pince pour m'assurer que je n'hallucine pas. *Aïe.* Solal me toise comme si j'étais folle. Tout va bien, c'est réel.

— J'ai promis à Naya qu'on irait frapper aux portes et comme il n'y a pas grand monde dans le quartier, en cette saison… N'hésite pas à me dire si tu ne veux pas, mais on pourrait peut-être passer chez toi, tu vois, vite fait, ça ne durera pas longtemps.

Je dégringole de ma planète peuplée de grands équipages, de pirates et de demoiselles éplorées. J'ai complètement zappé que c'était Halloween ! D'habitude, je me plie à tout le cérémonial : déguisement, décoration effrayante, fête monstre…

— Oh ! mais oui, oui, venez ! je réplique, balayant sans scrupule toutes mes résolutions. Évidemment que je serais contente de vous accueillir !

Mon esprit carbure pour savoir ce que je peux proposer à la fillette, autre que des fruits secs et des pastilles pour la toux, jusqu'à ce qu'un paquet de bonbons apparaisse devant mon nez.

— J'ai pensé que tu n'avais pas ce qu'il fallait, me dit mon voisin.

Il y a certaines images qu'on garde gravées en soi comme des fondants au chocolat pour les mauvais jours. Celle de Solal, la chevelure en bataille, en T-shirt manches courtes alors qu'il fait un froid de gueux, me tendant une poche de Haribo me hantera longtemps.

Il me remercie, je le remercie, on se remercie. Il me lance « À tout à l'heure », j'en fais de même alors qu'il est déjà parti. Je me sens mal quand je réalise à quel point le revoir me fait plaisir. En tout cas, cette fois, j'ai la conscience tranquille, ce n'est pas moi qui ai repris contact !

Je mets de côté mes petites préoccupations intérieures et active aussitôt le mode Halloween. Hors de question que j'accueille Naya sans aucuns préparatifs ! Vu qu'ils vont passer par-derrière, comme Solal à l'instant, je vais tout concentrer sur cette porte. Je commence par allumer des bougies derrière les baies vitrées et sur les marches, pour l'ambiance, puis me rue sur l'un de mes carnets pour dessiner un œil sanguinolent regardant à travers un judas et quelques araignées. Une fois terminé, je les colle à l'extérieur du battant ; l'effet est saisissant ! Je concocte vite fait une silhouette fantomatique avec un drap posé sur un coussin que j'accroche sous l'auvent. Je suis en train de transvaser les bonbons dans un saladier blanc que j'ai enrichi d'un visage effrayant, quand des coups sont frappés à la porte. Trop tard pour me déguiser !

À peine ai-je entrouvert que Naya hurle :

— La bourse ou la vie !

Heureusement que Solal m'a prévenue, sinon je pense que je serais effectivement morte à cet instant. Pour donner le change, je vacille, puis m'effondre au sol, bras et jambes écartés. Au bout d'une poignée de secondes, j'ouvre un œil. La petite écarquille les yeux et Solal semble consterné.

— Pardon, je dis en me relevant, c'était nul. Tu veux des bonbons ?

Naya éclate de rire, ravie que je ressuscite pour lui offrir des friandises. Elle porte une combinaison intégrale rouge à pois noirs et son visage est blafard. Je tente de ne pas commettre d'impair en devinant ce qu'elle est.

— J'ai été tellement terrifiée par ton déguisement de…

— Coccinelle vampire, déclare-t-elle, comme si c'était une évidence.

— Ah oui, voilà, j'en étais sûre, j'affirme le plus sérieusement du monde. Entrez deux minutes.

Naya ne se fait pas prier, mais Solal dépasse à peine la barre de seuil. J'attrape le saladier.

— Et toi, laisse-moi deviner, tu es un papa, pas amusant, qui ne se déguise sous aucun prétexte. J'ai bon ?

Il me lance l'un de ses fameux regards d'orage, que j'ignore souverainement, occupée à remplir le sac citrouille de Naya.

— Tu veux que je te prête des trucs pour te créer un personnage ? je lui propose, déjà excitée à l'idée d'habiller et de maquiller Solal comme un Ken géant.

— Non, ça ira. De toute façon, on rentre, là, il n'y aura personne dans la rue.

— Papa ! se lamente la petite. Pas déjà !

Elle a les bras ballants et le regard du Chat Potté. Moi, je suis pire qu'une cocotte-minute qui veut crier que le repas est prêt : je meurs d'envie de préciser que deux maisons plus loin, il y a un couple de personnes âgées absolument charmant. Je les ai croisées en allant faire des courses plus tôt dans la journée. Solal et Naya peuvent peut-être aller les voir. Je suis certaine qu'on trouverait d'autres habitants susceptibles de jouer le jeu. Mais ça ne me regarde pas. Et j'ai promis de ne pas me mêler de leur vie.

— Oh, la chance ! Liv a un trampoline dans son salon ! crie Naya en s'avançant dans la pièce.

Je m'apprête à lui dire qu'elle peut l'essayer, mais je ravale ma phrase. *Pas mes affaires, pas mes affaires.* Je coule un regard vers Solal dont les épaules tressautent ; il est en train de rire en silence.

— Quoi ?

— Ne t'étouffe pas avec, quand même.

— Avec quoi ?

— Avec ce que tu t'empêches de dire depuis tout à l'heure.

Voilà une des nombreuses raisons pour lesquelles je ne peux

pas être avocate. Je ne sais pas cacher mes sentiments. Percée à jour, je lui souris et dis à voix basse :

— Je t'ai fait une promesse. Je la respecte, c'est tout.

Mon visage contredit sans doute mes paroles, mais si j'accepte que Solal et moi ne nous fréquentions pas, je n'ai pas envie d'être en mauvais termes avec lui non plus, donc je me tais.

— On peut pousser jusqu'au rond-point, suggère-t-il, conciliant, à sa fille. C'est un long week-end, il y aura peut-être un peu plus de monde…

— Oh, merci, papa ! s'écrie Naya en le serrant dans ses bras.

Et avant que Solal puisse l'en empêcher, elle pose la question fatidique :

— Tu veux venir avec nous ?

Je me mords l'intérieur de la joue. Je ne suis plus une cocotte-minute, mais une bombe nucléaire sur le point d'être lâchée sur la terre. Suspendues à la décision de Solal, la petite et moi le fixons. S'il croit que je vais annoncer que j'ai trop de travail ou trouver un quelconque prétexte, c'est qu'il n'a pas compris que mon comportement d'avant est le plus adulte que je puisse adopter. Là, je n'ai qu'une envie, c'est de visiter tout le quartier en quête de friandises.

— Ça te dit ? fait-il, impassible.

C'est une question piège ? Il veut que je réponde non pour ne pas être à l'origine de la déception de sa fille ou c'est une vraie proposition ? J'ai l'impression d'être dans un jeu télévisé où je peux gagner le jackpot ou retomber à zéro après l'ultime question de l'animateur.

— J'ai bien envie, oui, j'indique d'une voix timide.

Naya bondit de joie et Solal hoche la tête.

— OK, super.

Il semble sincère. Je suis surexcitée ! Dans une tout autre situation, je l'aurais déjà embrassé. Roulé-boulé au sol et étreinte enflammée que... non, il ne faut pas que je commence à m'aventurer sur ce terrain-là.

— Vous avez deux minutes pour que je me déguise aussi ?

Solal fronce les sourcils. Naya et lui échangent un regard perplexe.

— C'est déjà fait, non ? demande-t-il en désignant mon visage de son index.

Je pose mes doigts sur mes joues pour constater, horrifiée, que je n'ai toujours pas ôté mon masque. Il a séché et craquelle de partout. J'improvise pour ne pas perdre la face – *trop tard, Liv.*

— Ah oui, mais ce n'est pas suffisant, je veux faire honneur à vos costumes ! Toi, Naya, tu me donnes la chair de poule et tu avoueras que ton père assure grave en « mec qui ne veut pas se déguiser ».

Elle rit aux éclats, puis gobe tout rond un bonbon.

— Allez, arrête de te moquer et dépêche-toi, me fait Solal en souriant, je ne veux pas rentrer trop tard.

Je grimpe les marches deux par deux et déboule dans ma chambre comme un boulet de canon. Mes vêtements volent, je réfléchis à toute allure et finis par trouver une idée rapide avant que Solal change d'avis.

Quelques minutes après être montée, je rejoins Solal et Naya en esquissant des pas de danse avec toute l'élégance dont je suis capable. Il est évident à la façon dont ils me dévisagent qu'ils ne savent absolument pas qui j'incarne. Venant de la fillette, c'est normal, mais son père devrait reconnaître ! Je me mets à chanter :

— *Get into the groove, boy you've got to prove, your love to me.*

Encéphalogramme plat. Je change de disque.

— *If we took a holiday, come some time to celebrate...*

D'accord, ce n'est pas de notre génération, mais tout le monde connaît cette chanteuse !

— Madonna ? je demande, face à son manque de réaction. Dans les années 1980, *Recherche Susan désespérément* ? La période *Like a Virgin* et tout ?

— Il n'y a rien d'effrayant chez toi, constate Naya avec pragmatisme.

Sauf ma capacité infinie à me ridiculiser, peut-être ?

— On y va ? me relance Solal avec, malgré tout, une lueur amusée dans le regard.

J'attrape mes clés et mon portable et les suis, dépitée. Dans notre petite rue adjacente à l'axe principal, nous sommes les seuls piétons à braver le vent froid et je comprends vite que ma tenue n'est pas de saison. Il est néanmoins agréable de sortir du bunker.

Ces derniers jours, hormis mon jogging du matin, je reste enfermée toute la journée à plancher sur mon roman et l'air frais me revigore. La présence de mon voisin et de sa fille y contribue grandement aussi, en particulier après la visite anxiogène de Gaspard.

Dans le ciel sans lune, la Voie lactée se devine derrière la lumière des réverbères. Autour de nous, je note avec dépit que Halloween n'a pas atteint notre quartier. Ce dernier est composé de maisons cossues de retraités et de résidences secondaires, dont les occupants viennent juste de débarquer pour le week-end prolongé.

Cela ne semble pas perturber Naya qui rayonne, trottinant à quelques pas devant Solal et moi. Notre premier arrêt est pour le couple de personnes âgées que j'ai rencontré en faisant mes courses. La dame qui ouvre la porte nous salue, un peu gênée de ne pas avoir grand-chose à proposer à la fillette. Elle glisse néanmoins quelques douceurs dans la citrouille de Naya qui vient nous les montrer.

— Oh, papa, regarde, elle m'a donné des Hubba Bubba ! s'exclame-t-elle en montrant une petite boîte ronde et rose. Du coup, ça, c'est pour toi, mais je garde le reste.

Solal saisit les chewing-gums en marmonnant un merci et je jurerais qu'il rougit.

— Ce sont ses préférés, m'explique Naya avec naturel. Il en mâche tout le temps. Mais vraiment tout le temps.

Elle insiste sur le « touuuuuut » tellement longtemps que Solal finit par l'interrompre :

— C'est bon, Naya, je pense que Liv a compris.

Je reste de marbre, mais je me note le fait qu'il a dit mon prénom et pas juste « la voisine ». On progresse ! La petite fille repart gambader devant nous en slalomant entre les lampadaires.

— Alors comme ça, tu écris un livre de pirates ?

Cette simple question provoque chez moi des réactions totalement absurdes : palpitations, transpiration, chatouilles dans le ventre… Je me doute qu'il veut juste se montrer poli, mais ça sous-entend quand même qu'il se souvient de ce que je lui ai dit.

— Il y a quelques pirates dedans, mais ce n'est pas le sujet principal. Le cœur de l'intrigue repose sur mon héroïne, Rosalie, qui doit prendre son destin en main. Et c'est un roman graphique.

Je souffle de l'air chaud sur le bout de mes doigts gelés. Les mitaines, c'est vraiment nul ! Solal m'observe sans rien dire. De son côté, Naya marche sur une murette basse, les bras tendus comme une funambule.

— Fais attention ! l'alerte son père.

Nous nous arrêtons devant une villa au portail ouvert. La bâtisse est impressionnante avec ses deux tourelles et ses ornements peints en noir. Si je me souviens bien de ce que mon père m'a raconté en se vantant du voisinage, elle appartient à un juge.

— Je vais sonner ! précise Naya, déjà sur les marches du perron.

Solal la couve du regard, mais il s'adresse à moi.

— Tu es vraiment très douée. L'œil sur la porte était criant de réalisme. Comme les portraits de moi.

Il fait suffisamment sombre pour qu'il ne s'aperçoive pas que je rougis jusqu'à la racine de mes cheveux crêpés.

— OK, j'admets que c'est toi que j'ai dessiné, mais ne te sens pas trop privilégié. J'ai l'habitude de crayonner tout ce que je vois.

— Tout le monde ne devient pas « ton » pirate, si ?

Il conserve ses yeux braqués sur sa fille, mais ses lèvres s'étirent en un sourire si espiègle et charmant que j'en suis presque choquée.

— Tu te fous de moi !

Il s'esclaffe. Son rire est clair, communicatif et malicieux. Un mélange détonant et absolument irrésistible. Je préfère alors couper court. S'il est trop gentil avec moi, je vais avoir du mal à garder mes distances.

— Bref. J'ai constaté en voyant la chambre de Naya que toi aussi tu as un talent artistique certain.

— Ouh là, non, pas du tout, ça va pour quelques branchages grossiers et des coccinelles, mais je suis incapable de faire le portrait de qui que ce soit ! La minutie, très peu pour moi.

— Je suis persuadée que tu te sous-estimes, j'affirme avec un sourire en coin. Tu as toujours voulu être peintre ? C'est une affaire de famille, peut-être ?

Solal se tend imperceptiblement et reste silencieux. Je poursuis, pourtant consciente que ce n'est sans doute pas la meilleure chose à faire :

— De père en fils, tu sais…

— J'ai compris. Non, ce n'était pas mon rêve quand j'étais môme, mais en grandissant il a bien fallu gagner de l'argent. J'ai arrêté l'école assez jeune et, sans qualification, les choix qui s'offraient à moi étaient restreints. J'ai commencé à bosser dans la boîte d'un mec, un été, et comme je m'en sortais bien, il m'a formé. Et puis, quand il est parti à la retraite, je me suis lancé et j'ai créé ma propre entreprise. Ça n'a rien de prestigieux, mais je suis plutôt content de ce que j'ai accompli en partant de rien.

C'est certainement le plus long discours que Solal ait jamais prononcé en ma présence. Il se tient un peu voûté, les mains dans les poches, comme s'il s'en voulait d'éprouver de la fierté.

— Moi, je trouve ça admirable !

Il lève les yeux vers moi, surpris.

— Si, je te jure, je suis vraiment admirative. C'est un énorme défi d'être son propre patron. Il y a tellement d'aspects à gérer ! Je compte moi-même me lancer très bientôt et j'espère vraiment y arriver. Mais tu pourras peut-être me donner des conseils quand je serai perdue dans la paperasse.

Son rire solaire me prend une fois de plus au dépourvu. Mon cœur vacille.

Naya déboule entre nous en brandissant une poupée.

— Regardez ! crie-t-elle. Ils n'avaient pas de bonbons, mais ils m'ont donné une Barbie ! Parce que la dame, elle disait que sa petite-fille est grande et qu'elle s'en servirait plus jamais de toute façon, alors elle a préféré me l'offrir parce que j'étais super bien déguisée…

Son flot de paroles ne tarit pas tandis que Solal la fait monter sur ses épaules. Quand je les vois ensemble, je n'en reviens toujours pas que ce soit sa fille ! On pourrait le prendre pour son grand frère avec sa grosse veste en laine et son jean noir déchiré. La petite a quoi, sept ou huit ans ? Solal et sa femme l'ont eue vraiment très jeunes. Il semble être un papa très impliqué – trop ? –, et je dois admettre que lorsqu'il s'amuse avec elle, comme maintenant, ça lui va bien. Je comprends mieux aussi pourquoi il a du mal à lâcher du lest, pourquoi il est si sérieux pour son âge. Il est responsable d'un autre être humain. Deux, même, si je compte Léonard.

— S'il te plaît, papa ! Ce n'est pas loin. Et puis, vous, vous n'êtes pas déguisés !

Les supplications de la petite me sortent de mes pensées. Techniquement, je suis déguisée, mais j'ai saisi que ça ne comptait pas, alors je me tais.

— OK, on t'attend là, accepte Solal en reposant la petite à terre, mais tu dis bonsoir et merci, Naya. Et s'ils n'ont rien à t'offrir, tu n'insistes pas.

— Compris !

Sa citrouille bien garnie sous le bras, la coccinelle remonte la longue allée d'une propriété typique du bord de mer. Je suis frigorifiée et je sens mes dents commencer à claquer.

— C'est gentil d'être venue avec nous, dit soudain Solal en se passant la main sur la nuque. Ça fait plaisir à Naya.

— Merci de m'avoir proposé. Ça me change de mes soirées boulot.

— Tu ne bossais pas, ce soir, si ?

Nous échangeons un regard. Tout d'abord, je ne comprends pas ce qu'il sous-entend, et puis je me souviens de la visite de Gaspard.

— Ah oui, d'accord, en fait, tu me stalkes complètement, Solal Perrot.

— Non ! se défend-il aussitôt avec un rire nerveux. Je rangeais du matériel dans ma camionnette quand j'ai vu la Corvette arriver, c'est tout. En même temps, son conducteur a tout fait pour qu'on le remarque.

Je ne sais pas trop quoi penser de cette déclaration. Est-ce l'une de ses remarques assassines habituelles sur les riches ou se cache-t-il autre chose derrière ?

— C'est simplement un copain d'enfance qui passait dire bonjour, j'élude, peu désireuse de m'attarder sur mon début de soirée.

— Tu es copine avec le fils Vannier ?

Ah, mince ! À la déception perceptible dans la voix de Solal, il est clair qu'il connaît Gaspard. Il faut que je corrige le tir, il est impensable qu'il croie que cet imbécile et moi sommes amis.

— Je me suis mal exprimée. On fréquente les mêmes cercles depuis qu'on est petits, c'est tout. Lui et moi n'avons rien en commun, tu peux me croire ! Rien, genre le néant. Le trou noir. Le vide intersidéral.

Je suis en train de me demander comment ils se connaissent tous les deux quand Naya revient en courant, radieuse. Quelques bonbons s'échappent de sa poche, elle rit et se baisse pour les ramasser.

— Elle est heureuse, murmure Solal.

Quand je me tourne vers lui, je vois bien qu'il ne s'adresse pas à moi. Il se fait cette réflexion à lui-même. Et cela semble le rendre mélancolique. Si les choses n'étaient pas encore suffisamment claires, elles sont maintenant limpides. Le monde de ce type, c'est sa fille. En le rencontrant, je me suis focalisée sur son physique et sur le mystère qu'il représentait, alors que ce n'est qu'un papa très occupé. C'est exotique, à n'en pas douter, mais c'est différent de quelqu'un qui n'a pas d'attache ou de responsabilité.

— Regarde, indique Naya à son père en montrant une sucette rouge en forme de cœur. Je la garde pour maman, celle-là.

— Tu pourras lui donner demain, ma puce, répond Solal en souriant avec douceur.

— Liv, tu sais faire l'ascenseur ?

— Euh, non, je ne crois pas.

Naya s'apprête à m'expliquer en quoi consiste ce jeu qui la réjouit d'avance quand Solal me met d'office sa veste sur les épaules.

— Depuis tout à l'heure, je n'ose pas te la proposer, de peur de passer pour le mec qui s'impose, vu que je présume que tu n'aimes pas les chevaliers servants… Mais bon, à ce rythme, on va t'amputer des doigts et fabriquer un mobile de Halloween avec.

— Ouh, fait Naya, et ça, ça serait vraiment effrayant !

10. Attraction

Un crachin déprimant m'accompagne pendant toute la durée de mon footing et je suis trempée jusqu'aux os malgré mon coupe-vent. En plus, j'ai le dos en vrac. Hier soir, le jeu de l'ascenseur de Naya m'a achevée. Il fallait que Solal et moi lui tenions les mains et la fassions sauter entre nous sept fois, tous les sept mètres, parce qu'elle a sept ans. Super jeu. Comme pour Solal sa fille semblait aussi légère qu'une brindille, j'ai voulu faire ma maligne et poursuivre jusqu'à ce que nous rentrions. Résultat, j'ai mal partout.

J'écourte le circuit que j'effectue d'ordinaire et termine ma course par la plage, en rêvant d'un bain bien chaud. Je franchis mon portillon au moment où l'averse prend le relais de la bruine. Sur le pas de ma porte, là où les décorations sont tombées sous l'assaut de la pluie, je remarque un bouquet de cyclamens violets liés par un ruban de la même couleur. Une fois à l'abri, comme l'encre a coulé, je peine à lire le petit mot attaché avec :

De la part de Naya. Merci pour hier soir.

Un sourire fleurit sur mes lèvres et je renifle le papier détrempé. J'éclate de rire en comprenant que je me comporte comme une ado énamourée. N'importe quoi ! Mon imagination me joue peut-être des tours, ce ne serait pas la première fois, mais… et s'il s'intéressait un peu à moi ? Je ne peux pas nier que Solal commence à faire battre mon cœur plus fort et la sensation est grisante.

Au fur et à mesure que mes pas me mènent à la salle de bains, je me débarrasse de mes baskets, mon imperméable et mon pull mouillés. Pieds nus, j'attrape de quoi me changer après la douche. Est-ce que c'est déraisonnable d'aller remercier Solal et Naya ? Ce serait la moindre des politesses. Et puis, ça n'engage à rien…

Je cherche de quoi me mettre en valeur sans en avoir l'air. Tout un art. J'opte finalement pour une robe noire en tricot avec des manches chauve-souris et des collants orange pour rester dans le thème Halloween. Ma tenue sur le bras, je jette un coup d'œil par la petite fenêtre en entendant une portière claquer chez mon voisin. La femme brune de l'autre jour contourne une petite berline en s'abritant avec son blouson d'aviateur, puis monte côté conducteur. J'ai enfin pu voir son visage, même si c'était rapide. Elle a des traits durs, mais harmonieux. Elle est très, très, très jolie.

Un pincement de jalousie me contracte le ventre et pourtant, je suis quasi persuadée qu'il n'a pas lieu d'être. Je commence à croire qu'elle ne vit plus ici. Ce qui expliquerait qu'elle ne soit pas venue hier soir et que je ne la voie jamais. Solal et elle sont sans doute séparés, ou divorcés, bien que je n'aie pas relevé de trace d'alliance. Cette hypothèse me séduit ! J'y adhère totalement. Excitée, je me fais une tresse que je noue en chignon, puis me maquille légèrement.

Mes Converse noires et un parapluie complètent mon apparence et c'est confiante que je me pointe à l'arrière de la maison de Solal. Je frappe une fois, deux fois, trois fois ; j'entends le volume de la télé poussé à fond à l'intérieur. À la porte vitrée, j'essaye d'attirer l'attention du vieux monsieur assis dans son fauteuil. Je gesticule inutilement pendant plusieurs dizaines de secondes avant qu'il m'aperçoive. Il me dit bonjour de la main, visiblement ravi de ma présence. Je dois néanmoins attendre encore avant qu'il daigne venir m'ouvrir.

— Bonjour !

— Céleste ? murmure l'homme, les yeux pétillants.

Encore ? Je ferme le parapluie et l'appuie contre le mur extérieur.

— Non, je suis…

Je n'ai pas le temps de finir qu'il éclate de rire et s'élance vers moi pour me prendre dans ses bras. Nous voilà tous les deux sur la terrasse sous la pluie. J'entends la voix de Solal depuis la cuisine.

— Léo, fermez cette porte, il pleut dehors !

Le visage écrasé contre le cardigan bleu du vieil homme, je ne sais pas trop quoi faire. Je lui tapote doucement le dos.

— Léonard ! apostrophe Solal, beaucoup plus près cette fois.

L'intéressé me lâche enfin et se retourne vers mon voisin, extatique.

— C'est Céleste !

— Mais non, Léo, vous savez bien que non, le corrige Solal, les mâchoires contractées. C'est Liv, la voisine, celle qui habite dans la grande maison grise.

La description n'est toujours pas à mon avantage, mais je dois m'en contenter en attendant que vienne un jour la phrase magique :

— C'est Liv, la fille géniale qui me plaît beaucoup.

Le vieil homme fronce les sourcils, son regard délavé est rempli de doutes. Il me considère quelques secondes avec attention, puis balbutie :

— Ah oui, j'ai cru un instant... Mais non...

Solal soupire en attrapant la télécommande pour baisser le son.

— Vous voulez encore regarder ?

Léonard passe sa main dans sa crinière blanche, les doigts tremblants.

— Non, il n'y a plus de sport. Je vais lire dans ma chambre.

Solal éteint alors l'écran avant de s'affaler sur le canapé en lin bleu. Il paraît à bout de nerfs, éreinté. Une fois de plus, j'ai l'impression de débarquer au milieu d'une situation dont les tenants et les aboutissants m'échappent. Est-ce que c'est la visite de la brune qui le met dans cet état ?

— Enchanté de vous connaître, Liv, me dit Léonard. Désolé pour la méprise. Au plaisir de vous revoir.

À peine est-il sorti de la pièce que Solal m'interpelle :

— Qu'est-ce que tu fais là ?

On est bien loin de l'échange joyeux que j'espérais : quelques remarques taquines, son sourire espiègle, des rires avec Naya, moi spirituelle et irrésistible... À voir la mine renfrognée que Solal arbore, c'est définitivement cuit de ce côté-là.

— Je voulais juste remercier Naya... Enfin, vous remercier pour le bouquet, ça m'a touchée.

Solal porte un vieux sweat gris taché de peinture et un jogging élimé. Ses cernes sont profondément marqués et il est pâle.

— Naya est partie, annonce-t-il en rabattant sa capuche avant de se masser les tempes. Je lui dirai que tu es passée.

Je ne me résous pas à partir, quelque chose me retient. Solal a l'air trop mal, trop seul pour que je l'abandonne.

— Léonard semble très gentil.

Mon voisin me lance un regard en biais.

— Il n'est pas méchant, c'est certain. Il faut juste le surveiller comme le lait sur le feu…

Nous nous considérons en silence. Je devrais rentrer chez moi, mais la détresse de Solal est si envahissante qu'on croirait qu'il y a un troisième protagoniste dans la pièce et je déteste le voir si malheureux. Il finit par fermer les yeux en s'adossant au canapé et, les mains dans le dos, je commence à explorer les étagères sur lesquelles sont posés pêle-mêle des livres – romans policiers, quelques classiques, ouvrages sur les Amérindiens –, des coquillages et des dessins d'enfant. L'air de rien, en mode Sherlock Holmes, je guette le moindre signe de la présence de la fille au blouson d'aviateur. Près de la porte, par exemple, il y a trois paires de bottes en caoutchouc : deux d'adultes vert foncé et une petite rose avec des pois bleus. Les tons de la pièce, et même de la cuisine, sont neutres et les meubles sans fioritures. Pas de plaid, de coussins, de photos de famille ou de plantes vertes. Tout ça ne veut absolument rien dire, bien sûr, mais j'ai tendance à penser que je suis dans le vrai.

— Léonard est un membre de ta famille ? je demande à Solal.

— Liv, écoute, ce n'est pas le moment…

Ah, parce qu'il y a déjà eu un moment où c'était le moment ? On dirait que Solal porte le poids du monde sur ses épaules. Je vois bien qu'il a des problèmes et je suis plus que disposée à l'écouter s'il le souhaite. Parfois, avoir de la compagnie, même non désirée, permet de s'échapper de ses soucis. Gamine, quand j'étais contrariée par une des interdictions de mon père, me faire arracher les cheveux par la poigne énergique de Gloria m'apportait du réconfort. J'avais mal à la tête, mais je me sentais soutenue.

— Je suis désolée de faire irruption au mauvais moment. Je vois bien que tu ne vas pas bien, mais je suis douée pour écouter, contrairement à ce que mon bavardage incessant laisse supposer. Si tu veux me parler, je suis là.

Il m'observe encore une fois et j'ai l'impression, une seconde, qu'il va partager ce qui le ronge, mais finalement, il déglutit sans rien dire. Comme si c'était trop difficile de libérer le poison et qu'il préférait le ravaler. En tout cas, il ne m'a pas mise dehors, alors je continue mon exploration. Je me penche sur les CD à côté de la chaîne stéréo. Aznavour, Brel, Barbara, Brassens...

— Chihuahua, je viens de comprendre un truc ! je m'exclame. Tu es comme Edward Cullen !

Je souris à Solal, mais il ne le voit pas parce qu'il a de nouveau appuyé sa tête sur le dossier, paupières closes.

— Tu as de la chance, me rétorque-t-il, moi, quand tu parles, souvent je ne comprends rien à ce que tu dis.

Ça y est, il me taquine. C'est un bon début.

— Qu'est-ce qui t'échappe ? je demande.

— Tout. Tous les mots qui sortent de ta bouche.

Je m'assois face à lui, sur un tabouret inconfortable.

— Je dis chihuahua parce que, avant, je commençais toutes mes phrases par « *shit* », je trouvais que ça sonnait bien.

Il entrouvre les yeux, sans bouger. Je reprends :

— Mouais, je sais, ce n'était pas génial et la plupart des gens ne comprenaient pas que j'étais une super rebelle qui disait des gros mots en anglais, alors j'ai changé pour chihuahua.

— Et tu trouves qu'on te comprend mieux comme ça ?

— Non, mais maintenant, je m'en fous.

La conversation est farfelue, mais, comme tout ce qui l'est, ça a le mérite de détourner l'attention. Et il semble que ma méthode fonctionne, vu que Solal a un sourire timide.

— Du coup, tu veux la référence pour Edward Cullen ?

— Non. Si c'est encore un de tes potes pétés de thunes…

Je croise mes jambes orange.

— Rien à voir ! Oui, il est riche, mais ce n'est pas un ami. Je te donne la réf quand même, vu que le fait que tu ne saches pas qui il est confirme ma théorie. C'est un personnage de livre. *Twilight* ? Il y a eu des films aussi, tu les as peut-être vus ?

Il se tape sur les cuisses en se redressant et soupire.

— Quel rapport avec moi ?

— C'est un vampire. Donc, s'il est mort au XVIe siècle, c'est normal qu'il écoute du clavecin, tu vois ? Et comme j'essayais de trouver une raison pour que tu n'écoutes que de vieux chanteurs français…

J'avoue qu'à ce moment-là, même moi je ne sais pas trop où je veux en venir. Il secoue la tête.

— Bon, ce n'est pas tout ça, mais là, j'ai autre chose à faire que d'écouter tes divagations !

Il est difficile de percer cette carapace qu'il s'est forgée. Je pense que ça fait trop longtemps qu'il garde ce qu'il a sur le cœur et moi, j'ai trop tendance à me croire dans une de mes histoires où tout se résout en un claquement de doigts. Solal n'est pas mon pirate Jacob et je ne suis pas Rosalie.

— OK, je m'en vais ! Embrasse Naya de ma part.

Une fois à la porte, j'ouvre mon parapluie pour me préserver de la pluie diluvienne qui s'abat dehors.

— Mais tu avoueras que pendant quelques secondes, tu as oublié que tu avais des problèmes, pas vrai ?

Ça, c'était sans nul doute la remarque de trop, la goutte de vinaigre dans le lait, le shoot de moutarde direct dans le nez de Solal. Dans son regard éclate un orage, lui-même pris dans un ouragan. Pourtant, il ne s'énerve pas et finalement, c'est avec une tristesse infinie qu'il dit :

— Tu ne sais rien de ma vie. Les problèmes ne s'évanouissent pas comme par magie. Arrête de te pointer en prétendant que la vie est un arc-en-ciel.

Le voir dans cet état me donne les larmes aux yeux, parce que je devine une souffrance profonde.

— Tu veux m'en parler ?

— Non ! crie-t-il cette fois, si fort que j'en lâche mon parapluie. Sors, s'il te plaît, Liv.

Je ne me le fais pas dire deux fois, traversant l'espace entre nos deux maisons sous la pluie cinglante. Le trajet n'est pas long, pourtant quand je rentre chez moi, je suis trempée. Je goutte sur le carrelage et sens monter en moi une colère dévastatrice. Je sais que je peux l'aider. Je ne suis pas aussi inutile qu'il le laisse entendre. Moi aussi, j'ai eu mon lot de chagrin et de problèmes !

Je fais passer la robe par-dessus ma tête et la balance à travers la pièce. Elle s'accroche à l'une des sculptures hors de prix de mon père. *Grrrrr !* J'en ai marre de ce ton qu'il adopte avec moi ! Comme si je ne savais pas, comme si le fait d'avoir de l'argent sur mon compte en banque m'excluait *de facto* de tous les soucis de la planète !

L'énergie négative qui m'envahit a besoin d'être redirigée sinon je sens que je ne pourrai jamais travailler. Mes yeux tombent sur le trampoline. C'est parfait pour calmer mes nerfs et libérer les sentiments ambivalents que je ressens en présence de M. Grincheux. À chaque saut, je m'écrie :

— Il me plaît !

En haut.

— Il m'énerve !

En bas.

Je suis en train de ressasser mes questionnements en bondissant de plus en plus haut, habillée de ma brassière et de mes collants, quand je sens une présence. D'un demi-tour en l'air, je me retrouve face à Solal. Il tient mon parapluie à la main et me regarde bizarrement de dessous sa capuche devenue noire à cause de la pluie.

— Je venais te rapporter ça, dit-il simplement.

J'interromps mes exercices et pose mes deux poings sur les hanches. Ce n'est pas parce qu'il est hyper sexy que je vais oublier ma colère. Alors ça, non !

— Pose-le n'importe où, ça m'est égal. Et sinon, ça va, sens-toi à l'aise, fais comme chez toi, rentre sans y être invité !

— J'ai frappé, plusieurs fois, mais tu n'as pas dû m'entendre.

— Ou je n'ai pas eu envie que tu rentres !

Je croise les bras.

— Je veux m'excuser, déclare-t-il, penaud. Je n'aurais pas dû crier.

Son air contrit ne doit pas me détourner de mon irritation ! C'est un peu facile d'être désagréable et d'être désolé ensuite. Je me détache les cheveux, ils retombent encore mouillés sur ma brassière. Je prends alors conscience que je suis à moitié nue devant mon charmant voisin. Eh bien, tant mieux, de toute façon, je ne l'intéresse pas ! Je me remets à bondir comme s'il n'était pas là.

— Qu'est-ce que tu fais, au juste ?

— Je repeins le plafond, je réponds, une fois de plus exaspérée par cette question inutile.

— Est-ce que tu as entendu que je m'excusais ?

Je saute. Encore et encore. Les yeux de Solal montent et descendent en suivant mes mouvements. Je montre mes oreilles pour lui faire comprendre que je n'entends pas.

— Tu te comportes comme une gamine.

— Quoi ?

Mon attitude est puérile, j'en ai parfaitement conscience, mais Solal n'a pas le monopole de l'agacement. Il va falloir qu'il me donne un peu plus qu'un simple pardon si c'est pour recommencer de la même manière la prochaine fois. Je pensais juste que je pouvais lui venir en aide.

— Tu peux arrêter cinq minutes pour qu'on parle ?

Boïng, boïng, boïng.

— Non.

— Descends.

— Tu ne peux pas me donner d'ordre.

Solal s'entendrait tellement bien avec mon père !

— Il ne te reste plus qu'à me rejoindre, je suggère.

Il souffle. Retire sa capuche. S'ébouriffe les cheveux. S'accroupit.

— Tu ne prends jamais rien au sérieux, hein ? me demande-t-il, les yeux braqués sur moi. Je t'ai prévenue, pourtant, je t'ai dit de ne pas t'approcher de moi.

— Oh, pauvre chéri, une fille s'intéresse à toi ! C'est insupportable !

Il secoue la tête.

— Tu me tapes sur les nerfs, Liv Van Dalfsen.

— Et toi, tu es un vieux grincheux, Solal Perrot.

Il s'avance vers le trampoline et retire ses chaussures.

— Je rectifie ce que j'ai dit tout à l'heure. Une gamine est plus mature que toi, Naya est plus mature que toi.

Son sweat trempé valse jusqu'à une chaise. Je note qu'il ne l'a pas jeté au sol. Il a d'ailleurs aligné ses tennis avec soin, aussi.

— J'ai vingt-cinq ans, Solal. Je pense avoir encore le droit de rire et de m'amuser. N'en déplaise à monsieur Grincheux.

D'un bond d'une souplesse toute féline, il monte sur le tapis et se redresse pour se planter juste devant moi. Je cesse de sauter.

— Arrête de me donner des surnoms idiots, me somme-t-il.

Dans mon cerveau, l'alarme débardeur s'est allumée. Ce sont des voyants qui clignotent, des sirènes tonitruantes et tout un dispositif qui se met en marche quand un homme aussi attirant que Solal porte ce vêtement. C'est la faute de Bruce Willis dans *Die Hard*. Moi aussi, j'ai des références un peu datées, mais chut, il ne faut pas le répéter à mon voisin.

Si je ne m'abuse, ce débardeur est celui qu'il avait le jour où il a peint mon dressing. Me concentrer sur ce genre de détails m'empêche de perdre l'esprit face à son corps si près du mien. Face à sa peau tatouée si proche de la mienne. Je frissonne. Sa poitrine se soulève rapidement, mais je ne crois pas une seconde que ce soit le fait de monter sur le trampoline qui l'a essoufflé de la sorte.

— Sinon quoi, monsieur Aquaman Grincheux ? j'insiste avec défi.

Ses mains froides qui attrapent mon visage me prennent par

surprise ; sa bouche contre la mienne, encore plus. Je garde les yeux ouverts quelques secondes alors que les siens sont fermés. Ses lèvres sont fraîches et d'une douceur exquise. Paupières closes, je me laisse moi aussi aller à savourer ce baiser inattendu. Solal sent la pluie et le santal. Je passe une main dans ses cheveux tandis que nos langues se découvrent avec ardeur.

La fougue de notre étreinte nous déséquilibre et nous partons en arrière. Solal a la présence d'esprit de me lâcher pour retenir notre chute. Moi, je dois avouer que je reste agrippée à lui comme un koala à son eucalyptus. Maintenant qu'il est là, il me paraît inconcevable de le laisser partir ; bien que j'aie l'intuition que je ne le garderai pas longtemps captif de mes bras.

Quand ses doigts caressent délicieusement mon ventre jusqu'à ma brassière, je lutte contre ce pressentiment. J'ai moi aussi très envie de passer mes mains sous son maillot, mais je ne parviens pas à me départir de la désagréable idée que tout ceci est une erreur. Ça ne devrait pas se passer comme ça. D'ailleurs, il arrête soudain de m'embrasser.

Une main posée sur ma hanche, Solal garde le front appuyé contre mon épaule. Il semble perdre pied. J'ai envie de lui parler, de lui dire que tout va bien, mais je n'ose pas de peur qu'il s'évapore aussitôt. Je glisse mes doigts le long de son avant-bras, effleurant les tatouages tribaux, remonte son biceps avant d'atteindre l'épaule, puis son menton. Mon pouls se calme. Il se tient immobile. Je ne sens que son souffle chaud qui frôle ma poitrine. Son poing se crispe autour de la laine de mon collant et lentement, il blottit son visage dans le creux de mon cou à la recherche d'un réconfort que j'aimerais tellement lui offrir.

Mais subitement, il s'assoit en me tournant le dos.

— Non, je ne peux pas… Il ne faut pas, Liv.

Il se frotte le visage avec énergie, puis souffle tout l'air de ses poumons. Quand il baisse les mains, ses épaules s'affaissent. Il se tourne alors vers moi.

— Ça…, dit-il en nous montrant tous les deux. Ce n'est pas possible, ça n'arrivera pas.

— Eh ! Attends un peu, ce n'est pas moi qui ai commencé quoi que ce soit.

— Je sais. Je suis désolé.

Il tend un index menaçant vers moi, mais n'ose toujours pas me regarder. J'arque mes sourcils.

— Et tu n'en parles pas à Naya ! Elle ne doit pas être au courant. De toute façon, il n'y a rien à dire. Et ne va pas te faire des plans sur la comète, non plus !

Sur ces paroles, il descend du trampoline d'un bond, récupère ses affaires et sort en coup de vent. Je l'entends claquer la porte et dévaler les marches extérieures. J'ai envie de lui crier qu'en ce qui me concerne, c'est trop tard. La comète, je la chevauche, je fais même du rodéo dessus ! Je me fais des films si je veux, d'abord ! Et même si je sais que la situation est plus compliquée qu'il n'y paraît, à la façon dont il m'a embrassée, je suis certaine qu'il y a une part de réalité dans ses sentiments pour moi.

11. Opposition

« Gaspard est le genre de personnes que tu dois fréquenter. »

Les paroles de mon père tournent en boucle dans ma tête depuis une demi-heure sans pour autant faire sens. En particulier depuis que se déroule, sous mes yeux, une partie de bière-pong strip-tease et que ledit Gaspard se retrouve en caleçon citrouille après avoir perdu tous les coups tellement il est ivre. Chaque fois qu'il rate sa cible, les invités de sa fête de Halloween scandent :

— Bois, bois, bois !

Et au moindre verre terminé, squelettes, vampires et autres tueurs de films d'horreur applaudissent leur hôte.

Pourquoi mon père pense-t-il qu'être ami, ou plus, avec ce type va m'apporter quoi que ce soit ? Parce que nous sortons du même moule ? Le but serait de perpétuer nos lignées respectives en associant nos deux familles ? Quelle horreur !

Le pire est que mon père semblait aux anges au téléphone. Voire ravi du retour positif que lui a fait Gaspard sur notre heure passée ensemble. Il semble évident que cet imbécile a omis le pétrissage de ma poitrine, sinon mon père, pourtant acquis à sa cause, aurait coulé ses pieds dans du béton pour le jeter dans l'océan. J'exagère un peu, Piotr Van Dalfsen utilise des moyens moins salissants, mais tout aussi efficaces. Il ne laisserait jamais personne me faire du mal. Et ainsi, Gaspard pourrait dire au revoir à sa carrière de futur dieu de la chirurgie esthétique.

À sa décharge, mon père n'a pas connaissance de l'attitude de ce dernier, qui a toujours adopté un comportement irréprochable face à lui. Et surtout, mon père m'a appris à me débrouiller seule et à ne pas venir pleurer auprès de lui dès que j'ai un problème.

— Liiiiiiiiiiiiiv !

Je cligne des yeux et mes oreilles saignent après ce bruit suraigu. Devant moi vient d'apparaître une fille dont je ne me souviens jamais du prénom. Nous nous sommes croisées à plusieurs reprises, elle est toujours dans le sillage de Gaspard qui ne la remarque pas. Je la soupçonne d'être amoureuse de lui et de ce fait, elle me déteste.

— Salut.

Ma voix est étouffée par le masque que je porte et la musique tonitruante. La fille me détaille en plissant les yeux. Je me demande comment elle sait que c'est moi… Et puis rapidement, j'ai ma réponse. Il n'y a que moi pour venir habillée en costume de lapin de Pâques géant. Pour preuve, elle est déguisée en Harley Quinn et ses copines en zombies. Pas la version flippante de *The Walking Dead,* plutôt le genre reine de promo glossée et brushée vaguement blafarde.

— Je peux te poser une question ? m'interroge-t-elle en criant presque.

— Non.

Évidemment, elle se fout de mon refus.

— Pourquoi tu fais toujours tout pour te démarquer des autres ? s'enquiert-elle avec dédain.

Je ne vois pas ce qui peut justifier cette opinion qu'elle a de moi au vu de nos trois ou quatre brèves rencontres, mais je suis plutôt fière d'avoir cette réputation. Au creux soucieux qui plisse son front, je vois que ça la préoccupe vraiment. Je tire une petite satisfaction à être responsable d'une future ride sur son visage perplexe. Je n'ai jamais aimé cette fille méprisante et moqueuse. Elle et Gaspard feraient un si joli couple !

Les bras croisés, elle attend que je réponde, comme ces personnes habituées à ce qu'on leur obéisse. Assises en brochette sur un sofa de cuir rouge, ses copines assistent à la scène avec intérêt, non loin de là. Je prends le temps de retirer la tête de mon costume pour ménager mon effet.

— Parce que je ne suis pas un mouton, mais un lapin de Pâques.

Et je m'éloigne comme une princesse. L'effet est sans doute un peu gâché par mes cheveux collés par la sueur et mon teint tomate, mais je fends la foule des convives, sûre de moi.

Après ce petit moment de gloire, je me dis que cette fête n'est pas aussi dépourvue d'intérêt que je le craignais. Entre Gaspard qui se ridiculise et le clouage de bec de Miss Snob, je passe un bon moment.

La vérité est que je ne cherche pas particulièrement à me singulariser. C'est surtout que le magasin avait été dévalisé et que le choix était restreint. Comme je ne voulais rien qui encourage Gaspard et ses mains baladeuses, je me suis rabattue sur ce costume. Il aurait été parfait pour déambuler dans les rues avec Solal et Naya, mais dans cette maison surchauffée, c'est une étuve.

Je demande au barman de me préparer un Malibu passion, boisson que je pensais disparue dans le tréfonds de mon adolescence. Ce doit être tous ces visages du passé qui me rendent nostalgique…

En venant ici, ce soir, j'avoue avoir été curieuse de savoir ce qu'ils étaient tous devenus, ceux de cette fameuse bande de la plage que je ne fréquentais que de loin. Tous ces jeunes issus du même milieu que moi que j'avais souvent taxés d'irresponsables, avant de moi-même craquer complètement l'année de mes vingt ans. À les observer, je pense qu'ils n'ont pas tant changé que ça, ils sont toujours ensemble, à faire des fêtes où ils s'autocongratulent, se félicitant d'être les futurs maîtres de l'univers. J'espère avoir plus évolué que ça.

Gaspard a vu les choses en grand. Il ne pouvait pas se contenter de mettre des bouteilles et des verres en carton à disposition de ses invités, il a fallu qu'il embauche un traiteur, un barman et un voiturier. L'expression de ce dernier était d'ailleurs hilarante quand il m'a vue arriver à vélo avec ma tête de lapin posée dans le panier. Je l'ai dédommagé avec un bel œuf en chocolat, auquel il n'a pas dit non.

Je discute un moment avec Laurent, une des rares personnes que je connaisse vraiment ici. Il est à la fac de droit avec moi, mais une année plus jeune. En dehors du fait que son sujet de prédilection est le Code pénal, il est sympa. Mais quand quelqu'un l'interpelle, je me retrouve de nouveau seule à siroter mon verre à la paille dans un coin du salon.

Pour passer le temps, je me prends en photo et l'envoie à Berthold, étonnée que son sixième sens ne lui ait pas soufflé de m'appeler. Il me répond au bout de quelques minutes :

Déjà Pâques ! Je ne pensais pas le décalage horaire si important entre nous ! Attention aux cloches !

Je lève ensuite le regard pour le laisser traîner vers les canapés où s'empilent les zombies sexy. C'est alors que je le vois près de l'entrée. Il détonne avec son déguisement du mec qui ne se déguise pas. Vans bleues aux pieds, jean porté bas sur les hanches et T-shirt noir qui moule son corps musculeux. Solal est accompagné de Freddy Krueger et d'un braqueur de *La Casa de papel*.

J'ai un instant de panique à l'idée de le croiser ici. Nous ne nous sommes pas parlé depuis notre baiser et je ne me sens pas prête à évoquer ce sujet maintenant. Je réalise alors que je suis méconnaissable. Je n'ai rien à craindre ! L'air de rien, je m'approche de l'endroit où les trois hommes discutent et m'appuie contre le mur derrière eux. Au milieu des convives, ils ne remarquent pas le gros lapin.

— Pourquoi on n'est pas en train de boire une bière à la maison ? demande Solal, les sourcils froncés.

— Mais parce qu'il y a Cat, Naya et Léo ! s'exclame Freddy.

Cat ? C'est qui, ça ? Les Perrot ont un chat ? Comme je n'entends pas la réponse de mon voisin, je décide de coulisser innocemment le long de la cloison pour gagner un mètre.

— Hé, tu devrais m'être reconnaissant de t'avoir obtenu des invitations ! Ce n'est pas tous les jours que tu as l'occasion de voir une baraque comme celle-là ! s'extasie Casa de papel. Je te montrerai la piscine tout à l'heure, mec, elle est gigantesque. Il me faut la matinée pour la nettoyer.

Il me semble lire « Je m'en fous » sur les lèvres de Solal. Ces mêmes lèvres qui étaient plaquées sur les miennes, il n'y a pas si longtemps. Si je tends le bras, je peux toucher sa main, celle qui parcourait ma peau… Dans mon costume, il fait soudain une chaleur suffocante !

Maintenant que je suis plus près, je parviens à lire l'inscription sur le devant du T-shirt de Solal : « Tu es mon papa préféré. » Mon cœur fond comme un chamallow au barbecue, à l'idée qu'il porte un cadeau offert par sa fille à une soirée. Ça explique aussi la taille clairement trop étroite du vêtement, c'est Naya qui l'a choisi.

— T'es vraiment… pff, se lamente Freddy.

— Casanier ? suggère Solal.

— Chiant ! précisent ses amis d'une même voix. On dirait un vieux !

Ils éclatent de rire en trinquant avec leurs bières. Un coin de la bouche de Solal se soulève en un sourire conciliant.

— Quelqu'un m'a dit la même chose, récemment.

Forcément, quand le reproche vient de ses potes, ça l'amuse ! D'un autre côté, je suis heureuse qu'il parle de moi. Je me contenterai d'être « quelqu'un », en espérant avec ardeur devenir bientôt « Liv », tout simplement, comme le soir de Halloween.

Casa pose sa chope à côté d'une plante verte.

— Moi, je vais danser ! Baptiste, tu viens avec moi ?

Freddy, qui n'est autre que le collègue de Solal donc, secoue la tête pour refuser et jette un coup d'œil vers les canapés.

— Je vais plutôt faire connaissance avec les charmantes mortes-vivantes ! Solal ?

— Sans moi.

Baptiste lui tape l'épaule en s'esclaffant.

— C'est parce qu'il y a ton ex ?

Je manque de m'étouffer avec ma salive. Je me retiens de tousser pour entendre la réponse de Solal.

— C'est pas mon ex, arrête avec ça !

La situation m'échappe complètement. Voilà ce que c'est

d'espionner les gens et de ne pas connaître le contexte. Une de ces filles était avec Solal ? Pas Harley, pitié, pas Harley ! Oh chihuahua, est-ce qu'une des zombies est la mère de Naya ? Je m'arrache le cou et tire sur l'espèce de résille à travers laquelle je suis censée voir, pour examiner les différentes filles. La brune est-elle parmi elles ? Mais quelle idée débile, ce costume ! De dépit, je finis par sortir la tête du masque en polyester.

— Salut ! je crie à Solal, d'un ton bien trop agressif.

Il se retourne et me toise. Il a un peu de mousse de bière dans les poils de sa barbe naissante et moi, j'ai soif.

— Salut.

Je le devine plus que je ne l'entends vu qu'il a murmuré, choqué de me découvrir juste derrière lui.

— Qu'est-ce que tu fais là ? je demande sur un ton de reproche bien qu'il n'ait aucun compte à me rendre.

Alors qu'il avait l'air plutôt content de me voir, il se referme comme une huître.

— Pourquoi ? Je n'ai pas le droit d'assister à une fête de riches ?

— Non, mais tu as vraiment un problème avec ça, toi ! Comme tu ne parais pas apprécier Gaspard, je suis juste étonnée que tu sois venu.

Il hausse les épaules et avale une gorgée du liquide ambré qui remplit sa chope. Il n'a presque rien bu jusque-là.

— Je peux en dire autant de toi.

Je soupire.

— Pas faux. C'est une longue histoire.

Entre nous, aussi gros qu'une baleine, flotte notre baiser fougueux. Ce n'est pas évident de revenir dessus, étant donné que nous n'avons pas le même point de vue sur la suite à donner à ce merveilleux moment. Je m'interroge aussi sur la meilleure façon d'aborder le sujet de l'ex sans passer pour la fille qui espionne, une nouvelle fois.

Tant pis, je me lance :

— Solal ?

Il ne m'entend pas. Le volume de la musique a encore augmenté et Lykke Li chante *I Follow Rivers* à nous en faire éclater les tympans. J'attrape la main de Solal. Il me regarde, surpris. Ce contact m'électrise complètement et malgré mon costume, j'ai des frissons. C'est la première fois de ma vie que j'ai autant envie de toucher quelqu'un. Il y a sa beauté et son corps sculpté, je ne le nie pas, mais c'est surtout lié à sa vulnérabilité qui affleure. Ce secret qui semble le ronger, cette distance qu'il maintient et qui est pour moi le pire des aimants.

— Écoute, Liv, commence-t-il en se tournant vers moi.

Son regard est impénétrable. Je suis incapable de prédire ce qu'il va m'annoncer. Il peut tout autant m'inviter à danser, que me rappeler sa foutue règle de ne plus m'approcher de lui. Celle qu'il ne respecte pas lui-même, soit dit en passant. Il soulève délicatement une mèche de mes cheveux qui s'est enroulée autour de mon cou. Dire que je guette ses prochaines paroles est un euphémisme. S'il me dit quelque chose de gentil ou d'encourageant, je risque de me montrer très entreprenante.

— Il faut que je te dise…

Je sens par-derrière que des bras s'enroulent autour de ma taille et me soulèvent du sol.

— Mon petit ouistiti ! hurle une voix avinée qui ne peut être que celle de Gaspard.

Je le déteste pour avoir interrompu ce moment. Je l'exècre

pour avoir une fois de plus utilisé le surnom que me donnait ma mère. Je le hais si fort à cet instant que ma première impulsion est de lancer ma tête en arrière pour lui exploser le nez. Mais je m'en empêche pour ne pas gâcher les festivités. Cet homme est stupide, c'est tout.

Je plisse les paupières et serre les dents. J'attends qu'il se fatigue de me secouer comme un prunier, ce qui ne dure pas longtemps, compte tenu de son ébriété. Il me repose en titubant.

— Je ne comprends pas le délire, Liv. Pourquoi tu es un lapin et pas un singe ?

— Et toi, pourquoi t'es con ? Il y a des questions qui resteront à jamais sans réponse, que veux-tu ?

Il affiche une moue contrariée.

— Oh ! mollo, c'est bon. Je rigole.

Ses deux mains agrippent mes épaules et il me fixe, soudain sérieux.

— Tu rigoles jamais, toi ? Rigole avec moi, sinon je dirai à Piotr que tu n'as pas été une gentille fille.

Le sous-entendu me déplaît fortement et l'hypothèse du coup de boule me séduit de plus en plus. Nous sommes en train de nous défier du regard lorsqu'une main tatouée s'abat avec fermeté sur le bras de Gaspard. Nous nous tournons en même temps vers le propriétaire de cette main et je sais, pour avoir vu Solal contrarié à de nombreuses reprises, que mon voisin est furieux. Il a cette lueur dans les yeux qui ne me dit rien qui vaille.

— Tu la lâches.

Les mots sont prononcés avec un calme glacial, mais la menace est explicite. Le fait que Solal prenne ma défense m'émoustille, c'est vrai, et à la fois, ça m'agace.

— Tout va bien, je le rassure, en ôtant les doigts de Gaspard de mon costume.

— Ouais, tout va bien, renchérit celui-ci. Et puis, t'es qui, toi, d'abord ?

Voyant que la situation risque de s'envenimer, je m'esclaffe pour détendre l'atmosphère. Ce n'est pas super convaincant, mais au moins les deux coqs regardent le lapin.

— Allez, c'est bon, on est là pour faire la fête ! je m'écrie, surjouant l'enthousiasme.

— Ouais, je ne suis personne, de toute façon, répond mon voisin.

Je lève les yeux au ciel. Juste quand je voulais qu'il se taise !

— Non, tu n'es pas personne, tu es Solal. Lui, c'est Gaspard. Les présentations sont faites, allons danser.

Gaspard, cet abruti de Gaspard, éclate alors d'un rire moqueur.

— Ah, mais oui, je sais qui tu es ! Sabine a voulu me rendre jaloux en me racontant vos parties de jambes en l'air.

Sabine. Voilà, c'est le véritable prénom de Harley Quinn. Et j'ai aussi bien noté le pluriel de la phrase. J'ai envie de pleurer. En fin de compte, Solal et Gaspard peuvent bien s'entre-tuer, je m'en moque.

— Bravo Vannier, tout en finesse, dit Solal. Apparemment, on ne vous apprend pas la délicatesse dans vos grandes écoles.

Je ne sais pas ce que Gaspard essaye de prouver quand son poing part vers mon voisin. Sans doute est-ce l'alcool ou l'attroupement que la dispute a engendré autour de nous, et qu'il ne veut pas perdre la face. Quoi qu'il en soit, avec la rapidité d'un élève de CP, il fait une tentative d'attaque contre Solal qui n'a qu'à intercepter son poing avec un flegme intimidant.

De façon totalement incongrue, la situation me fait penser à *Newport Beach*, une nouvelle fois, quand Luke et Ryan se battent pour les beaux yeux de l'héroïne… Sauf que Gaspard n'est absolument pas mon ex, comme Luke est celui de Marissa. Quelle horreur !

Mon attention se reporte justement sur lui et je vois qu'il se met à grimacer et gémir, les doigts broyés. Son nez commence à saigner. Solal finit par le lâcher quand son copain, Baptiste, lui en intime l'ordre. Je l'entends même lui murmurer :

— Laisse tomber, c'est un con.

Embarrassé, notre hôte lance quelques remarques méprisantes à la cantonade pour sauver les apparences, mais personne n'est dupe. Il me jette un regard dans lequel je m'attendais à lire de la colère, mais c'est finalement de la tristesse que j'y perçois. Il s'éloigne avant que je puisse lui parler.

La fête repart de plus belle, les convives se déhanchent sur un morceau dont je ne perçois que les basses qui vibrent dans ma poitrine. Pendant plusieurs minutes, j'hésite à retrouver Solal pour savoir ce qu'il allait me dire et puis finalement, je pars à la recherche de Gaspard.

Quand je demande, personne ne sait où est notre hôte et surtout, tout le monde s'en fout, ce qui, je l'avoue, me fait un peu de peine. Je frappe aux toilettes du rez-de-chaussée – les trois – et m'aventure dans quelques pièces vides, sans succès. Cette villa est gigantesque. Après avoir ouvert à la volée toutes les portes du premier étage, je finis par débusquer Gaspard derrière l'une de celle du second. Débusquer est le bon terme. On dirait un cerf pris dans les phares d'une voiture. Particulièrement quand il réalise que je viens de le surprendre en flagrant délit de léchage d'amygdales avec un autre homme.

Laurent, mon copain de fac, n'est pas obsédé que par le Code pénal, en définitive.

12. Compréhension

Allongé sur le lit de la somptueuse chambre où je l'ai surpris, Gaspard se cache le visage dans les mains. Avant que je puisse dire le moindre mot, Laurent a quitté précipitamment la pièce et je me tiens plantée au milieu du tapis persan, attendant que Gaspard m'explique ce à quoi je viens d'assister. J'avoue que dans ma tête, tout est chamboulé. Ce que je croyais n'est pas et j'ai du mal à appréhender tout ce que cela implique. Je n'ai aucun problème avec le fait que Gaspard soit gay, mais il faut avouer que la situation est déstabilisante.

— Est-ce que tu… Est-ce que c'était la première fois… Tu savais… ?

Je m'attache les cheveux en un chignon souple et retire mon costume. Je crois que me montrer en top et leggings moulants devant Gaspard n'a plus aucune importance. Je viens m'asseoir sur le lit, à la place encore chaude de Laurent.

— Oui, je suis homosexuel, admet-il, avec ce qui ressemble très fort à du soulagement. Non, ce n'était pas la première fois… Enfin, avec Laurent, si. Je sais que je suis gay depuis toujours.

Le scoop digne d'une *telenovela* ! Celle-là, je ne l'ai pas vue venir ! Dans ma tête, ce sont des centaines d'heures de ma vie qui défilent, tous les moments que j'ai vécus avec Gaspard se rembobinent et s'éclairent d'une nouvelle lumière.

— Mais… Et le sexe torride que tu m'as proposé, mercredi, alors ? je tente de plaisanter.

— Je savais que tu dirais non.

Une partie du mystère Gaspard commence petit à petit à se résoudre.

— C'est pour ça que tu m'as toujours tourné autour ? Parce que tu ne m'intéressais pas ? Et Sabine, tu l'ignores…

Ma jalousie vient me faire un petit coucou à l'évocation de la conquête de Solal.

— Oh ! Sabine, quelle sangsue, j'en peux plus de cette fille !

Comme ça, on est deux. Je m'allonge à côté de Gaspard et lui écarte les mains pour voir ses yeux. Il a un coton imbibé de sang planté dans la narine.

— Pourquoi tu ne me l'as pas dit ?

— On n'est pas vraiment copains, toi et moi.

— On aurait pu. Est-ce que tes vrais amis le savent ?

Il se tourne vers moi et me lance un regard désabusé.

— Voyons, Liv, tu es plus intelligente que ça, tu sais que je n'ai pas de vrais amis.

Il pince les lèvres. Une larme unique glisse sur l'arête de son nez et tombe sans bruit sur la housse de couette.

— Non, reprend-il. Personne n'est au courant.

La musique parvient jusqu'à nous, étouffée. Je ne pensais pas ressentir le moindre sentiment positif envers lui un jour et pourtant, j'ai une profonde envie de le prendre dans mes bras.

— Je te croyais homophobe, je lui confesse. Et misogyne. Et raciste, aussi. Je pense que je t'ai attribué tous les défauts de la terre.

Il éclate de rire en ramenant ses genoux contre son torse.

— C'est mérité.

On s'observe comme si on se voyait vraiment pour la première fois.

— Puisqu'on en est à tout déballer, je crois que je sais avec certitude que je suis homo depuis le jour où j'ai rencontré ton cousin Berthold, à l'un de tes anniversaires. Avec sa peau café au lait et ses yeux clairs, il m'a fait chavirer.

Je ris moi aussi. Je me suis tellement fourvoyée sur Gaspard !

— Il n'est pas gay, par hasard ?

— Berthold ? Non.

Gaspard arque un sourcil.

— Tu es sûre ? Il y a dix minutes, tu ignorais que je l'étais !

Il marque un point.

— Je lui demanderai.

Au plafond, je regarde les chiffres du réveil qui s'affichent en rouge. Je ne pensais pas qu'il était si tard, il faut que je rentre pour ne pas gâcher une journée de travail, demain. Il me reste un point à éclaircir, même si j'entrevois la vérité.

— Pourquoi tu te comportes comme le pire des connards ?

— Je ne sais pas trop… Pour des milliers de raisons. Parce que je ne peux pas être moi. Parce que je ne m'aime pas beaucoup non plus. Pour que tout le monde me déteste et reste loin de moi. Pour me punir de ne pas assumer.

— Et pourquoi tu n'assumes pas ?

Quand je pose la question, je connais déjà la réponse.

— Pour la même raison que tu fais des études de droit, dit-il. La pression familiale, la difficulté d'affirmer ce que tu es vraiment.

Le silence s'éternise tandis que tout ce qui a pu se passer entre nous est balayé par cette simple phrase. Mon père a raison, en fin de compte ; Gaspard et moi avons beaucoup de points communs. Nous gagnons à nous fréquenter, à apprendre de nos erreurs et à nous entraider. Nous sommes dans le même bateau : nous préférons subir plutôt que de décevoir nos parents.

Revêtue de mon costume et de mon masque, je laisse Gaspard dans la chambre, épuisé d'avoir fait tomber les siens. C'est étrange de le quitter sans avoir envie de lui lancer un objet au visage ou de l'insulter. Les vilaines habitudes ont la vie dure. Quand je ferme la porte, il m'offre un sourire exceptionnel, reflet d'un apaisement et d'une joie pure. Pour la première fois en vingt ans, je rencontre le vrai Gaspard.

Émue, je traverse la foule des invités qui sautent dans tous les sens en chantant *J't'emmène au vent* de Louise Attaque. Perdue dans mes pensées, je m'arrête au bar pour demander un grand verre d'eau, ma tête de lapin sous le bras. Quand je vais raconter tout ça à Berthold, il ne va pas en revenir ! Nous avons tellement médit sur Gaspard durant toutes ces années qu'il va avoir du mal à me croire. Machinalement, je récupère mon sac au vestiaire, puis appelle le voiturier qui est en train de fumer une clope. Il me demande si j'ai passé une bonne soirée.

— Contre toute attente, oui.

J'enfourche mon vélo, adresse un salut de la main et klaxonne. La nuit est claire et l'air vif. Tout le long de l'allée bordée de platanes, je slalome entre les feuilles qui parsèment le goudron. Je me sens d'humeur légère, comme si je venais de découvrir que dans les rangs de l'ennemi se dissimulait un allié précieux. Je franchis l'imposant portail et m'engage sur la route. Au bout de quelques mètres à peine, un véhicule garé contre le trottoir d'en face me fait des appels de phares. Je reconnais la camionnette de Solal. Après m'être assurée qu'aucune voiture n'arrive, je traverse et m'arrête à la hauteur du conducteur. Il ouvre la fenêtre.

— Tu veux que je te ramène ? me propose Solal.

— Tu m'attendais ?

Son expression m'est invisible sous sa capuche.

— On met le vélo à l'arrière ? fait-il sans lever les yeux.

— Où sont tes copains ?

— Je les ai ramenés.

— Tu es revenu pour moi ?

Solal dégage son visage et se gratte le menton pensivement.

— Je voulais savoir comment se sentait Vannier, élude-t-il. Je ne lui ai pas fait mal, pas vrai ?

Je le tranquillise :

— Il va bien.

— Tant mieux, dit Solal en hochant la tête. Tant mieux.

Il ouvre la portière, descend du véhicule et s'immobilise devant moi. Il ne m'a jamais semblé si grand, sans doute parce qu'il se tient droit comme un I.

— J'embarque ton vélo ou pas ?

Il y a des gens difficiles à déchiffrer, des gens secrets, timides, inquiets, distants, froids ou même des gens qui s'en foutent, tout simplement. Je suis bien en peine de classer Solal dans l'une de ces catégories. Ou peut-être entre-t-il dans toutes. Quoi qu'il en soit, je ne parviens pas à le cerner et ce sentiment d'incertitude permanente me fragilise. Je me sens désarmée face à lui.

Après avoir mis ma bicyclette avec son matériel de peinture, nous nous retrouvons dans l'habitacle qui sent le chewing-gum tutti frutti à plein nez. Solal met le contact pour allumer le chauffage, mais ne semble pas vouloir partir. Il recule son siège, s'adosse à la portière et se tourne vers moi.

— Combien de temps est-ce que tu comptes rester ici ?

Une nouvelle fois, j'ignore ce qu'implique réellement cette question. Est-ce que c'est positif ? Impossible de comprendre où il veut en venir.

— Jusqu'à ce que je termine mon livre.

— Ce qui signifie, quoi ? Un mois ? Jusqu'à Noël ? Jusqu'au printemps ?

Soudain, j'ai peur de lui répondre. Je comprends qu'avouer la durée de mon séjour risque de mettre fin à notre relation, enfin à ce qui pourrait se construire. Mais le fait qu'il se renseigne est bon signe, c'est une brèche, une possibilité. Solal est moins inflexible qu'avant, moins catégorique. Peut-être que notre baiser a laissé plus de traces que ce que je pensais.

— Je ne sais pas exactement, quelques semaines…

Un rire sans joie s'échappe de sa bouche.

— Voilà, conclut-il, comme si ça expliquait tout et que la discussion était close.

— Tu sais, je n'habite pas si loin que ça, Solal.

— Tu es de passage, me coupe-t-il en appuyant sur chaque mot.

Alors qu'il se réinstalle mieux sur son siège, je l'empêche d'attacher sa ceinture. Avec toute la souplesse dont je suis capable compte tenu du manque de place, de mon costume et du frein à main à enjamber, je parviens à m'asseoir à califourchon sur Solal. Il garde ses mains en l'air et me regarde, sidéré par mon audace.

— Je ne vais pas te mentir. J'ignore tout de ta vie et je vois bien que tu n'as pas envie de la partager avec moi, pour le moment. Mais je peux être une parenthèse enchantée. Une belle rencontre. Chaque fois que je te vois, je me demande comment ce serait de t'embrasser plus longtemps. De prendre le temps de te toucher, de découvrir ton corps et de te faire découvrir le mien. Je me demande ce que ce serait de faire l'amour avec toi. Et je crois que tant que je n'aurai pas la réponse, je vais espérer.

Il me fixe avec intensité et je me laisse emporter par le bleu de son regard. Je repense à l'autre soir, quand j'ai voulu reproduire cette couleur et que j'ai eu beaucoup de mal à l'obtenir. Le mélange est subtil, presque inclassable, changeant. En cherchant sur un nuancier, j'ai découvert la teinte qui s'en approche le plus : le bleu horizon. C'est un nom parfait. L'horizon peut être libre et plein de promesses, comme sombre et trouble.

— Sauf si tu me dis que tu as quelqu'un dans ta vie actuellement, j'ajoute. Auquel cas je m'incline et je me contenterai de t'invoquer dans mes fantasmes.

— Tu n'as pas froid aux yeux, toi.

— Et il n'y a pas qu'aux yeux que je n'ai pas froid.

J'éclate de rire en réalisant ce que je viens de dire. Pourtant après mon laïus, je ne devrais plus avoir honte de rien. En tout cas, mes intentions ne peuvent pas être plus explicites. C'est à lui de jouer. Ou plus exactement, d'arrêter de jouer.

Je vois presque le combat qu'il mène dans sa tête. Il est partagé, mais je ne sais pas entre quoi et quoi ? Pourquoi est-ce si difficile pour lui de nous accorder ce moment ? Une fois de plus, il ne me fournit aucune explication, mais je vois un sourire fleurir à la commissure de ses lèvres. À la seule lumière des réverbères et des rares voitures qui passent, nous nous observons un long moment. Ses mains finissent par se poser délicatement sur mes cuisses, puis il cherche, dans mon dos, le curseur de la fermeture Éclair de mon déguisement et le fait glisser vers le bas.

Je retire les manches de mon costume. Solal ferme les yeux, le souffle court. Une veine palpite au creux de son cou, j'y dépose un baiser, puis un autre sur le lobe de son oreille, là où se trouve le grain de beauté. J'embrasse ensuite l'arête de sa mâchoire, sa pommette, les poils de sa barbe griffent légèrement ma peau. Quand nos bouches entrent en contact, Solal se redresse pour se plaquer contre moi. Il a le goût sucré du chewing-gum. Nos lèvres, nos hanches, nos respirations. Nous nous touchons, nous nous explorons. Ses doigts s'enfoncent dans ma chevelure. Ma position est des plus inconfortables, mais à cet instant je m'en moque. Notre baiser se fait plus profond et je sens que Solal partage mon excitation. Il baisse les bretelles de mon top et de mon soutien-gorge et empoigne mon sein. Sa peau froide contre la mienne, brûlante, me fait frissonner. Les callosités de ses doigts éraflent mon téton. Je gémis.

Et puis, soudain, tout s'arrête. Aussi brutalement que sur le trampoline. Il passe sa main sur ma nuque et tandis que nous nous tenons, joue contre joue, dans le creux l'un de l'autre, il murmure :

— Je suis désolé.

Je garde mon regard sur lui, mais il n'ose pas me regarder. Avec précaution, il me rhabille, puis garde ses mains à plat contre mon torse. Ses yeux détaillent ses tatouages… À moins qu'il ne soit perdu dans ses pensées ? Qu'est-ce que j'en sais !

Je n'amorce pas un mouvement pour lui faciliter la tâche, s'il veut me repousser qu'il assume. Ce qu'il fait au bout de quelques secondes : il me soulève comme si je ne pesais rien et me replace côté passager. Je n'ai même pas la force de lutter contre ce nouveau revirement de situation.

Le trajet est court jusqu'à nos maisons respectives, mais le silence est si épais qu'on pourrait le découper en tranches. Je suis frustrée, évidemment, mais surtout je suis blessée dans mon amour-propre, vexée qu'il me rejette une nouvelle fois, sans plus d'éclaircissement.

Il se gare devant chez moi. Sa main tient encore le frein à main que je suis dehors pour récupérer mon vélo. Quand il veut m'aider, je ne lui en laisse pas l'occasion en éloignant le guidon sans ménagement. Le portail s'ouvre avec lenteur, je trépigne. Ma tête de lapin tombe au sol et je l'abandonne sur le gravier de l'allée. Au bout de plusieurs mètres, je me retourne, incapable de garder pour moi mes pensées profondes.

— Tu n'as pas l'air d'avoir autant de scrupules quand il s'agit de Sabine !

Je crois que j'ai hurlé. Il fallait que ça sorte. Dans la quiétude de la rue endormie, mon cri résonne un moment. Solal bascule sa tête en arrière, semblant scruter le ciel à la recherche d'une réponse. Je regarde la buée de sa respiration flotter au-dessus de son visage.

— Ce n'est pas… Ça n'a rien à voir.

— Dis-moi, dans ce cas !

Il fend l'air de son bras comme pour boxer un ennemi invisible, mais il garde le silence. Je soupire :

— Je suis fatiguée, Solal. Je vais me coucher. Mais c'est bon, j'ai compris, maintenant. En fait, il n'y a aucun obstacle entre nous, c'est juste moi le problème. Franchement, je ne vois pas ce qu'il y a de compliqué à me dire que je ne te plais pas.

J'ai mal au cœur. J'ai mal au ventre et à la tête. Cette soirée m'a lessivée. L'ascenseur émotionnel a été trop rapide pour mon organisme. Je lâche le vélo qui tombe sur la pelouse, mes œufs en chocolat se déversant dans l'herbe gelée.

Je tente de faire entrer ma foutue clé dans la serrure de la porte quand j'entends les pas précipités de Solal, derrière moi. Brusquement, il enroule ses bras autour de moi et me serre. Son corps oscille légèrement de droite à gauche, comme s'il nous berçait. Il me soulève presque du sol. Je lui caresse les cheveux d'une main. Il m'enveloppe de sa chaleur et pendant une précieuse minute, j'y crois. Je crois à une étincelle entre nous. Fragile et vacillante, peut-être, mais réelle. Une lueur capable de nous éclairer et de nous réchauffer. Un début de *nous*.

— Je ne peux pas, Liv, me chuchote-t-il. Pas avec toi. Parce que, avec toi, j'ai peur de commencer et de ne plus pouvoir m'arrêter.

13. Présentation

Un vent puissant cingle le visage de Rosalie et la déstabilise. Elle est obligée de garder la main sur la rambarde de bois de peur de basculer. Sa robe lui fouette les jambes. La vue est époustouflante. Le soleil embrase l'horizon. La mer d'huile, où se reflètent d'éclatantes couleurs, semble aujourd'hui bien inoffensive. Et même si cette dernière a englouti l'homme qu'elle aime, Rosalie doit admettre qu'elle la trouve aussi fascinante qu'effrayante. La jeune femme sait pertinemment pourquoi Jacob a insisté pour qu'elle monte dans le nid-de-pie. Il veut qu'elle comprenne une bonne fois pour toutes que son Thomas ne reviendra pas, que l'océan est dangereux. Mais la foi de Rosalie est inébranlable…

Quand mon portable sonne, je lève les yeux de mes notes. Le nom de Berthold s'affiche à l'écran. Je ne lui ai pas parlé depuis la fête et je suis contente de voir son visage.

— Yo, agent B, quoi de neuf ?

— J'ai une pause de trois minutes pour avaler un sandwich et discuter avec toi.

— En même temps ?

— Tout à fait, réplique-t-il, la bouche pleine. Tu es où, là ?

Je tiens mon téléphone à bout de bras pour lui montrer le paysage qui m'environne et la vue splendide qui s'offre à moi.

— Ne me dis pas que tu es en haut d'un arbre ? demande Berthold, un bout de salade à moitié sorti de la bouche.

— Il fallait que je prenne de la hauteur ! je me justifie. Mon pirate a invité mon héroïne sur son bateau, en dépit du fait que ça porte malheur, et elle est montée…

— Abrège, j'ai plus que deux minutes ! Tu as des planches à me montrer ? C'est gérable ce que tu t'es rajouté ? Tu seras dans les temps ?

Je réajuste ma position sur la branche qui me sert de chaise et scrute l'horizon, ce qui me fait aussitôt penser à Solal, évidemment. À ce qu'il m'a dit samedi.

— Allô, agent L, vous me recevez ? m'interpelle Berthold en toquant sur l'écran de son téléphone.

— Oui, c'est bon, inutile de me mettre plus de pression que j'en ai déjà ! J'ai conscience que c'est de la folie d'avoir inclus mon histoire de pirate, mais c'est tellement mieux !

Si j'apprécie le soutien de Gloria et Berthold, j'en ai un peu marre qu'ils sous-entendent que je ne prends pas la mesure de l'importance de ces semaines de liberté. Il n'est pas nécessaire d'insister, j'ai parfaitement conscience des enjeux !

— Je n'aurais pas dû ? je demande malgré tout.

— C'est toi la créatrice.

— Oui, mais je veux dire, est-ce que je me saborde moi-même ?

— Non. Bien sûr que non. Tu as changé, Liv.

— Tu es sincère ?

— On ne peut plus. Ça aurait été il y a quelques années, je ne dis pas… mais tu n'es plus la même. Maintenant, tu es juste toi. Pleine de bonne volonté, généreuse, un peu trop enthousiaste, un peu trop optimiste, un peu insouciante, souvent inconsciente de la portée de tes actes, mais terriblement attachante.

Voilà, je ne suis pas parfaite, mais je vais gérer.

— Je m'accroche à mon idée, alors. Et je mets les bouchées doubles.

— *Exactly* ! Allez, montre-moi.

Dans mon carnet de croquis et de notes, je fais défiler des dizaines de pages de détails, d'études de mouvements, de portraits des personnages.

— Attends une seconde ! Remontre-moi ça.

Je reviens sur un profil de Solal-Jacob. La lumière orangée y est celle du soleil couchant et dans les yeux, j'ai représenté un ciel orageux zébré d'éclairs.

— Waouh, c'est lui ton voisin ?

J'acquiesce. Et encore, je trouve que ce portrait ne lui rend pas justice.

— Tu es dans les ennuis jusqu'au cou, agent L. Il est ultra-canon.

Sa remarque fait resurgir dans mon esprit ma conversation avec Gaspard.

— Merci, Berthold, tu m'aides beaucoup. Le problème n'est pas qu'il soit indécemment beau, mais plutôt qu'il soit mystérieux.

— Ah oui, là, tu as doublement des ennuis.

— Dis-moi, je voulais te demander un truc. Est-ce que tu es gay ?

Derrière Berthold, une ambulance passe et le son de la sirène résonne en haut de mon arbre, de façon tout à fait décalée.

— Ben non. Tu le saurais, il me semble, si c'était le cas. Pourquoi tu me demandes ça ?

— J'ai promis à Gaspard Vannier de me renseigner.

Mon cousin manque s'étouffer avec sa bouchée.

— Rhaa, mais tu ne peux pas balancer ce genre de propos plein de sous-entendus incompréhensibles alors que je dois y aller !

Je le vois marcher dans la rue à pas rapides avec en fond des immeubles aux façades réfléchissant le soleil. Il pénètre dans un bâtiment.

— Maintenant, je vais me poser des questions tout l'après-midi et je vais être incapable de me concentrer ! Tu me le payeras, Liv.

— Je t'aime aussi, cousin ! je dis en riant.

Berthold s'arrête devant une porte et l'index levé, chuchote à mon intention :

— *Love you too, babe.* Mais tu boucles ton roman et tu ne perds pas trop de temps avec ton pirate aux yeux d'orage !

Comme si c'était possible ! Je suis déjà enlisée dans des sables mouvants. C'est trop tard depuis le premier jour, quand j'ai vu la tache de dentifrice sur le menton de Solal. C'est trop tard depuis que je l'ai vu lire un livre que j'adore. C'est trop tard depuis qu'il a porté à une fête un T-shirt offert par sa fille de sept ans. C'est trop tard.

Évidemment, depuis samedi, j'ai rembobiné ses derniers mots, je les ai décortiqués, analysés, retournés, mélangés. J'ai cherché un sens caché. Même des hiéroglyphes me semblent plus compréhensibles. Je n'ai eu aucune explication de Solal, ça aurait été trop beau. Il a balancé « Parce que, avec toi, j'ai peur de commencer et de ne plus pouvoir m'arrêter » et a filé chez lui comme s'il avait le diable aux trousses. J'étais fatiguée et à vif, je n'ai pas cherché plus loin. Cet aveu lui avait suffisamment coûté.

Maintenant, j'admets que je suis partagée. Solal ne semble pas avoir de place pour moi dans sa vie et moi, j'en ai sans doute un peu trop pour lui. J'ai besoin d'affection, de compagnie, besoin de quelqu'un qui m'aime et me comprenne.

Je retourne à mon chapitre pour déterminer comment je découpe la scène en séquences, mais je ne suis plus concentrée. Insatisfaite, je raye le dernier mot que j'ai écrit. Ma gomme glisse alors de mon genou, rebondit sur une branche en dessous de la mienne, puis dégringole jusqu'au sol. En baissant les yeux, j'aperçois alors deux personnes qui s'avancent sur la plage et l'une d'elles est, sans nul doute, Naya.

La fillette me fait de grands gestes de la main et son rire ricoche jusqu'à moi. À ses côtés, la brune que j'avais vue sur la terrasse de Solal marche d'un pas tranquille en fumant. Elle a abandonné le blouson d'aviateur pour une veste noire ajustée qui souligne sa taille de guêpe.

Je range les affaires dans ma trousse et, mon carnet sous le bras, bondis du sorbier jusqu'au mur d'enceinte de la propriété. Je marche en équilibre dessus jusqu'au portillon, puis saute dans le sable juste devant les nouvelles arrivantes.

Il est possible que je fasse un peu ma crâneuse face à la femme qui m'intimide déjà. Juste un peu. En bonne fan de Ladybug[1], Naya a apprécié mes acrobaties.

— Comment tu fais ça ? s'émerveille la petite.

La brune a les yeux rivés sur moi et je ne parviens pas à établir si elle désapprouve mon attitude ou pas.

1. Héroïne de la série télévisée animée *Miraculous*.

— J'ai fait du parkour et de l'escalade pendant des années.

— Tu ne dois pas faire pareil, Naya, lance la brune.

Sa voix est feutrée et douce, cela contraste avec la dureté de ses traits. J'opine du chef.

— Oui, évidemment. Je me suis beaucoup entraînée avant d'arriver à faire ce genre de choses.

Naya fait tourner la jupe à frou-frou jaune qu'elle porte avec des collants verts et ses bottes violettes.

— De toute façon, moi j'ai peur en hauteur, comme papa, alors ça ne risque pas.

— Tant mieux.

La dernière chose dont j'ai envie c'est que la petite se casse la figure et que sa mère et son père m'en tiennent responsable. La femme me tend une main baguée à chaque doigt, des chevalières avec des têtes de mort, pour la plupart.

— Je suis Cat. Naya m'a énormément parlé de toi et j'avais très envie de te rencontrer. Ça ne te dérange pas si on se tutoie ?

Je change mon carnet de côté et lui serre la main.

— Liv. Ravie de faire ta connaissance. Et non, absolument pas.

Nous nous considérons quelques secondes, chacune de nous évaluant l'autre. Du moins, c'est ce que moi je fais. Je tente de savoir si cette femme sera mon amie ; je me contenterai de ne pas l'avoir comme ennemie.

— Naya m'a raconté que tu dessines très bien, que tu es drôle et que tu portes des vêtements trop chouettes.

J'ai l'impression qu'elle est en train d'évoquer une poupée Barbie, mais je suis honorée que la fillette pense autant de bien de moi. Je suis au moins cool auprès d'un des membres de la famille Perrot.

— Tu es sa nouvelle héroïne, lâche Cat d'un ton neutre.

Au détriment de qui ? Juste Ladybug, j'espère ! Je ne veux piquer la place de personne, moi. Néanmoins, la jolie brune ne semble pas en prendre ombrage. Je propose :

— Vous voulez venir boire un verre à la maison ? J'allais rentrer.

Naya s'est assise un peu plus loin dans le sable pour y faire des monticules dans lesquels elle plante des bâtons.

— À vrai dire, nous venions t'inviter à manger, précise Cat.

Ses yeux bleus m'étudient lentement, en attendant ma réponse. Je comprends parfaitement qu'elle ait besoin d'en savoir plus sur moi. Je suppose que j'agirais de la même façon si ma fille ne jurait plus que par une parfaite inconnue.

— Je sais qu'on s'y prend un peu tard, ajoute-t-elle. C'est comme tu veux. Sinon ça peut être une autre fois.

Est-ce que Solal est au courant de cette invitation ? J'en doute fort. Et surtout, est-ce que c'est normal que son ex se permette d'organiser un dîner chez lui ?

— Non, oui, ce serait avec plaisir. Dans ce cas, je me change et je vous rejoins, d'ici une demi-heure, c'est bon ?

Naya, qui vient juste de nous rejoindre, me saute dans les bras.

— Je suis trop contente ! La prochaine fois, je pourrai essayer ton trampoline ?

Je jette un regard de biais à Cat pour ne pas commettre d'impair.

— Si ta maman est d'accord, oui, pourquoi pas.

Deux paires d'yeux me contemplent avec perplexité et la jolie brune se fend d'un sourire. Naya éclate de rire en déclarant :

— Cat est pas ma maman, c'est ma tatie !

14. Observation

Les oignons me font pleurer. Ou peut-être est-ce la joie de découvrir que Cat n'est pas l'ex de mon voisin. Aider à la préparation du repas m'occupe les mains et m'empêche de dévisager celle qui est la tante de Naya, mais surtout la sœur jumelle de Solal !

Elle est aussi brune qu'il est blond et également bien plus pâle. Si ses yeux sont bleus, il n'y éclate aucun orage, il s'agit plus d'un lac placide de montagne. Leur seul point commun visible se trouve être l'impénétrabilité de leurs visages respectifs.

Après avoir enfilé une tenue plus présentable qu'un jogging, et qui fait honneur à ma réputation de fille qui porte des vêtements « trop chouettes », je me suis présentée à la porte de derrière. Léonard est venu m'ouvrir tout de suite et il a même éteint la télé quand il m'a reconnue.

— Liv, c'est ça ?

Je ne sais pas pourquoi, mais le fait qu'il ne me prenne pas une nouvelle fois pour Céleste m'a touchée. Céleste, que je soupçonne, du coup, d'être la maman de Naya…

Le vieil homme a ensuite insisté pour que je m'installe sur le canapé avec lui et il m'a montré un ouvrage sur les nœuds marins. Naya nous a rejoints et nous nous sommes exercés sur une corde pendant plusieurs minutes avant que Cat nous sollicite.

Malgré ses doigts noueux, Léonard est imbattable, sa dextérité et sa rapidité d'exécution m'ont impressionnée.

Naya met le couvert, Léonard casse les œufs et Cat coupe des poivrons pour confectionner une espèce de tortilla en me bombardant de questions. Depuis vingt minutes, j'ai l'impression de passer un examen dont le thème serait moi, ma vie professionnelle et mes aspirations. La sœur de Solal semble réellement intéressée par mon livre et mon désir de devenir illustratrice. À cette occasion, j'apprends qu'elle est agent immobilier, célibataire, mais avec des vues sur sa collègue, et qu'elle rêve de parcourir le GR20 en solitaire.

Il est vraiment facile de discuter avec Cat, elle se montre affable et ouverte ; le contraste avec son frère est saisissant ! Solal, justement, n'est pas encore rentré du boulot. C'est étrange de se retrouver au milieu de cette famille, et en même temps, la sensation est agréable. J'apprécie l'idée de partager un repas avec des êtres humains. L'autre jour, j'ai mangé un sandwich sur la plage en compagnie d'une étoile de mer échouée, mais ce n'est pas pareil.

— Léo ! s'écrie soudain Cat en me poussant pour passer.

Je comprends ce qui arrive quand je vois de petites flammes à côté de la poêle où rissolent des pommes de terre. Cat retire précipitamment le torchon que le vieil homme a laissé trop près des brûleurs et le jette dans l'évier.

Léonard tient sa crinière argentée des deux mains, les yeux écarquillés d'effroi.

— Je n'ai pas fait exprès ! se défend-il.

Naya l'enlace avec douceur.

— On le sait, pépé. Ce n'est rien, ce n'est pas grave.

— Mais oui, ajoute Cat en faisant couler l'eau sur le tissu cramé. C'est un accident, ce sont des choses qui arrivent. Naya, va réciter ta poésie à Léo dans ta chambre, d'accord ? Merci à tous les deux pour le coup de main, Liv et moi allons terminer.

Je regarde la petite prendre la main de Léonard hagard, et le mener dans le couloir. Cat souffle en s'appuyant contre le comptoir.

— Désolée, me dit-elle.

— Il n'y a pas de quoi l'être. Est-ce que ça arrive souvent ?

— Hum, acquiesce-t-elle. Oui, de plus en plus, malheureusement. Jusqu'à récemment, ça allait, mais on ne peut plus ignorer que son état se détériore…

Elle met poivrons, oignons et pommes de terre cuites dans les œufs battus et mélange le tout, pensivement. Je termine de positionner les couverts à côté des assiettes, perturbée d'avoir assisté à cette scène.

Dans l'intimité de cette famille, j'en apprends plus sur Solal. Je comprends mieux ses réticences à me voir débarquer dans sa vie. Son manque de légèreté me paraît même cohérent maintenant que je sais que cela vient de quelqu'un qui se débat avec autant de responsabilités.

— Ça te dérange qu'on aille deux minutes sur la terrasse ? s'enquiert Cat. Faut que je fume une clope.

Allongées sur les transats froids, nous écoutons les vagues qui se cassent sur le rivage. Dans le noir, la pointe incandescente de la cigarette rougeoie par intermittence et illumine le regard de Cat.

— Je peux te poser une question ?

— Ce n'est pas pour ça que tu m'as invitée à dîner ?

Elle ricane en s'enveloppant dans sa veste.

— Ah, ah, tu es perspicace. Une qualité largement sous-estimée, si tu veux mon avis.

Je scrute le ciel à la recherche d'une étoile, mais même la lune ne perce pas la couche épaisse des nuages.

— Est-ce que tu sors avec Solal ?

— Quoi ? Non, non. Non… Oh non, non.

— Ça fait beaucoup trop de non pour être honnête.

Nous éclatons de rire, ensemble.

— Mais tu aimerais ? reprend Cat plus sérieusement.

Je triture nerveusement mes cheveux, curieuse de savoir où mène cette conversation. Est-ce qu'elle va m'encourager ou me dissuader ? Face à mon hésitation à répondre, Cat déclare :

— Je ne connais pas beaucoup de femmes qui ne seraient pas intéressées. Il est l'archétype du beau ténébreux.

— Je suis peut-être une originale.

— Je n'ai aucun doute là-dessus, me rétorque-t-elle après avoir soufflé une bouffée de fumée qui vole jusqu'à moi. Mais j'ai besoin de savoir.

Je replie mes jambes sous moi et lisse la jupe en jean que j'ai enfilée sur des collants rouges.

— Je suis démasquée, j'avoue. J'aimerais parvenir à l'atteindre…

— Dans ce cas, je veux t'aider.

Je fronce les sourcils.

— Tu fais ça souvent ? Je veux dire, jouer les entremetteuses.

Cat se lève et vient s'asseoir au pied de mon transat.

— Justement, non. Jamais.

— Pourquoi moi, dans ce cas ?

Son regard pénétrant semble m'étudier de fond en comble.

— Déjà parce que tu es la première femme de son entourage à qui j'ai l'occasion de parler. Il est plutôt secret sur ses aventures.

Le nom de Sabine surgit dans mon esprit comme un diable sort de sa boîte, mais je vais m'abstenir de partager cette information.

— Et surtout, il t'a laissée approcher Naya et ça, c'est plus qu'inhabituel.

Est-ce que j'ai une bouffée de fierté pour quelque chose dont je ne suis pas du tout responsable ? Tout à fait. Il n'y a pas de petites victoires. M'accorder le moindre crédit pour ça serait prétentieux, mais cela ne m'empêche pas de me sentir flattée. Cat me voit comme une super héroïne, là où je suis simplement têtue et chiante.

— Lui et moi, on est un peu comme chien et chat. Je ne sais jamais sur quel pied danser en sa présence et j'ai constamment l'impression de lui taper sur les nerfs.

— Ne t'en fais pas pour ça. Il lui faut quelqu'un qui a du répondant. Il a besoin de combativité et si vraiment tu l'agaçais, tu le saurais. Je crois que tu lui plais, mais qu'il ne sait pas comment s'y prendre pour te le faire savoir.

Naya interrompt notre échange en frappant à la fenêtre et en nous faisant signe de rentrer. Cat bondit à l'intérieur, moi à sa suite.

— Ça va, ma puce ?

— Oui, c'est juste que pépé et moi, on a faim.

Sa tante sourit.

— OK, je mets le tout à cuire dans ce cas. Ça va sûrement faire venir ton papa !

Je l'accompagne dans la cuisine et nous mettons l'omelette sur le feu tandis que Naya et Léo s'installent devant la télé. La petite se roule en boule sur les genoux du vieil homme qui lui caresse les cheveux affectueusement. Ils sont attendrissants, tous les deux.

— Alors ? insiste Cat. Ça te dit que je t'aide ?

Sous-entendu : est-ce que tu as vraiment envie de plonger dans le grand bain alias la vie de Solal ?

— Pourquoi tu ferais ça ? je l'interroge, même si je ne peux empêcher mon cœur de jubiler à l'idée de plaire à Solal. Tu ne crois pas que ton frère peut se débrouiller tout seul ?

Elle me jette un regard entendu.

— Je m'occupe d'abord de ta seconde question, si ça ne te dérange pas. Et la réponse est non. Je ne le juge pas, mais c'est un fait, Solal ne saurait pas comment s'y prendre, même avec un mode d'emploi. Il croit que l'amour, c'est terminé pour lui.

Cat glisse un plat sous la poêle pour retourner l'omelette.

— Et pourquoi est-ce qu'il faut que je l'aide ? poursuit-elle en me paraphrasant. Parce que j'aime Solal et que je veux le voir heureux.

La pression est soudain monumentale.

— Je ne sais pas si je peux faire ça, je balbutie. C'est beaucoup de responsabilités alors qu'au début, je voulais juste lui lécher les tétons.

Ça fait facilement une bonne semaine que je n'ai pas sorti une énormité pareille et je me souviens – toujours trop tard – de l'expression « tourner sept fois la langue dans sa bouche avant de parler ».

Heureusement, Cat explose de rire.

— Rassure-toi, je ne te demande pas de t'engager à quoi que ce soit, mais si déjà tu ouvres la voie… S'il se souvient qu'il a un cœur, le progrès sera énorme.

La pression a maintenant le poids de l'Everest, de l'Annapurna et du mont Fuji empilés les uns sur les autres.

— Écoute, je te donne les infos, tu en fais ce que tu veux, précise Cat. Je pense qu'il y a deux choses essentielles que tu dois savoir sur Solal.

Je suis tout ouïe, même si j'ai quelques scrupules à sauter les étapes de la sorte. Je me fais l'effet d'une tricheuse. Je suppose que ce que Cat va me confier, je devrais l'apprendre de la bouche de Solal, mais en aurais je jamais l'occasion ? Il garde tout fermé à double tour dans son cœur.

— La première, je te la fais courte, mais lui et moi sommes orphelins et c'est une grande partie de ce qui nous définit. Nous avons été en foyer d'accueil toute notre enfance avec ce que ça implique de sentiment de solitude, de manque de confiance en soi et d'incertitude. Solal a toujours été là pour moi, il a appris à jouer les durs pour me défendre. Le fait d'être né deux minutes avant moi lui a donné l'impression qu'il devait me protéger tandis que, lui, personne n'assurait ses arrières. Grâce à Solal, je ne me suis jamais sentie seule, mais pour lui, c'est plus compliqué. Il considère qu'il doit s'en sortir par ses propres moyens, quoi qu'il en coûte. Il a une peur panique de l'abandon et il a longtemps été en colère contre le monde entier.

La quantité d'informations que je dois absorber me tourne la tête. Je vois aussi que Cat s'en veut de dévoiler toutes ces choses intimes à une inconnue. Elle secoue la tête, en plein dilemme.

— Et la seconde, sans doute la plus importante…

La porte d'entrée s'ouvre, nous faisant sursauter toutes les deux.

— Bonsoir ! salue Solal en accrochant son manteau à une patère.

Je suis à l'agonie, comme dans les films au moment où un personnage meurt avant de révéler son secret ou l'emplacement du trésor. Cat me fixe avec une grimace d'excuse. Il semble que je ne saurai jamais ce qu'il y a de plus important !

Solal est figé au milieu de la pièce, son regard braqué sur moi. Je ne vais pas crier « Surprise », mais je parie que c'en est une.

— Papa ! lance Naya depuis le salon. On a invité Liv à manger avec nous pour pas qu'elle reste toute seule dans sa maison, c'est gentil pas vrai ?

Il déglutit, puis semble retrouver sa langue.

— C'est… oui, c'est très gentil, ma belle.

Il porte un bleu de travail sale et un vieux sweat à capuche déchiré au coude gauche. Des éclaboussures de peinture criblent sa chevelure blonde et il ne s'est toujours pas rasé. Il s'approche de Cat et lui pose un baiser sur le front.

— Merci de m'avoir dépanné, p'tite sœur.

— Quand tu veux, tu le sais.

Il hoche la tête, mais on sent que ça lui demande un effort de reconnaître qu'il avait besoin d'aide.

— Salut, Liv, dit-il sans me regarder et sans me faire de bisou.

Je marmonne un bonjour. Maintenant que Solal est dans la maison, je suis intimidée.

— J'ai le temps de me doucher ou on passe à table ?

— C'est prêt, mais on peut te garder une part au chaud, si tu veux, répond Cat.

— Non, c'est bon, mangeons.

Avant que nous nous attablions vraiment, Solal vérifie que Naya a bien lavé ses mains, terminé ses devoirs et préparé son sac. Quand Léonard indique que lui aussi a fait tout ça, l'atmosphère se détend d'un cran.

Avant que nous commencions à manger, Solal, visiblement épuisé, écoute pourtant avec attention sa fille lui déclamer sa poésie. Cette scène me fait penser à ma mère. C'était différent, parce que la fatigue de maman était due à la maladie, mais l'amour et la patience sont les mêmes. Elle prêtait une oreille compatissante à tout ce que je venais déballer dans sa chambre, de mes apprentissages en classe aux insignifiantes disputes avec mes copines. Même dans ses derniers instants, elle me laissait raconter n'importe quoi, un sourire aux lèvres. Mon père, lui, n'a jamais écouté quoi que ce soit.

À la fin du poème, nous applaudissons tous.

— Papa, tu as réfléchi, alors, pour mon anniversaire ? demande Naya, la voix pleine d'espoir.

Las, il soupire :

— On ne peut pas en parler demain ?

— Mais moi, je voulais donner les invitations à mes copines, demain !

— Eh bien, donne-leur dans ce cas.

— Ça veut dire qu'on ne va pas au Youplaparc ?

Solal pose sa fourchette lentement et croise ses doigts.

— Non, ma puce, je suis désolé, mais le parc, ce sera pour une autre fois. Je… je bosse et tatie ne pourra pas tout gérer seule si vous êtes à l'extérieur. Je préfère que ça se fasse ici.

— Je suis là, moi, précise Léonard.

Cat lui pose la main sur le bras pour l'inciter à ne pas s'en mêler.

— Oui, il y a pépé, renchérit Naya.

Solal me cloue le bec d'un regard avant même que je réalise que j'allais me proposer comme accompagnatrice.

— Léo aidera à vous surveiller à la maison, décide Solal.

— Mais moi, j'ai dit à mes copines qu'on ferait du trampoline et tout ! gémit Naya.

Il est visible que l'insistance de la petite met les nerfs de Solal à rude épreuve. Il lui caresse la joue.

— Pas cette année, ma belle. La discussion est close.

Entre Naya qui boude et ma présence, le reste du repas se déroule dans une ambiance tendue. Cat tente par tous les moyens d'amorcer une discussion afin que Solal et moi échangions plus de trois mots, mais mon voisin se contente de réponses monosyllabiques. Léonard se met à réciter des bribes de poésies dont il se souvient et nous rions à son medley Baudelaire-slogan de publicité. Solal affiche un léger sourire, même si je vois qu'il a l'esprit préoccupé.

Au moment du dessert, il se lève et nous abandonne en indiquant qu'il va se laver. Naya, qui a retrouvé sa bonne humeur, me demande :

— Tu viendras à mon anniversaire ?

— C'est quand ?

— Mercredi 14 novembre. Ce sera sympa, il y aura plein de gamines hystériques, répond Cat en souriant.

Elle se lève pour débarrasser. Naya vient appuyer sa tête contre mon épaule en suçant son pouce.

— Je voulais aller au Youplaparc, ça aurait été génial, se lamente-t-elle.

— Ce sera encore mieux ici, j'en suis sûre.

— Papa, il ne veut jamais rien faire de rigolo et en plus, il me donne tout le temps des ordres.

Cat me coule un regard en biais. Je tente de prendre la défense de Solal, sans trop savoir où je vais :

— Ton papa est très occupé, tu sais, et c'est son travail de parent de décider de ce qu'il y a de mieux pour toi.

Ça me fait bizarre d'être en train de justifier l'attitude de Solal alors que la remontrance de Naya est un écho de ce que j'ai pu dire à Gloria au sujet de mon père, durant toute ma vie.

— Ben, le mieux pour moi, c'était le Youplaparc ! décrète la petite.

Au ricanement de Cat, je comprends que je me suis mise dans cette situation toute seule, alors je tente de faire diversion :

— Tu as de la chance d'avoir un papa qui est là pour toi. D'ailleurs, il m'a demandé de t'aider à fabriquer des invitations. Si tu es d'accord, bien sûr. Demain soir, peut-être, comme ça, tu pourras les donner après-demain ?

Cat ne dissimule pas sa surprise, mais ne dit rien.

— Tu ferais ça ? s'émerveille Naya.

C'est vrai que faire plaisir à un enfant est une joie incomparable. Je comprends aussi que l'inverse soit une torture. Après que j'ai interrogé la petite sur le thème qu'elle souhaite – les coccinelles, évidemment –, je me dis qu'il serait judicieux de retourner à ma vie avant que Solal revienne de sa douche et s'aperçoive que je me suis, une fois de plus, immiscée dans la sienne.

15. Intimidation

Sous une fine pluie pénétrante, je cours jusque chez moi. En rallumant mon téléphone, je constate que j'ai six appels en absence de mon père, ce qui ne me dit rien qui vaille. Il y en a aussi quatre de Berthold, mais je sais que c'est pour avoir le fin mot de l'histoire avec Gaspard.

Je retire ma veste mouillée, les yeux rivés sur l'écran. D'un côté, je préférerais monter dans le dressing terminer l'une de mes illustrations. Et de l'autre, ça pourrait être une urgence. Et s'il était arrivé quelque chose à Gloria ? Je me rassure en pensant que mon père aurait laissé un message si c'était le cas.

Malgré tout, je le rappelle et prie pour ne pas le regretter. Quand la sonnerie d'un téléphone retentit derrière la porte d'entrée, j'ai l'impression d'être dans le film *Scream*. Mon cœur galope dans ma poitrine et des sueurs froides me parcourent le dos. La voix de mon père répond avant la seconde tonalité.

— Ouvre.

Le portable encore vissé à l'oreille, je déverrouille la serrure et découvre la haute silhouette de mon géniteur, déjà impressionnante de jour, mais carrément terrifiante de nuit. Il se tient bien droit dans son costume anthracite, un parapluie noir posé contre le mur à côté de lui.

— Chihuahua, tu m'as fait une peur bleue ! je m'exclame. Ça fait longtemps que tu es là ?

— Environ une heure.

— Pourquoi tu n'as pas attendu à l'intérieur ?

— Je n'avais pas mes clés. Je ne pensais pas en avoir besoin. Je croyais naïvement que tu serais à la maison.

Je m'efface pour le laisser entrer de sa démarche raide. Mon cerveau active aussitôt le bouclier à réprimandes et autres leçons de morale.

— Une fois de plus, tu n'as pas fermé le portail, constate mon père.

— Il n'y a rien à voler, ici, j'indique en haussant les épaules.

— Là n'est pas le propos, Liv.

Gna, gna, gna… Je n'ai pas envie de m'engouffrer dans l'une de nos nombreuses discussions stériles, une sorte de ping-pong sans fin de reproches. Je désamorce l'engrenage.

— Tu dois être transi de froid ! Tu veux une boisson chaude ?

— Un café, je te prie.

Je verse de l'eau, mets quelques cuillères d'un arabica en provenance d'Hawaï que mon père affectionne particulièrement et active le percolateur. Pour ma part, un chocolat chaud sera plus réconfortant. Nos boissons en main, nous nous installons dans le salon. Mon père se détend imperceptiblement après plusieurs gorgées. Je lui dis :

— Je suis désolée que tu aies dû patienter dehors. Tu aurais dû te rendre dans un restaurant ou un bar.

Au regard qu'il me lance, on pourrait croire que je l'ai insulté. Ses yeux noirs représentent l'un de ses nombreux atouts en affaires, il faut avoir les nerfs solides pour les affronter sans ciller.

Moi, je les pratique depuis assez longtemps pour ne pas me laisser impressionner.

— À quoi tu joues, exactement ? m'interroge mon père.

Je me ferais bien une petite partie de Monopoly, pas toi ? J'aimerais tellement qu'il me questionne sur ma santé, mon état d'esprit ou sur l'avancée du livre. Je voudrais qu'il me fasse confiance, mais c'est trop demander.

— Tu m'as supplié de te laisser ces semaines d'écriture pour terminer ton roman, poursuit-il. Tu m'as laissé entendre que c'était ce qui comptait le plus au monde pour toi et je t'ai crue, Liv.

— Parce que c'est la vérité !

— Alors pourquoi étais-tu chez ton voisin toute la soirée ? Tu n'es pas ici pour te faire des amis et encore moins fréquenter le premier homme venu. Garde ta concentration et ton énergie.

Une pointe de culpabilité me tiraille le ventre, il réussit à me faire douter… Mais je réplique :

— C'est ce que je fais ! Je bosse jour et nuit ! Et plancher sur mon projet ne signifie pas arrêter de vivre pour autant, je ne suis pas toi !

Je le vois se crisper. Ses lèvres se contractent en une moue réprobatrice, mais il reste flegmatique.

Mon père m'a parfois évoqué un vampire ; il en a l'élégance, la prestance et l'aspect implacable et inquiétant. Il faisait peur à mes camarades de classe quand j'étais petite et d'ailleurs, je m'en servais pour effrayer ceux qui m'embêtaient. « Faites gaffe, sinon mon père va venir vous aspirer le sang et vous serez secs comme des pruneaux ! »

— Ne trahis pas encore une fois ma confiance, Liv ! Je ne veux pas de nouvelle déconvenue.

Il remet sur le tapis mon année aux États-Unis... Comment lui faire comprendre que j'ai changé, que j'ai mûri ? J'avais vingt ans, bon sang ! Un an auparavant, je frôlais la mort et perdais des mois précieux, je ressentais le besoin de dépasser les limites et oui, c'est vrai, j'ai exagéré, mais combien de temps va-t-il évoquer ce dérapage ?

Après cette période, j'ai bossé comme une acharnée pour décrocher mon master et en parallèle, j'ai réussi à écrire mon livre. Quand est-ce qu'il va voir que je suis différente d'il y a cinq ans ?

Amère, je réponds :

— C'est quand même bizarre que quand il s'agit de perdre des soirées entières avec Gaspard, ce ne soit pas un problème.

— C'est un investissement pour le futur.

— Mais je ne suis pas un de tes placements !

— On ne peut pas vivre que dans l'insouciance du présent, Liv. Il est bon d'assurer ses arrières. On ne sait jamais ce que la vie nous réserve.

Sa voix a flanché. Une microseconde. Une nuance subtile que quelqu'un qui ne le connaît pas aussi bien que moi n'aurait pas perçue, mais moi je l'ai entendue. Il a eu une hésitation. Est-ce qu'on parle encore de Gaspard, là ? Ou est-ce qu'on n'en vient pas enfin à évoquer le sujet tabou qu'est la mort de ma mère ?

— La famille Vannier est une alliée, précise-t-il en remettant la conversation sur les rails.

À l'entendre utiliser ce genre de vocabulaire, on dirait qu'on est en guerre. Le général Van Dalfsen qui dirige son armée de petits soldats ! Moi, je repense à Gaspard qui roule des pelles à Laurent et j'ai envie de rire.

— Gaspard et moi, ça n'arrivera jamais.

— Et pourquoi ça ?

Malgré ce qu'il m'a fait subir toutes ces années, je ne veux pas trahir le secret de Vannier. Il me semble que pour la première fois, mon impression que nous pourrions être amis se vérifie, je ne veux pas gâcher ça. Et même si je le détestais encore corps et âme, de toute façon, ce n'est pas à moi de révéler son secret. Je ne sais que trop bien ce que c'est que de lutter contre son environnement et se sentir seule.

— Parce que lui et moi ne sommes pas compatibles. J'ai le droit d'avoir un minimum d'atomes crochus avec celui que je fréquente, non ?

— Et tu en as avec le peintre en bâtiment ?

Dit comme ça, c'est vrai que ce n'est pas flagrant. Je suis plus proche de Gaspard que de Solal. De prime abord. Mais on peut aussi se compléter, être la partie manquante de l'autre. Ma mère était la bonne humeur incarnée, positive et souriante, tandis que mon père… c'est mon père. Quoi qu'il en soit, je n'ai pas envie de justifier les élans de mon cœur auprès de celui qui a oublié qu'il en avait un.

— Je suis fatiguée, papa. Mon livre sera fini en temps et en heure. C'est ma priorité numéro un, tu peux me croire.

Mon père desserre sa cravate et passe sa main sur ses paupières. N'importe quel être humain doté de bon sens se serait abrité dans sa voiture ou se serait rendu dans un endroit chaud pour patienter, mais Piotr Van Dalfsen est plus buté. Son attente dans le froid apporte du poids à ses arguments et me culpabilise par la même occasion.

Je secoue la tête en lui prenant la tasse vide des mains.

— Tu veux que je te prépare un lit ?

Quand il lève son regard vers moi, j'y lis une certaine lassitude et je suis incapable de déterminer si c'est une fatigue liée au travail ou à moi. Je lui souris et il m'attrape la main avec douceur. J'ai soudain envie de lui proposer de visionner un film. Ça n'a jamais été un rituel, mais nous l'avons fait de temps en temps au fil des ans et j'ai toujours adoré ces moments. Même si mon père répondait à des messages ou consultait les cours de la Bourse tandis que je m'endormais avant la fin, j'aimais qu'on soit ensemble. C'était trop rare.

— Non, je ne reste pas dormir.

Et voilà. Fin de la connexion. Merci, au revoir.

La pluie a cessé. J'ai tiré une chaise jusqu'à l'arrière de la maison et allumé les bougies que j'y ai laissées depuis Halloween. Je contemple un portrait de ma mère, une petite photo d'elle que je conserve dans mon sac en permanence. Anneleen Van Dalfsen y est représentée riant aux éclats, la main en avant pour empêcher le photographe, mon père, de la prendre. Le cliché date d'avant ma naissance. Avant que mon père devienne un redoutable homme d'affaires. Avant que je perturbe leur parfaite harmonie. Avant la maladie. La seule chose qui n'a jamais changé est le sourire de ma mère. La dernière fois que je l'ai vue, elle l'avait encore flottant sur ses lèvres pâles. Elle me manque tellement que ça me coupe le souffle.

— Je peux entrer ?

Je reviens aussitôt dans le présent, là où ma mère n'est qu'un souvenir. Je devine Solal derrière le portillon, ses deux mains accrochées aux barreaux. Perdue dans mes pensées, je ne l'ai pas entendu arriver.

— Tu connais le code.

— Tu ne l'as pas changé ?

— Non, je laisse tout ouvert, maintenant, je lance, amère. Et ça marche, je n'ai jamais reçu autant de visites !

— Tu préfères que je parte ?

À fleur de peau, j'ai terriblement besoin qu'il reste.

— Non.

Ses cheveux sont encore mouillés et, malgré le froid, il est pieds nus. Il porte un pull col roulé bleu marine et un bas de pyjama. Il me tend un ouvrage pour enfants illustré d'une coccinelle qui chante. Je remarque que ce n'est pas le livre que sa fille voulait que je lui lise, la première fois.

— Tiens. Naya voulait te montrer ça. Pour l'inspiration. Ce sont ses mots.

Ce qui signifie qu'elle ou sa tante l'ont informé de mon intervention pour les invitations. Je n'arrive pas à déterminer s'il est mécontent ou pas. Lui qui voulait que je me tienne loin de son monde, j'y suis jusqu'au cou.

— Ça pouvait attendre demain, je précise.

Il ne relève pas. Pourtant, c'est vrai, il n'avait pas besoin de venir me le porter maintenant. Je m'aperçois que je ne suis pas la seule à chercher des prétextes pour se voir. Solal ne parvient pas à respecter sa propre règle.

Je suis irrésistible. Je suis une déesse.

— Tu as une moustache de chocolat, m'indique Solal.

Je rougis en m'essuyant avec frénésie. Chihuahua, y aura-t-il un moment où je ne suis pas ridicule ?

— Pour ce que ça vaut, je te promets que je n'ai pas tenté de m'incruster chez toi. Pour le dîner, je veux dire. Pour les invitations, je plaide coupable.

Je n'ai pas la force d'inventer des excuses.

— Cat m'a expliqué, dit-il.

— C'est le destin qui cherche à nous réunir, tu crois ?

— Hum, je parierais plus sur la persévérance de ma sœur et de ma fille, fait-il en plongeant les mains dans ses poches.

Je remarque que ses pieds ne sont pas tatoués et je trouve ça amusant. Je ris doucement. Je suis un peu fébrile. Solal ne semble même pas remarquer que je fixe ses orteils.

— Je suppose que Cat n'a pas pu s'empêcher de te parler de moi ? De nous ? Qu'est-ce qu'elle t'a raconté ?

Je ne suis pas certaine de saisir de quel *nous* il s'agit.

— Rien de précis. Votre enfance chaotique. Votre complicité.

Il me fixe avec un regard laser détecteur de mensonges.

— C'est tout ?

Je le sens fragilisé, presque suppliant. Je me lève pour lui faire face et lui assure que oui, c'est tout. Visiblement soulagé, il expire longuement. Il ne pouvait pas attiser plus ma curiosité. De quoi a-t-il si peur ? Qu'est-ce qu'il ne veut pas que je sache ?

— Mais si tu veux m'en dire plus, je t'écoute.

Pendant quelques secondes, je crois qu'il va me parler. Son regard tourné vers chez lui, il s'éclaircit la gorge, ouvre la bouche, la referme, puis un avion passe bas dans le ciel. Attirés par le bruit, nous levons la tête. Solal recule d'un pas et fait craquer ses phalanges. Il ne me dira rien de plus.

— Tu as un truc à boire ? Badoit, Perrier, Vittel ?

Nous quittons les eaux troubles des secrets et des sujets sérieux pour retourner vers ce qu'on connaît le mieux : les joutes verbales.

— Tu as quelque chose contre l'eau du robinet ? je réponds en souriant.

Il me sourit en retour avec ses dents parfaitement alignées et brossées. Nous pénétrons dans la maison et je constate qu'il y fait une chaleur tropicale en comparaison de l'extérieur. J'attache mes cheveux, retire mon pull et sers un verre d'eau à Solal. Je vais baisser la température du chauffage et retrouve mon invité qui s'est perché sur un tabouret de bar. Lui aussi a ôté son pull. Il porte un T-shirt jaune fluo hideux siglé d'une entreprise du bâtiment qui ne parvient même pas à l'enlaidir un tout petit peu.

— J'étais fatigué, commence-t-il. Je sais que ça n'excuse pas tout, mais c'est en partie pour ça que je n'ai pas été très agréable, tout à l'heure. Et puis, je savais que Naya remettrait cette histoire de parc hors de prix sur le tapis, que j'allais refuser, qu'elle serait triste…

— Pas de problème.

— J'essaye de te dissuader, aussi.

Je le vois jeter un œil aux tasses que mon père et moi avons utilisées. Je pourrais expliquer à Solal de quoi il s'agit, mais je préfère qu'il s'imagine que Gaspard ou un autre de mes prétendants imaginaires m'a rendu visite.

— Ce serait tellement plus facile que tu comprennes que je suis un sale type, poursuit-il.

— Le problème, c'est que je te vois avec Naya, alors c'est raté.

Il avale son verre d'eau par petites gorgées, comme s'il cherchait le moyen de repousser ce qu'il s'apprête à me confier.

— Ce que je vais te dire va te paraître minable, moi je me sens minable rien que d'y penser… je ne sais pas trop, je ne suis pas doué pour parler de ce que je ressens. Mais, comme tu t'es montrée honnête avec moi, je vais tenter de l'être aussi.

Je grimpe sur l'îlot central et m'y assois en tailleur, attentive. J'entends sa cuisse qui tape nerveusement sous le meuble.

— Tu m'attires, Liv. Ça ne fait aucun doute. J'ai envie de toi. J'ai très, très, très envie de toi. Et penser à ça commence à empiéter sur ma concentration au boulot, à la maison… Mais je ne peux pas m'investir plus… je n'ai rien d'autre à proposer. Est-ce que ça peut suffire ? Contrairement à ce que tu prétends, je ne pense pas que ce soit le cas. Je ne te connais pas depuis longtemps, mais j'ai du mal à croire que tu ne t'impliques pas.

— Tu veux dire « incrustes » plutôt, non ?

Il rit doucement.

— Non, mais on sent que tu te préoccupes des autres… que tu as envie de mieux les connaître, les aider… je ne sais pas… leur apporter un peu de cette joie que tu sembles porter en bandoulière.

Solal ne se rend sûrement pas compte de la portée de ses mots sur moi… Il se passe une main sur la nuque en grimaçant.

— Quand tu as fait ton speech dans la camionnette, ça sonnait mieux que ça, là je me sens lamentable. « Tiens, si tu veux, mon corps est à ta disposition… »

Et je trouve sa délicatesse émouvante. Le fait qu'il soit incapable de profiter de la situation me touche. Il pourrait simplement coucher avec moi, sans explication, mais il se sent obligé de se justifier.

Un combat fait rage en moi. Mon corps me garantit que je suis parfaitement en mesure de profiter du sexe sans m'imaginer quoi que ce soit, tandis que ma tête et surtout mon cœur, cet éternel romantique, tentent de faire entendre leurs voix. Je les muselle pour cette fois. Avec plus d'assurance que je n'en ressens vraiment, je tranche :

— J'ai compris les conditions, Solal, ne t'en fais pas. Je n'ai aucune illusion sur l'avenir. En plus, je pars bientôt.

Ouh, la menteuse.

Il ne me lâche pas des yeux, semblant évaluer s'il peut me faire confiance, si céder à ce qui nous aimante l'un à l'autre ne va pas créer une réaction en chaîne qu'il ne maîtrisera pas. J'insiste alors :

— On se contente d'assouvir nos envies, c'est tout. Pas de promesses.

Dans un revirement de situation qui me ravit, je vois un changement s'opérer dans son regard. Apparemment, j'ai su me montrer convaincante.

Il écarte son verre vide du revers de la main.

— Tu veux un café ? je propose.

Il me fait non de la tête.

— Un thé ?

Encore non. Chacun de nous attend de savoir lequel amorcera le premier mouvement. Je suppose que je patiente depuis plus longtemps, donc je m'avance à quatre pattes jusqu'à m'asseoir au bord de l'îlot. Je positionne mes jambes de chaque côté de Solal.

— Ton corps à ma disposition ? je murmure.

Il sourit et une lueur affamée s'allume dans ses iris.

— Je me demandais quand tu allais relever.

— J'aimerais bien voir ça, j'ajoute près de son oreille.

Il retire son T-shirt sans se faire prier. Mes yeux passent de son regard bleu tempête à sa bouche charnue, puis descendent sur son torse glabre et musculeux. Solal se lève, ses mains viennent se poser sur mes cuisses et remontent jusqu'à mes fesses. D'un mouvement sec, il rapproche mon bassin du sien. J'ai un hoquet de surprise et éclate de rire contre son épaule. Mes doigts effleurent les plumes tatouées du phénix qui descendent sur son ventre, puis je plonge mes prunelles dans les siennes.

— Tu ne vas pas t'enfuir, cette fois ?

Parce que, avec l'empressement dont il fait preuve, je ne vais bientôt plus pouvoir me contrôler. Ses mâchoires se contractent. Il secoue la tête lentement de gauche à droite pour me signifier qu'il ne va nulle part. Je me mords la lèvre inférieure. Il a quand même dit qu'il avait *très, très, très envie de moi.* Envie de moi puissance trois, ce n'est pas rien.

Il me demande de libérer mes cheveux et y plonge ses doigts pour attirer mon visage près du sien. Il m'embrasse avec fermeté, mais ses lèvres sont toujours aussi soyeuses. Mon corps s'embrase de désir.

Savoir que nous allons coucher ensemble me tourne la tête, je savoure chacun de ses contacts, chacune de ses caresses. Sans m'en apercevoir, je me retrouve sans top ni soutien-gorge, la jupe relevée. Je ne suis pas particulièrement pudique ou timide, mais me trouver exposée sous la lumière crue des spots de la cuisine me fait me sentir vulnérable. Et à la fois, c'est terriblement excitant. La langue de Solal descend le long de mon cou et titille mes seins. J'agrippe ses cheveux mouillés en gémissant.

Ses doigts se faufilent sous ma jupe pour attraper mes collants et ma culotte qu'il fait glisser le long de mes jambes. Mes affaires tombent au sol dans un bruit feutré. Il observe ma réaction, m'interroge du regard pour savoir si je vais l'interrompre.

Il se redresse, le souffle court, et baisse son pantalon. Je ne vais plus attendre pour découvrir ce que c'est que de faire l'amour avec mon voisin, après l'avoir tant fantasmé. S'il s'est fait désirer, maintenant, il n'a plus envie de patienter. Je l'observe s'équiper d'un préservatif qu'il avait apporté dans sa poche. Il savait parfaitement ce qu'il faisait en venant ce soir ! En tout cas, ce qu'il espérait faire.

Je m'apprête à descendre du plan de travail, mais il m'en empêche et me fait reculer. D'un appui sur le tabouret, il me rejoint. Quand il me prend sur l'îlot central, c'est doux, c'est puissant, c'est du plaisir brut et je comprends très bien pourquoi Solal et moi ressentions une telle tension entre nous. Nous sommes totalement compatibles et parfaitement complémentaires.

16. Délectation

C'est moi qui ai parlé d'une parenthèse et c'est exactement comme ça que se déroule la semaine suivante. Un tourbillon émotionnel, une tornade de plaisirs charnels, des heures essoufflées, des minutes brûlantes, des secondes lascives. Du sexe sauvage et fiévreux. J'alterne les phases de travail intensif et le sexe torride avec Solal. Il vient me retrouver, parfois entre deux rendez-vous, parfois après ses pauses déjeuner avec Léonard. Plus les jours défilent, plus j'ai du mal à me concentrer, guettant le bruit de sa camionnette dans l'allée.

Je suis la première surprise de cette situation, il débarque toujours dans un état d'urgence qui me renverse. Un assoiffé au milieu du désert qui tombe sur une oasis. Cet empressement à me retrouver pourrait être flatteur si je n'avais pas ce doute qui me taraude, ce sentiment lancinant de n'être qu'un exutoire. Je ne peux plus prétendre que son attitude ne me déçoit pas un peu. Passé l'euphorie, quand le goût de ses baisers s'estompe, force est de constater que Solal demeure un mystère pour moi.

Et c'était le *deal*, je ne peux pas m'en plaindre. Mais on ne se refait pas. Au fond de moi, quand j'ai promis que ce ne serait que ça, j'ai croisé les doigts. J'ai eu la prétention de croire que mes charmes chambouleraient ses positions, mais je ne suis vraiment pas certaine que quoi que ce soit ait changé.

À chaque fois que l'on se retrouve, je dois l'amadouer à nouveau. Je sens qu'il se rétracte dès qu'on se sépare. Son corps m'appartient pendant une heure, mais tout ce qu'on construit dans ce laps de temps s'évapore dès qu'il quitte l'espace de mes bras.

Et puis, au milieu de cette folie, il y a ces moments précieux où il me pose des questions. Souvent après le sexe, quand je m'y attends le moins. Est-ce par gentillesse ? Par culpabilité ?

La première fois – le lendemain de l'épisode de l'îlot central –, il voulait me remercier pour les invitations que je venais de confectionner avec Naya et Cat. Il a attendu une fraction de seconde pour voir si nous étions toujours sur la même longueur d'onde et quand j'ai défait sa ceinture langoureusement, nous nous sommes jetés l'un sur l'autre. Nous avons inauguré la salle de billard… plusieurs fois. Puis nous nous sommes allongés sur le tapis, encore haletants. Sans préambule, il m'a demandé :

— Tu as toujours voulu dessiner ?

J'ai été très surprise qu'il aborde ce sujet. J'étais à des années-lumière de mon travail à ce moment-là. Je m'étais mise en mode « lubrique » et voilà qu'il abordait un sujet personnel. Après avoir attrapé une bouteille d'eau, je suis revenue sur le tapis, enveloppée dans un plaid.

— Oui. C'était ma façon de m'affirmer en tout cas, de me créer un univers où me réfugier. À un moment difficile de ma vie, j'ai même cessé de parler et je me servais de petits dessins pour m'exprimer. Ce n'était pas du goût de mon père, alors il a fallu que je revienne à un moyen de communication plus conventionnel.

Solal a souri face à mon rire qui sonnait sans doute un peu faux.

— Les invitations sont magnifiques. Naya est ravie.

— Ça m'a fait plaisir.

Et c'était tellement vrai. L'émerveillement dans les yeux de sa fille une fois que nous avions terminé, ça n'avait pas de prix. En plus, nous avions passé un moment follement amusant et j'avais découvert une petite d'une vivacité d'esprit et d'un humour hors du commun. Si son père était secret, elle se montrait ouverte et accueillante.

Le lendemain, Solal m'a interrompue alors que je profitais d'une accalmie pour faire quelques croquis sur la plage. Il m'a portée dans mon jardin et m'a fait l'amour contre la clôture, à l'abri des regards indiscrets. Nous avons fini nos ébats sous la pluie glacée. Quand Solal est parti, mes dessins détrempés étaient foutus.

Jeudi, je l'attendais derrière la porte pour l'entraîner sous la douche.

— C'était la photo de qui que tu regardais l'autre soir ? m'a-t-il interrogée au moment de nous rhabiller.

— Ma mère, j'ai avoué, incertaine d'avoir envie d'aborder ce sujet si sensible.

— Pourquoi ?

— Pourquoi quoi ?

— Pourquoi est-ce que tu la regardais ?

J'ai fait une tresse grossière avec mes cheveux mouillés et j'ai rentré mon chemisier dans mon jean.

— Parce qu'elle est morte et que parfois elle me manque trop fort, j'ai répondu, les yeux baissés.

S'il faisait la conversation pour être poli, je ne voulais pas qu'il se sente mal, qu'il ait pitié ou qu'il perçoive ma fragilité. Il m'a serré la main d'une douce pression, mais n'a rien ajouté.

Vendredi, je ne me souviens même plus de la pièce que nous avons squattée pour notre partie de jambes en l'air quotidienne. En revanche, je n'ai pas oublié notre discussion. Il voulait savoir quelle technique j'utilise pour mon livre. J'ai alors découvert qu'il a de bonnes notions en dessin même s'il s'en défend. Il a même laissé entendre qu'il aimerait lire mon roman quand il serait terminé. Je n'ai pas osé répondre à sa requête, mais ça m'a énormément touchée. Il m'a ensuite demandé si j'avais déjà songé à écrire des livres pour enfants et cela m'a donné une idée.

Samedi, il n'est pas venu. Il passait la journée avec Naya et moi, j'avais du travail à rattraper. J'ai bossé du lever au coucher du soleil, mais je manquais de concentration. Toutes les demi-heures, je consultais mon téléphone pour vérifier si Solal n'avait pas pu se libérer.

Dimanche, Cat a emmené Naya et Léo en balade pour la journée et nous, nous l'avons passée ensemble, incapables de nous séparer plus de quelques minutes. Nous avons mangé encore emboîtés l'un dans l'autre. Nous avons utilisé le jacuzzi, le piano – j'en joue très bien avec mes fesses – et la machine à laver dans laquelle tournait mon linge. La seule pièce où nous n'avons pas mis les pieds est la chambre.

Le lendemain, j'étais persuadée que je voudrais une journée off, pour me retrouver et pour me remettre physiquement, mais aussi psychologiquement. Je voulais reprendre mes esprits et analyser ce qui était en train de se passer. Mais dès qu'il a ôté son sweat-shirt, dès que ses mains se sont posées sur mon corps, j'ai été faible. Quand sa langue est entrée en action, je ne contrôlais plus rien. Je me suis aperçue que je ne pouvais tout simplement plus me passer de ses bras autour de moi, de son visage dans mon cou, de ses regards qui s'attardaient parfois sur mon corps après que nous avions couché ensemble.

— Les CD, au fait, ceux des vieux chanteurs français, ce ne sont pas les miens, a-t-il précisé un peu plus tard. Ils sont à Léo.

— Tu n'as pas à te justifier.

Je préférerais savoir qui est Léonard. Dans la mesure où Cat et lui sont orphelins, il n'est sûrement pas de leur famille. Mais dès que je fais mine de m'intéresser à sa vie à lui, les choses se gâtent, Solal se rhabille et fuit.

— Je n'écoute pas de musique, a-t-il expliqué, songeur. Je ne prends plus le temps de le faire. À vrai dire, je ne prends plus le temps de rien. Je ne sais même pas quand je suis allé au cinéma ou voir un spectacle pour la dernière fois. Halloween était ma première balade avec Naya depuis cet été.

À travers ses questions, j'ai compris que Solal s'intéressait à moi et à ma vie, mais ce qui est arrivé aujourd'hui me confirme que le lien entre nous est encore tellement fragile. Aujourd'hui, il s'est retranché en lui-même et est parti avant que nous ayons pu échanger le moindre mot. Il est arrivé vers 15 heures, entre deux chantiers, il m'a déshabillée à peine la porte d'entrée franchie et nous allions faire l'amour contre le mur, quand je lui ai demandé d'ouvrir les yeux et de me regarder. Il a refusé. J'ai insisté. Et lorsqu'il a eu ce temps d'hésitation qui m'a semblé interminable, je me suis détachée de lui. J'étais encore pantelante, à moitié dénudée, lorsqu'il a filé, seulement vêtu de son jean, ses affaires sous le bras.

Au terme de cette semaine durant laquelle j'ai vécu un véritable marathon du sexe, je dois pourtant me rendre à l'évidence : je n'ai jamais été aussi insatisfaite. Après sept jours dans les bras de Solal, il faut que j'affronte la vérité et elle est violente. Il respecte scrupuleusement ce qu'il a dit : du sexe et rien d'autre. Retour à la case départ.

17. Célébration

Je suis aussi excitée que si c'était mon anniversaire ! Peut-être parce que j'ai cruellement besoin de m'occuper l'esprit pour ne pas penser que je suis en manque de Solal, de sa peau, de sa voix, de tout ce qu'il veut bien m'accorder. J'essaye à tout prix de ne pas ressasser le fait qu'hier, il n'est pas venu, prétextant un planning chargé. Ce qui me fait le plus mal n'est pas la sensation de vide que je ressens, mais le fait de réaliser qu'il se passe de moi aussi facilement.

Depuis ma fenêtre d'espionnage, je guette le départ de Solal de chez lui. Je sais qu'il travaille cet après-midi puisque Naya m'en a encore parlé hier en fin de journée, quand je l'ai croisée avec Cat au supermarché. Il était visible qu'elle était triste, mais elle ne s'est pas plainte.

Du coup, je me dis que ma surprise devrait lui apporter un petit supplément de joie. Et ça m'enlève une partie du poids que je ressens à agir dans le dos de Solal.

Quand sa camionnette quitte enfin l'allée et que les voitures des parents venus amener leur enfant repartent, je passe à l'action. Je sais que Cat a prévu un atelier confection de masque coccinelle avec les deux copines invitées par Naya. Et après cela, elles passeront au goûter.

Je frappe à la porte vitrée, mon cadeau sous le bras, un peu nerveuse. Cat m'accueille avec le sourire.

— Bonjour ! Tu viens me filer un coup de main ? Entre, je t'en prie.

Je salue aussi Léo qui a les yeux rivés sur l'écran de la télé. Il ne répond pas, mais à sa décharge, le son est au maximum.

— Liv !

Naya me saute dans les bras sans retenue malgré ses deux copines qui nous observent ; une rousse qui a encore plus de taches de rousseur que moi et une grande métisse aux yeux noirs.

— C'est pour moi ? s'enquiert la fillette, un sourire espiègle aux lèvres, en voyant mon paquet emballé d'un papier rouge à pois noirs.

— Oui, bon anniversaire, Naya. Tu l'ouvriras ce soir, d'accord ?

Elle acquiesce mais au vu de son regard rempli de curiosité, je ne sais pas si elle respectera sa parole.

— Allez jouer, les filles, les encourage Cat. Après on s'installe pour faire des masques.

Une fois que les gamines ont filé dans la chambre de Naya, elle se tourne vers moi.

— Tu veux un verre d'alcool ? Je ne sais vraiment pas pourquoi je me suis engagée à gérer ça. C'est plus ton domaine ! Ça te dirait de t'en charger ?

— J'ai encore mieux à te proposer !

Cat écarquille les yeux en écoutant ce que j'ai prévu et je vois que l'idée fait son chemin. Je tente de me dédouaner :

— Je sais que Solal n'est pas au courant et j'ai conscience de te mettre dans une position délicate, mais ce n'est qu'une heure maximum. Si Naya est heureuse, il n'y verra pas d'inconvénient, tu ne crois pas ?

— Tu ne lui en as pas parlé pour autant, remarque Cat en riant. Écoute, si embêter Solal me posait problème, je ne ferais jamais rien. Mon frère voit des inconvénients à tout, donc ne te mets pas martel en tête. Moi, je trouve ton idée géniale.

Son aval me rassure. Tout le petit monde aura réintégré ses pénates bien avant que Solal rentre du travail. Il sera mis devant le fait accompli, mais il verra les paillettes dans les yeux de sa fille – normalement – et ça ira. De toute façon, qu'est-ce que je crains ?

Une fois assurée que le changement de programme ne gêne pas Naya, Cat se lance dans l'emballage du gâteau qu'elle a préparé. Nous enfilons ensuite leurs manteaux aux petites et à Léonard pour braver le froid. Ils ricanent tous, trépignant d'impatience, comme s'ils partaient pour une grande aventure. Léo, quant à lui, est excité à l'idée de découvrir « la maison d'à côté ».

Les fillettes poussent des cris d'extase en apercevant les trois trampolines. Sans savoir combien elles seraient, j'en ai loué deux supplémentaires, en plus du mien que j'ai rempli de boules en plastique multicolores. J'avoue que ça fait un trou dans mon budget, mais je voulais faire un cadeau digne de ce nom.

Les gamines sont dingues et moi aussi. J'ai décoré la pièce de coccinelles géantes que j'ai confectionnées moi-même. Naya n'en revient pas. Elle pose ses mains sur ses joues, au comble du bonheur, en effectuant plusieurs tours sur elle-même.

— C'est comme au Youplaparc ! Oh, merci, Liv !

J'avoue que, ayant été gâtée toute mon existence, ayant eu accès aux plus beaux vêtements, aux meilleurs plats, ayant toujours vécu dans des maisons immenses, il m'arrive parfois d'oublier de profiter de tout ça. Mais faire plaisir à Naya et sentir ses petits bras me serrer fort me procurent un bien-être sans égal. C'est une jubilation profonde qui irradie dans tout mon corps et gonfle mon cœur de chaleur. Un vrai shoot de bonheur. Néanmoins, le sentiment est modéré par mon esprit qui me rappelle que c'est sans doute une des rares fois que je ressentirai cette sensation…

Lors de mes nombreux baby-sittings, j'ai déjà ressenti ce pincement au cœur, mais je ne m'y suis jamais attardée.

— Ben mince, tu viens de marquer des points ! s'exclame Cat en me sortant de mes pensées.

— Je ne l'ai pas fait pour ça…

— Je le sais bien, me rassure-t-elle en riant. C'est juste que je ne voudrais pas perdre mon statut de tante préférée !

Cat met le gâteau au frigo et je rejoins Léonard près des statues géantes qu'il est en train d'admirer, comme un gosse au pied du sapin du Rockefeller Center à New York.

— Elles vous plaisent ?

— J'ai toujours voulu entrer ici. Cette maison me fait penser à un blockhaus, sans vouloir te manquer de respect.

Je souris.

— Il n'y a pas d'offense, moi aussi, elle m'a toujours évoqué ce genre de constructions !

Le vieil homme tourne son regard au loin, vers la mer que l'on voit à travers les baies vitrées.

— Je les devinais depuis mon bateau de pêche, comme des sentinelles sur la plage. Et il y a tous ceux qui sont enfouis sous l'eau, il fallait faire attention pour ne pas les heurter !

— Vous étiez pêcheur ?

Ses yeux se vident soudain de la lueur qui s'y était allumée et son sourire faiblit. Il semble inquiet et confus.

— Céleste ?

Encore ? Je prends sa main et tente d'établir un contact visuel avec lui pour qu'il comprenne que je ne suis pas celle qu'il croit.

— Léonard ? C'est moi, Liv, vous vous souvenez ? La voisine. Vous êtes chez moi pour l'anniversaire de Naya.

Ses doigts se crispent autour des miens. Je remarque alors qu'il a de nombreuses cicatrices sur le dos de la main.

— Liv ?

Il reprend pied dans la réalité et je retrouve mon souffle. Quand il fait ça, j'ai l'horrible sensation d'être un fantôme venu le hanter. Je déteste ça. Je n'y ai pas prêté attention jusqu'à présent, mais Léonard a également une longue balafre à la naissance des cheveux, juste au-dessus de l'oreille gauche.

— Est-ce que tu as une télé ? me demande soudain Cat que je n'ai pas entendue arriver.

— Oui, dans le petit salon, je dis en les guidant dans cette pièce que Solal et moi avons visitée il y a quelques jours à peine.

Je chasse ces pensées parasites et allume l'écran géant. Je fais défiler les chaînes jusqu'à en trouver une consacrée au sport H24. En terrain connu, Léonard se détend et s'affale sur les coussins. Après m'avoir demandé la télécommande, il s'absorbe dans la compétition de golf qui passe à l'écran et nous oublie aussitôt.

— On peut le laisser tout seul ?

Cat hoche la tête.

— Oui, quand il regarde la télé, on n'a rien à craindre. Du moins, avant, c'était le cas… Maintenant, il est de plus en plus souvent confus, étourdi.

— Qu'est-ce qu'il a, au juste ? Alzheimer ?

— Non.

La réponse est laconique. On dirait Solal.

— Tu ne veux pas m'en dire plus ?

Elle se plante devant moi pour me déclarer :

— C'est compliqué.

Il n'y a pas d'animosité dans sa voix, mais je pressens qu'il ne sert à rien de l'interroger davantage. Dans le salon, on dirait que les petites sont une dizaine tant elles font de bruit. Leurs cris s'élèvent jusqu'au plafond. Des balles en plastique jaillissent d'un trampoline à l'autre et quand elles heurtent les filets, les filles hurlent de plus belle.

Cat et moi nous installons à la grande table pour étaler le matériel d'arts plastiques. En silence, nous préparons les masques en forme de coccinelles et trois palettes de peinture pour que chaque petite puisse décorer le sien. Je cherche le meilleur moyen d'aborder le sujet qui remplit la pièce plus sûrement que mes trampolines.

— Céleste est la mère de Naya ?

Je ne trouve pas le courage de demander si c'est la femme de Solal, je ne sais pas pourquoi, alors que c'est pareil. L'embarras de Cat est visible. Elle se lève, sort le gâteau du frigo et déchire l'emballage des bougies qu'elle a apportées. Je la suis de nouveau, comme si j'étais dans sa maison. Elle réajuste et replace les huit bougies plusieurs fois.

— C'était la deuxième chose que je voulais te confier au sujet de Solal…

— La plus importante ?

— Exactement. Sauf qu'après, je me suis rendu compte que

ce n'est pas à moi de t'en parler. Notre enfance, notre adolescence, le rôle qu'il a joué dans ma vie, ce que je lui dois, ce que je connais de mon frère à cette période, je peux me permettre de te le raconter, parce que c'est notre histoire. Mais la leur…

C'est alors que ses mots font écho à d'autres. La traduction de la locution latine tatouée sur la main de Solal, à côté d'une étoile filante, me revient en mémoire : *De nobis fabula narratur.* « Ceci est notre histoire ». Celle de Solal et Céleste. Je devine une séparation douloureuse, une histoire d'amour contrariée, de la souffrance, une tragédie ?

Les questions me brûlent les lèvres. Où est cette mystérieuse Céleste ? Pourquoi est-ce trop sensible pour Solal ?

— Tu sais que lui et moi, cette semaine… on a passé du temps ensemble ?

— C'est ce que j'ai cru comprendre, oui.

Le sourire coquin de Cat tend à prouver qu'elle a parfaitement saisi la nature du temps que nous avons partagé.

— C'est très bien. Ça me fait plaisir.

— Mais…, je commence, sans trouver la bonne formulation. Pour être honnête, hormis une connaissance approfondie de ses talents d'amant, je ne suis pas beaucoup plus avancée que la semaine dernière. Je crains qu'il n'aborde jamais le sujet Céleste avec moi. Il n'a pas envie de me donner accès à ses secrets…

Cat pince les lèvres et se gratte le bout du nez en grimaçant.

— Il faut lui laisser du temps.

— Je ne crois pas que ça suffise, malheureusement.

Je ne sais pas si elle perçoit tous les regrets dans cette phrase. Tout ce que je me suis promis de ne pas ressentir et que je me prends en pleine face aujourd'hui. Cat m'a donné pour mission d'ouvrir le cœur de Solal et pour l'instant, c'est surtout le mien qui bée aux quatre vents.

Cat s'éclaircit la voix. Je la regarde pour vérifier si elle s'en sort avec son gâteau et je sais tout de suite que Solal est derrière moi. J'identifie l'expression de sa sœur sans difficulté. C'est une expression que j'ai beaucoup travaillée sur mes carnets d'esquisse, cherchant les traits qui l'expriment le mieux : une stupeur caractérisée par un haussement des sourcils, une bouche entrouverte et un regard statique.

Naya crie « Papa » avec une joie non contenue et moi, je m'apprête à affronter la colère de Solal. Mais après tout, il peut me surprendre ! Je lui laisse le bénéfice du doute et me retourne pour lui offrir un sourire digne d'une Miss Univers sous ecstasy. Il est clair qu'il n'est pas allé au boulot, il a juste prétendu le faire. Il porte un pantalon cargo marron et une chemise blanche ; dire qu'il est canon serait déplacé, tellement ce n'est pas le moment. Sous son bras droit, il tient un carton de petite taille dans lequel sont faits des trous.

Sa colère refroidit instantanément la pièce. On sent qu'il se contient grâce à la présence des petites.

— Je croyais que tu travaillais ! s'exclame Naya. Qu'est-ce que c'est ? C'est pour moi ?

La petite fille continue à sauter même si elle n'est plus sur le trampoline et tente de regarder par les petits trous. Solal se penche vers elle en bricolant un sourire. Cat et moi en profitons pour nous observer quelques secondes, comme deux condamnées qu'on mène à l'échafaud.

— Oui, ma puce, c'est pour toi, répond Solal en posant le carton au sol. Sois délicate en ouvrant, d'accord ?

Nous sommes tous au-dessus de la boîte pour découvrir ce qu'elle contient et moi, je croise les doigts pour que ça fasse suffisamment diversion. Un adorable chaton noir est blotti dans un des coins et il dort comme un bienheureux.

— Oh, papa ! Merci, merci, merci, merci ! Je peux le prendre dans mes bras, s'il te plaît ?

— Bien sûr.

Les deux copines de Naya poussent des exclamations attendries. Je me presse contre elles pour attendre mon tour et avoir une occasion de câliner la boule de poils, mais je comprends vite que je n'aurai pas cette chance.

— Liv, je peux te parler ?

18. Tension

D'un pas décidé, Solal se dirige vers la serre dans laquelle sont entreposés des chaises et du matériel d'entretien. Je me souviens du temps où ça servait de jardin d'hiver, ça devait être du vivant de ma mère. J'aime cet endroit qui se trouve juste au pied du sorbier que j'ai escaladé la semaine dernière. J'ouvre la porte à Solal qui n'osait sans doute pas le faire, ou qui ne s'était même pas aperçu qu'il y avait un bâtiment. Peut-être s'en fout-il royalement. Il voulait sûrement juste être assez loin de la maison pour me hurler dessus.

À l'intérieur, je m'effondre sur une chilienne à la toile délavée et râpée. Je suis épuisée. J'ai passé ma nuit à décorer le salon et terminer l'histoire pour Naya. Je voulais absolument qu'elle l'ait aujourd'hui et j'ai à peine dormi une heure. L'avantage de cette fatigue est qu'elle me distancie de la fureur de Solal. Ses mains tremblent. Je le vois bien parce qu'il les passe plusieurs fois dans ses cheveux blonds. Il respire aussi comme un taureau prêt à charger.

J'ai un peu honte de le dire, mais je ne suis pas aussi impressionnée que je le devrais. La force de l'habitude. En matière de colère contenue et glaçante, mon père est champion du monde toutes catégories. Je comprends que Solal n'apprécie pas de ne pas avoir été informé du changement de programme, mais ce n'est qu'une petite fête. Je suis certaine qu'en parlant, on peut désamorcer la situation.

— Je tiens à préciser que je suis la seule fautive. Cat n'est pas responsable.

Il se retourne brusquement.

— Tu l'as forcée ? Menacée ? Prise en otage, peut-être ?

— Écoute, je pensais que tu travaillais et j'ai vu la peine que ça faisait à Naya. J'ai juste voulu lui faire oublier ton absence.

— Merci de me faire culpabiliser…

— Ce n'est pas mon intention. D'autant que tu es là !

— Les propriétaires du chaton habitent à une demi-heure d'ici. J'ai prétexté le travail pour aller le chercher sans que Naya se doute de rien. Je voulais lui faire la surprise.

— Et c'est ce que tu as fait, c'est réussi.

— Sauf que… que…, bégaye-t-il, empêtré dans son irritation. Sauf qu'elle n'était pas à la maison ! Et ça a tout gâché !

— Pas du tout. Tu es en colère pour quoi au juste ? Parce que tu n'étais pas au courant ? Parce que je t'ai volé la vedette ? Parce que j'ai cherché à lui faire plaisir en louant des trampolines ?

— Pour tout ! Le pire, c'est que tu ne sembles même pas coupable !

Je voudrais afficher un air contrit, mais ce ne serait pas convaincant. Solal a raison, je ne ressens pas de culpabilité parce que je n'ai fait de mal à personne, même pas à lui, contrairement à ce qu'il pense. Il n'avait qu'à se joindre à la fête et nous serions tous en train de manger du gâteau et de nous attendrir devant le chaton. C'est lui qui gâche tout.

Je bâille à m'en décrocher les mâchoires et la fureur de Solal monte encore d'un cran.

— Naya est ma fille, pas la tienne, jusqu'à preuve du contraire. Elle… elle aurait pu se blesser !

— C'est vrai, de la même manière que chez toi.

Il fait craquer ses phalanges, puis se ronge les ongles.

— Naya doit apprendre que tout n'est pas toujours possible, que parfois il faut accepter de patienter ou de ne pas obtenir ce que l'on souhaite. Tout n'est pas aussi facile qu'un coup de téléphone quand on s'appelle Van Dalfsen.

— Je lui ai juste fait un cadeau ! Et puis, où est le problème avec ce qui est facile ? Tout n'est pas obligé d'être dur ou une souffrance. Il se trouve que là, j'avais les moyens de faire plaisir à Naya…

— Et moi non, Liv, bon sang ! rugit Solal. Qu'est-ce que tu peux être bornée ! Elle doit bien comprendre que la vie n'est pas une grande fête foraine.

— Elle le sait, Solal. Elle a la tête sur les épaules, parce que tu y veilles. La faire rire quelques heures ne va pas la bercer d'illusions.

— L'argent ne peut pas tout acheter ! crache Solal.

J'ai un ricanement douloureux. Le voilà encore lancé sur ses boucs émissaires préférés : ceux qui ont de l'argent.

— Crois-moi, je le sais, Solal. Je le sais très bien.

Au ton de ma voix, il fait volte-face pour me dévisager durant plusieurs interminables secondes. Le silence n'est entrecoupé que par les cris d'un oiseau de mer planant au-dessus de la plage.

— Tu m'as menti, Liv.

— Pas vraiment.

— Ne joue pas avec les mots, tu n'as rien dit, c'est exactement pareil.

— Parce que je savais que tu dirais non ! Et puis, tu ne m'as pas vraiment laissé l'occasion de te parler ces derniers jours, malgré le temps que nous avons passé ensemble ! C'est pour elle que j'ai fait ça, c'est son anniversaire.

— Mais pourquoi ? Tu espères quoi, au juste ? Tu veux t'attirer les faveurs de Naya pour m'atteindre ? Ce qu'il s'est passé entre nous ne t'autorise en rien à interférer dans notre vie.

Je déglutis avec peine. Ce qu'il vient de m'assener a l'effet d'un poignard en plein cœur. Comment peut-il me croire aussi sournoise ? *Ce qu'il s'est passé entre nous ?* Je suis peut-être naïve, mais pas au point d'imaginer que du sexe pendant une semaine fait de moi la belle-mère de Naya !

— Je voulais juste lui faire plaisir, je dis à voix basse.

En me regardant, il semble s'apercevoir qu'il est allé trop loin. Il se masse les tempes.

— Tu n'es pas celle qui décide.

— Non, tu as raison, mais j'ai été celle pour qui on a décidé pendant des années. Et encore aujourd'hui. Alors je ne peux que te conseiller de lâcher du lest, Solal. Tu es parfois trop strict. Il ne s'est rien passé de grave, ce ne sont que de foutus trampolines !

— Rhaa, mais je sais tout ça, Liv ! Mais c'est à moi de m'occuper de l'éducation de Naya et ça n'est pas facile tous les jours, tu peux me croire ! Être sûr de faire les bons choix, de suivre la bonne ligne de conduite, de respecter la promesse que j'ai faite…

Nous y voilà.

— À qui ? À ta femme ?

Solal prend une profonde inspiration. Il me tourne le dos pour contempler le jardin à travers la vitre embuée.

— Céleste n'était pas ma femme. Nous n'avions pas ce genre de relation. Pas besoin de bague pour se faire des promesses. Et moi, j'ai juré de toujours être là pour Naya, j'ai juré d'être un bon père.

— Où est-elle, Solal ?

Je me lève et m'approche avec lenteur. Une fois à côté de lui, je repose ma question.

— Comment ça ? me demande-t-il, les sourcils froncés, les yeux perdus dans le vide.

— Céleste, où se trouve-t-elle ?

— Elle est au cimetière, lâche-t-il dans un souffle. Où veux-tu qu'elle soit ?

Je le savais au fond de moi, mais je n'avais pas encore voulu affronter cette réalité. Imaginer que cette femme puisse être morte était bien trop sérieux, bien trop triste. Tout en réfléchissant à voix haute, je murmure :

— Pardon, je… je n'avais pas compris… Mais, et la sucette, alors ?

Solal me contemple, sans comprendre de quoi je parle. Je vois qu'il finit par se souvenir de ce qu'a dit Naya le soir de Halloween sur le fait de donner le bonbon à sa mère.

— Le jour suivant, c'était la Toussaint, Liv. Naya a déposé la sucette sur la tombe de Céleste. C'est tout.

Je crois qu'il est temps que j'écrive un manuel de subtilité pour les nuls, tellement je suis douée. Comment peut-on être aussi maladroite ? Pour ma défense, je n'ai pas fait le rapprochement parce que ma mère a été incinérée et que mon père et moi n'avons jamais « célébré » la Toussaint.

Ma mère est en moi. Quand j'ai besoin de la sentir près de moi et de me recueillir, je n'ai qu'à penser à elle. Je n'ai pas besoin d'un endroit ou d'un jour particulier.

Cela dit, je sais que c'est pareil pour Solal. Le fantôme de celle qu'il aime est derrière chacun de ses pas. Il lui dicte chacune de ses actions. Il se dresse d'ailleurs entre nous en ce moment.

J'avais dix millions de questions à propos de la mystérieuse Céleste, je n'en ai plus aucune.

— Elle est tout ce qu'il me reste, gémit-il soudain.

Perdue dans mes pensées, je crois un moment qu'il parle de Céleste, mais non, il s'agit évidemment de Naya. Cette phrase ébranle le calme que je m'efforce de garder depuis le début de notre conversation. L'inquiétude de Solal est palpable. J'ai mal de ne pas pouvoir le serrer dans mes bras. Je veux lui faire sentir que je ne ferai jamais rien qui puisse leur nuire à lui ou à sa fille, mais je suis paralysée, parce que c'est précisément ce que j'ai fait.

Les mots de Solal me bouleversent et résonnent en moi comme jamais, parce que je les ai déjà entendus. Autre lieu, autre temps et dans une autre bouche. J'étais allongée dans un lit d'hôpital, criblée de tuyaux, Gloria pleurait à côté de moi et mon père parlait tout seul. Ou peut-être ordonnait-il à des entités supérieures de me maintenir en vie, car personne ne lui ferait l'affront de lui ôter sa femme et sa fille, à quelques années d'intervalle. « Je ne peux pas la perdre, elle est tout ce qu'il me reste. »

— Liv, conclut Solal, si tu continues comme ça, quand tu partiras, elle sera anéantie… et je ne peux pas laisser ça arriver.

Il hésite une seconde, me jette un dernier regard orage et sort de la serre en laissant la porte ouverte. Je me sens coupable, minable et totalement inconséquente.

19. Concentration

Depuis la discussion avec Solal il y a trois jours, j'ai composé à huit reprises le numéro de Gloria sans aller au bout. J'ai repoussé la chose pour pouvoir me flageller comme une grande. Avec le recul, je me suis aperçue, mortifiée, que j'avais merdé dans les grandes largeurs lors de l'anniversaire de Naya. Mes intentions étaient bonnes, mais comme on dit, l'enfer en est pavé.

J'ai tenté de m'épancher auprès de Berthold, mais soit ce n'était pas l'heure à cause du décalage, soit il me répondait par SMS qu'il était en réunion. Après la mise au point de Solal dans la serre, les filles, Cat et lui sont restés quelques minutes pour que les petites profitent et ensuite, malgré l'insistance de Cat, ils ont tous réintégré la *casa* Perrot, me laissant seule avec mes trois trampolines.

Assise au bout d'un ponton de bois où sont arrimés quelques petits bateaux de pêche, j'attends que Gloria réponde à mon appel. Je suis encore essoufflée de la course de dix kilomètres que je viens d'effectuer, mais je ne peux pas attendre de rentrer à la maison. Ma tête est trop farcie de doutes.

— Allô, *mi querida*[1] ?

1. Ma chère.

Comme à chaque fois que je l'entends, sa voix douce et chaleureuse panse mes blessures en une seconde. Cela provoque aussi une envie de me confier et de raconter tout ce que j'ai sur le cœur en espérant une absolution, ou au moins des conseils pour surmonter mes soucis. Mamita ne juge pas, elle se contente de donner un avis objectif, sincère et parfois brutal, mais ça a l'avantage de me remettre les idées en place.

Quand j'ai vidé mon sac plein de coccinelles, d'étreintes torrides, sans détails, et de Solal « qui me plaît, même si lui, ça ne lui plaît pas que je fasse irruption dans sa vie », Gloria reste silencieuse un moment. Et puis soudain, elle allume son éternel aspirateur, qui doit certainement nettoyer une surface déjà impeccable. Ça veut dire qu'elle réfléchit.

— Tu y tiens à ce garçon ? me demande-t-elle en éteignant son engin.

Eh bien, oui. Je crois que dès que je l'ai vu sur la plage, je me suis attachée à lui, à son regard impénétrable, à sa façon de me serrer pour me sortir des flots, à son refus systématique de me voir m'approcher alors qu'il est le premier à revenir vers moi.

— J'aimerais apprendre à mieux le connaître. Je sens une connexion avec lui, Mamita, je ne peux pas l'expliquer.

— Ce n'est pas à cause de tous ses muscles et ses dessins à l'encre indélébile, là ?

— Hé, je m'insurge, je ne suis pas si superficielle !

— Parfois, ça tourne la tête une beauté pareille, se contente de dire Gloria, réaliste.

Oui, évidemment que ses charmes provoquent de délicieuses réactions en moi. Est-ce que je m'emballe uniquement parce que je ressens une attirance physique incontrôlable pour Solal ? Est-ce qu'il n'y a rien de plus ? Je ne pense pas.

Je triture les lacets de mes chaussures en me concentrant sur ce que j'aime chez Solal : sa fiabilité, son côté protecteur, sa solidité, sa vulnérabilité à fleur de peau, son amour pour sa fille, tout ce qu'il cache et que je rêve de découvrir…

— Non, Mamita. C'est mon cœur qui reconnaît le sien. Je crois que je peux l'aider.

— Est-ce que tu veux le soigner ? Le changer ? Parce qu'on a un peu toutes en nous le syndrome de l'infirmière, alors…

— Non ! Non.

— Et sa fille, elle est adorable ? Craquante avec des couettes, des fossettes et une voix choupinette ?

— Non, c'est une véritable tête à claques ! j'ironise. Mais oui, Mamita, elle est mignonne, mais ce n'est pas ça non plus.

— Parce que, avec tes problèmes…

Je la coupe. Ça ne fait pas partie des aspects que j'ai envie d'analyser.

— Je sais, mais non.

L'aspirateur me vrombit brusquement dans l'oreille. Il semble que j'ai donné du grain à moudre à Gloria. Le bruit dure au moins une minute complète avant qu'elle reprenne la parole.

— Alors, c'est quoi le souci ? demande-t-elle pour me pousser à avouer les conclusions que j'ai déjà tirées.

Des mouettes se laissent bercer par la houle à quelques mètres de moi et je les regarde s'envoler quand un bateau fend les flots avec lenteur.

— C'est moi le problème.

— Pas toi, Liv. Ton attitude.

— Est-ce que je me suis montrée irresponsable ? je demande tout en connaissant la réponse.

— Je dirais que oui.

Ce serait mentir d'affirmer que je n'espérais pas, malgré tout, une autre réponse.

— Et immature ?

— Aussi, oui.

Si je n'étais déjà assise, je m'effondrerais sous le poids de cette confirmation.

— Il n'y a pas de quoi se mettre la rate au court-bouillon pour ça, Liv, ajoute Gloria. C'est normal ! Tu es née avec une cuillère en argent dans la bouche, tu n'as jamais eu besoin de te battre pour autre chose que la couleur de ton vernis à ongles. Il t'arrive de ne pas te rendre compte que pour certains, la vie est autrement plus dure. Tu as tendance à tout prendre pour un jeu.

— J'ai aussi eu mon lot de problèmes ! je crie, au bord des larmes.

— Oui, *mi querida*, et déjà bien trop pour ton jeune âge. Et les défauts que tu as sont aussi tes forces. C'est bien de savoir prendre du recul face aux aléas de la vie, il ne faut juste pas oublier que tout le monde n'a pas la sécurité dont dispose la famille Van Dalfsen.

— Je le sais, voyons !

Et tout en disant ça, je prends conscience que non, je ne *sais* pas. En tout cas pas réellement, cela reste une théorie pour moi. J'ai beau travailler depuis plusieurs années, mon père assure toujours mes arrières. Malgré mes grands airs, je ne suis qu'à moitié indépendante. Je ne connais pas le manque d'argent, la nécessité de faire des choix, l'angoisse de ne pas pouvoir payer ses factures. Peut-être qu'il m'arrive d'avoir cette impression que tout est facile, abordable, envisageable…

Je suis terrassée par l'opinion que Gloria a de moi. En fait, elle vient de rouvrir mes blessures en les saupoudrant d'un supplément piment, citron et sel.

— C'est ce que tu penses de moi ?

— C'est une partie de toi, oui. Mais tu as aussi le cœur sur la main et tu sais où sont les priorités de la vie. Tu voulais bien faire ; ça se sent que tu t'es attachée à cette famille. Tu es jeune, tu as le droit de faire des erreurs et d'apprendre d'elles. Tu es en train de découvrir la personne que tu veux être et moi je suis fière de toi. Anneleen le serait aussi, Liv. N'en doute jamais.

Mon corps commence à se refroidir et je frissonne. Je recroqueville mes jambes contre mon torse.

— Il n'y a pas de quoi être fière, pourtant. Tu avais raison, je ne suis pas douée pour me faire des amis, mais je suis tout aussi nulle pour trouver un amoureux.

Gloria soupire et je sais que ça précède des remontrances. Elle a horreur que je me déprécie. J'entends aussi clairement un tintement cristallin que je reconnaîtrais entre mille : les pampilles du grand lustre du salon de chez mon père.

— Ne me dis pas que tu es perchée sur l'escabeau tout en étant au téléphone avec moi ! je m'écrie. Descends tout de suite, c'est hyper dangereux !

Nouveau soupir. Elle a également horreur qu'on lui dise quoi faire.

— J'ai du travail, et toi aussi d'ailleurs. Mais tu as raison, c'est dangereux, alors je vais raccrocher et nous allons nous remettre au boulot, toi et moi.

Je souris au soutien sans faille dont elle fait preuve.

— Oui, Mamita, je ne te décevrai pas.

Elle éclate de rire.

— Ne sois pas bête, *mi querida*. Quoi que tu fasses, tu ne me décevras jamais. Dernière question…

— Oui ?

— Est-ce qu'au moins tu t'es excusée auprès de Solal ?

Mon silence est éloquent.

— Dans ce cas, tu sais ce qu'il te reste à faire, Liv.

De retour de mon footing, je ne peux m'empêcher de jeter un œil chez Solal. Je le repère dans le jardin avec Naya. Ils ont les yeux levés vers le grand pin maritime qui se dresse au milieu de leur terrain. Les paroles de Gloria me hantent. Depuis qu'on a raccroché, je cherche une bonne raison de me présenter chez mon voisin sans avoir l'air d'une idiote. *Pardon, Solal, je te présente mes excuses pour mon intrusion dans ta vie digne des pires invasions barbares… Tout en faisant, je te le donne en mille, une nouvelle intrusion dans ta vie.*

Ce n'est pas raisonnable. Pas maintenant, en tout cas. Je finirai bien par trouver comment m'excuser. Et il ne peut être que bénéfique de laisser passer du temps avant de le faire. J'allonge ma foulée pour rentrer au plus vite au bunker, mais la voix de Naya m'interpelle. Mince ! Quand elle m'appelle de nouveau, je ne peux pas continuer à prétendre que je ne l'entends pas. Elle est à la clôture et crie mon nom comme une damnée. Je ralentis, mais je ne m'arrête pas complètement.

— Il y a un problème ?

— Plagg est monté tout là-haut et il ne veut pas redescendre !

J'ignore qui est Plagg, mais je n'aime pas beaucoup qu'il bouleverse ainsi la petite fille !

— Tu peux aller le chercher, toi, pas vrai ? me demande Naya, les yeux brillants d'espoir en tentant de me tirer le bras pour que j'entre dans le jardin. Tu sais, comme la dernière fois, quand tu étais montée dans l'arbre. Papa et moi, on a le vertige et Plagg, il va mourir de faim si ça continue ! Ça fait des heures qu'il est là-haut !

Solal marmonne un bonjour, visiblement au comble du bonheur de me voir encore surgir au meilleur moment et de le surprendre en position de faiblesse. Je le salue tout en gardant mes distances. Je ne m'approcherai que s'il m'y invite. Leçon retenue.

Je mets ma main en visière pour observer à quel niveau se situe le chaton – à ses miaulements suraigus, je viens de comprendre qu'il s'agissait de lui et pas d'un copain de classe intrépide. Le regard levé vers les branchages, je demande :

— Il est là depuis combien de temps ?

— Dix minutes, je dirais.

OK, Naya a un tout petit peu exagéré.

— Est-ce que tu veux attendre qu'il redescende tout seul ou tu préfères que j'aille le chercher ?

Voilà. Pas de geste héroïque accompli sans une once de réflexion, je me renseigne sur ce que veut vraiment Solal. S'il refuse, je rentre chez moi. Ce serait dommage, dans la mesure où les aider ne me prendra que quelques minutes, mais je ne m'impose pas. J'attends la réponse de mon voisin tandis que la petite fille rassure le bébé chat comme elle peut.

— Je veux bien que tu interviennes, sinon Naya va passer sa journée ici.

Je jette un coup d'œil à Solal pour vérifier s'il est sûr de lui. Je ne voudrais pas qu'il vienne me reprocher après de chercher une fois de plus à me faire bien voir de sa fille ! Mais il évite le moindre contact visuel avec moi. Et je ne sais pas si c'est dû à une éventuelle honte d'avoir le vertige et d'être incapable d'aider Naya ou à autre chose. Je pénètre alors dans leur jardin.

— J'en ai pour une minute.

Au pied du pin, je repère l'animal à trois ou quatre mètres, assis dans le creux d'une grosse branche facile d'accès. Je retire ma veste et la pose sur la rambarde de la terrasse pour avoir une meilleure amplitude de mouvement. Je prends un peu d'élan et appuie mon pied droit sur une grosse pierre à un mètre du tronc. Ma chaussure gauche agrippe l'écorce et mes mains attrapent de petites branches trop fines pour supporter mon poids, mais suffisantes pour me donner l'impulsion. Quand je saisis une branche de plus grosse taille, je n'ai plus qu'à me hisser à la force des bras. Mes paumes sont écorchées et j'ai de la résine sur les leggings, mais Plagg, qui miaule à s'en décrocher les mâchoires, est à portée de main. Après avoir délicatement décroché les griffes du félin plantées dans le bois, je le pelotonne dans mon T-shirt qui est assez serré pour servir de porte-chaton. Il me suffit alors de me déplacer légèrement, de me suspendre à une branche et après quelques mouvements de balancier, de sauter à terre en gardant une main sur mon petit locataire. Une ancienne douleur dans l'aine se rappelle à moi et je grimace.

— Ça va ? s'enquiert aussitôt Solal en me soutenant le bras.

Je me dégage doucement en lui assurant que tout va bien. Il est trop difficile de le sentir presser mon bras avec prévenance.

Trop difficile de savoir que je ne peux pas m'appuyer sur lui. Trop difficile.

Une fois Plagg blotti en sécurité dans les bras de Naya, Solal me remercie.

— C'est normal, je lui dis avec un sourire timide.

Et puis, c'est peut-être mesquin, mais je suis heureuse de lui montrer que je peux être utile même sans avoir recours à mon argent. Solal se contente de hocher la tête d'un air gêné. Je danse d'un pied sur l'autre, pas très à l'aise non plus.

— J'adore mon histoire, elle est géniale ! s'exclame soudain Naya en faisant référence au carnet illustré que je lui ai offert.

Je la remercie intérieurement d'avoir, une fois de plus, interrompu un moment inconfortable.

— Et les dessins, ils sont super beaux ! ajoute-t-elle. Moi aussi, je t'ai fait un dessin. Je peux aller le chercher, papa ?

Il hoche la tête. Naya s'élance dans la maison en réprimandant Plagg pour son imprudence et en lui garantissant qu'elle va le couvrir de bisous, pour la peine.

— J'ai dû lui lire au moins dix fois depuis que tu la lui as offerte, fait Solal en tapotant du bout du pied un tas de sable. Sans parler des fois où elle la lit seule.

Je me tourne vers lui pour tenter de comprendre si ça le dérange, mais il sourit, alors j'interprète ça comme un encouragement.

Je suis émue que ça plaise tant à la petite fille. Le thème l'a sans doute touchée. C'était volontaire, bien sûr, mais je suis contente d'avoir vu juste. C'est l'histoire d'une jeune coccinelle qui veut prendre son envol, mais dont le père a trop peur de la laisser faire. Elle traverse des épreuves et s'en sort à chaque fois, parce que l'éducation donnée par son papa lui a permis d'être confiante et maligne. À la fin, comprenant qu'il ne pourra pas toujours la garder près de lui, le père accepte qu'ils survolent le jardin, ensemble.

Dans ma tête, je commence à formuler mes excuses, c'est l'occasion ou jamais. Il le faut, j'ai eu un comportement inacceptable pour l'anniversaire de Naya et il est important que Solal sache que j'en ai conscience. Mais avant que j'aie pu dire quoi que ce soit, la petite arrive, surexcitée, en m'expliquant tout ce qu'il y a sur la feuille qu'elle brandit. Après l'avoir remerciée, je m'éclipse aussitôt, je n'ai pas envie que Naya perçoive la tension entre son père et moi et, de toute façon, je préférerais être seule avec lui pour m'aplatir comme une crêpe.

J'ai encore la main sur la poignée de la porte de derrière lorsque Solal me rattrape.

— Attends, Liv !

Il attrape le battant, comme s'il craignait que je lui ferme la porte au nez.

— Je sais ce que je t'ai dit la dernière fois que l'on s'est vus… Mais il faut que je te parle.

Un long soupir s'échappe de ma poitrine ; comment tenir mes résolutions s'il s'obstine à venir me chercher à chaque fois ?

— Écoute, Solal. Tout ce que tu m'as expliqué était justifié, j'ai été beaucoup trop loin pour l'anniversaire de Naya. Je me suis immiscée dans votre vie, une fois de plus, et la seule chose que j'ai à te dire…

— Est-ce que tu veux venir te promener avec nous ? me coupe-t-il.

Qu'est-ce que je dois répondre à ça ? Je le fixe et note qu'aujourd'hui, ses yeux sont clairs, d'un bleu lumineux et franc. J'y lis une réelle attente, mais peut-être que ce n'est que moi qui prends encore mes rêves pour des réalités. Je ne sais plus quoi penser de cette situation. Pour être tout à fait honnête, je m'aperçois que notre pas de deux me rend nerveuse. Un pas en avant, deux en arrière. C'est rageant de ne pas savoir si une pirouette va suivre ou si je vais carrément être éjectée de la piste de danse !

J'enroule mes bras autour de moi, résignée à avoir cette discussion maintenant, alors que je comptais me faire couler un bain.

— Je dois te répondre non, tu le sais bien…

— S'il te plaît.

Rhaaa !

— S'il te plaît, répète-t-il. S'il te plaît. On pourra parler en marchant.

Dix minutes plus tard, après avoir longé la plage, nous nous engageons sur un chemin sablonneux qui serpente derrière les dunes. Je ne suis jamais passée par là et suis curieuse de savoir où cela mène. Devant, à quelques mètres, Naya et Léonard discutent en se tenant la main ; parfois la petite fille éclate de rire et le vieil homme sourit, satisfait.

Solal et moi n'avons pas échangé un mot depuis notre départ. Je me suis emmitouflée dans un manteau et je l'ai suivi après qu'il m'a supplié encore plusieurs fois de les accompagner. Partagée entre la joie de passer un moment avec eux sans avoir la sensation de m'imposer et l'appréhension de notre conversation, je jette des coups d'œil à Solal sans parvenir à faire le premier pas. Je finis par le surprendre à faire de même et nous nous esclaffons ensemble, comme des gamins. Finalement, c'est lui qui se lance.

— Merci pour Plagg. Va savoir combien de temps il aurait

passé là-haut… J'ai un vertige terrible et quand tu es arrivée, je m'apprêtais à appeler un pote pompier au secours.

Je lui souris et lui assure que ça m'a fait plaisir de les aider.

— Mais comment tu fais pour le boulot ?

— Ne me demande pas pourquoi, mais tant que je suis en intérieur, ça va. C'est à l'extérieur que ça se gâte. Le jour de notre rencontre, quand je t'ai vue perchée sur le portillon, ça m'a rendu malade.

Nous rions ensemble de nouveau et ce son d'une banalité absolue nous fait du bien.

— Est-ce que… Est-ce que tu connais quelqu'un qui pourrait m'emmener faire un tour en bateau ? C'est pour mon livre.

— Une de tes expériences, affirme-t-il.

Pourquoi est-ce que je lui parle de ça maintenant ? Est-ce que je n'ai pas quelque chose de plus urgent à lui dire ?

Je crois que j'ai envie de prolonger cet échange qui paraît normal. Avec Solal, j'ai l'impression qu'on fait tout à l'envers. En tout cas, être ensemble sans que l'un de nous ait à s'excuser de quoi que ce soit est appréciable.

Nous nous arrêtons de marcher quelques secondes et nos regards s'arriment l'un à l'autre. Mon cœur a envie de lancer un lasso au sien, dans l'espoir de le capturer et de ne jamais plus le libérer. Je fais pourtant un pas en arrière et ajoute :

— Enfin, si tu as des contacts, ça me rendrait service.

Il hoche la tête.

— Bien sûr, je me renseignerai.

Je le remercie et m'aperçois que le sentier vient de déboucher sur un large étang aux berges envahies de roseaux. Naya et Léo s'approchent de l'eau pour y jeter des cailloux.

— Elle ne cesse de parler de son anniversaire, déclare Solal, les yeux sur sa fille. Elle était aux anges… Mais, tu sais, c'est à moi de lui faire des surprises.

— J'ai parfaitement compris. J'aurais dû t'en parler avant, c'était déplacé et intrusif.

Mon cœur bat à mille à l'heure. Naya part en courant vers un poste d'observation ornithologique dissimulé dans les buissons en bordure de l'étendue d'eau, et Léonard la suit, les mains dans le dos. Solal m'attrape alors la main pour que je me tourne vers lui.

— Je sais pourquoi tu ne l'as pas fait. J'ai conscience que je ne suis pas facile à aborder. Tu pensais que j'allais dire non et tu avais raison. Le pire, c'est que je l'aurais fait par pure jalousie, empêchant ainsi ma fille de vivre un joli moment avec ses copines. Tout ça parce que l'argent est un sujet sensible pour moi…

— Vraiment ? Je n'avais pas remarqué.

Il éclate de rire. Alléluia !

— Tu avais raison aussi quand tu me reprochais de ne pas m'amuser. J'ai l'impression de ne même plus savoir ce que signifie ce mot. Je me suis enfermé dans une routine rassurante et gérable et tout ce qui sort de cette machine bien huilée est source de stress. Par réflexe, je rejette l'imprévu… J'ai trop peur d'être submergé.

Je lui serre les doigts et prends une profonde inspiration avant de parvenir à prononcer:

— Ça n'empêche. Je te présente mes excuses. Je n'aurais pas dû…

Il avance d'un pas et se retrouve tout près de moi. Ma poitrine se soulève, comme attirée par le corps de Solal. Il pose sa main sur mon visage et caresse de son pouce ma peau qui rougit dans la chaleur de sa paume. Je ferme les yeux plusieurs secondes pour mémoriser toutes les sensations qui déferlent en moi. Pourquoi est-ce si compliqué quand nous sommes loin de l'autre et si simple, si évident lorsque nous nous touchons ?

Son doigt effleure mes taches de rousseur, mes paupières, l'arête de mon nez. Quand je le regarde à nouveau, je le vois qui scrute chaque détail de mon visage. Sans me lâcher, Solal écarte une mèche de cheveux de ma joue. Ses sourcils se froncent, ses lèvres s'entrouvrent et je retiens mon souffle. Il s'approche de moi davantage, sa main glisse sur ma nuque, ses doigts s'emmêlent dans ma queue-de-cheval.

Je crois, j'espère, qu'il va dire quelque chose. Qu'il va me pardonner. Qu'il va m'avouer que je lui manque. Qu'il va faire abstraction de ce qui nous sépare pour renforcer ce qui nous unit…

Il finit par me déposer un baiser appuyé sur la pommette et me souffle :

— C'est moi qui suis désolé.

— Torts partagés, alors ?

Il me sourit en approuvant. Main dans la main, nous nous considérons un moment avant qu'il déclare, comme en écho à mes précédentes pensées :

— Il faut que nous arrêtions de nous excuser, toi et moi. Et si nous faisions en sorte de cesser d'avoir des raisons de le faire ?

Le soir même, je me retrouve engoncée sur la banquette étroite d'un bar situé dans une rue parallèle au front de mer. Quand Gaspard m'a appelée pour me rendre la chemise de mon père, j'ai sauté sur l'occasion de sortir de la maison. Je tournais en rond dans le dressing, la tête dans mon petit nuage de bien-être. La promenade avec Solal, Naya et Léo s'est achevée dans les rires et la bonne humeur, quand nous avons confectionné des spirales en cailloux sur les rives de l'étang. C'était convivial, simple et proche de ce que pourraient être nos rendez-vous si Solal et moi étions dans une relation « normale ».

Avec les cacahuètes données par le serveur, je dessine une spirale sur la table tout en sirotant mon diabolo à la paille. De là où je suis assise, je vois entrer Gaspard avant qu'il me voie. Il salue le barman en lui tapant dans la main. C'est donc un habitué. Ils échangent quelques mots et je suis stupéfaite de voir le spectacle qui s'offre à moi. C'est bien simple, si je ne savais pas qu'il s'agissait de Gaspard, je ne l'aurais pas reconnu. Déjà, il affiche un sourire sincère, pas l'espèce de grimace pseudo-séductrice à la Flynn Rider[1] qu'il a constamment plaquée sur le visage. Et sa gestuelle est différente, aussi. Sa façon de se mouvoir. Ses intonations.

Il a l'air bien. Normal. Pas une parodie de lui-même. Je lui fais signe pour qu'il me rejoigne et il slalome parmi les clients avant de venir s'affaler en face de moi.

— Salut, ouistiti ! Pardon du retard, ma mère me tenait la jambe au téléphone, j'ai cru que je ne pourrais jamais partir de la maison.

Même si je tressaille encore quand il me nomme de la sorte, l'effet n'est plus du tout le même. Je n'ai pas envie de le gifler instantanément, ce qui est un véritable progrès. L'entendre me dire pardon me perturbe aussi un tantinet, tant nous ne sommes pas habitués à ce genre de rapports cordiaux.

Quand il m'a expliqué qu'il se trouvait encore dans la résidence secondaire de ses parents, j'ai été très surprise. Je pensais qu'il

1. Référence à l'un des personnages principaux du film Disney *Raiponce*.

était déjà retourné en ville pour poursuivre ses études ou faire Dieu sait quoi.

— Je ne vais pas te mentir, l'idée de boire un verre avec toi me semble totalement surréaliste ! je lui avoue alors.

Il éclate de rire en remerciant le serveur qui lui apporte un verre de vin.

— J'ai longtemps hésité à te téléphoner. D'abord, parce que j'avais un sérieux doute sur ton envie de me revoir… et puis, parce que c'est curieux de réaliser que la personne qui me déteste le plus au monde est celle qui soudain me connaît le mieux.

J'empile les cacahuètes en un monticule au milieu de la table.

— Je ne te connais pas. Du moins pas encore, mais je crois qu'en effet, je te comprends. Tu sais, quand j'étais petite, je voulais très fort être ton amie. Désespérément. Je me plais à croire que je percevais que tu étais plus que ce que tu montrais.

— Je le pense, oui.

Ses lèvres dessinent un sourire timide et soulagé. Il ajoute ensuite quelque chose qui me prend au dépourvu :

— Ta mère le savait.

Ma montagne d'arachides s'effondre et j'écarquille les yeux.

— Un jour, raconte Gaspard, alors que je reprenais une part de gâteau au chocolat, tu sais, celui qu'elle faisait à ton anniversaire ?

Évidemment que je m'en souviens, c'était mon préféré. Maman garnissait la pâte de morceaux de chocolat noir amer qui coulaient au découpage.

— Elle m'a dit, l'air de rien : « Tu ne trouves pas que Berthold est mignon ? » Elle m'avait vu le dévisager et je suis devenu plus rouge que les fraises qui accompagnaient le gâteau. Elle a ajouté : « C'est normal de regarder les autres, garçons ou filles, les gens sont beaux. Il ne faut jamais sous-estimer le plaisir des yeux. » J'aimais beaucoup ta mère, j'ai été très triste quand elle est morte.

— C'est pour ça que tu m'appelles ouistiti ?

— Sans doute, oui.

Waouh ! C'est stupéfiant de constater à quel point on peut se tromper sur les gens ! Au fur et à mesure que je retire les différents défauts dont j'ai affublé Gaspard, de la même manière qu'on pèle un oignon, je découvre un cœur battant. Et surtout, je découvre la personne que je soupçonnais, que j'espérais, celle qui me ressemblerait, celle qui me connaîtrait… Ça fait du bien de parler avec quelqu'un qui a des souvenirs de ma mère, qui m'a connue enfant.

— Qu'est-ce que tu fais encore là, au fait ? Tu n'as pas cours ?

— J'ai plus envie de faire médecine.

— Quoi ?

— Oui, c'est le rêve de mes parents. Du coup, je leur ai dit que j'étais malade et que l'air marin me faisait du bien. Ils n'étaient pas ravis, mais je sais qu'ils ne vont pas se déplacer pour voir, donc je suis tranquille pour quelques jours. Si tu savais comme je m'emmerde en médecine !

J'en ai une petite idée, oui.

— Mais je suppose que ça va avec la panoplie du fils parfait.

— Parfait, c'est vite dit, je nuance en le taquinant.

Il m'adresse une grimace moqueuse.

— Disons, conforme aux attentes.

— Je ne connais pas bien tes parents, mais je doute qu'ils aient rêvé d'engendrer l'infâme bonhomme imbu de lui-même que tu prétends être. Tu laisses quand même croire que tu es un gros…

— C'est le portrait craché de mon père, me coupe Gaspard.

Je ravale mon dernier mot pour ne pas me montrer insultante envers M. Vannier.

— C'est un con, si c'est ce que tu voulais dire. Ne te gêne pas, je pense que jamais personne ne l'a insulté autant que moi. C'est une des raisons principales de mon silence, d'ailleurs. Dans ma famille, il vaut mieux être un connard arrogant qu'homosexuel. Ça en dit beaucoup, tu ne crois pas ?

Dans la mienne, il vaut mieux être avocate qu'illustratrice, mais c'est vrai que vu comme ça, je n'ai pas à me plaindre.

— Tu ne vas rien leur dire, alors ?

— Si je m'assume, je serai déshérité, banni et rayé de l'arbre généalogique.

À mon regard sceptique, il éclate de rire, mais cela sonne faux.

— Je te rappelle que mon père a la réputation d'être pire que le tien et tu es bien placée pour savoir que Piotr n'est pas connu pour ses sourires.

Je ne trouve rien à répondre à ça. Il a raison. L'intransigeance de Conrad Vannier est notoire. Entre nous flotte la pression que nos parents exercent sur nous et dont nous n'arrivons pas à nous défaire. Est-ce que c'est normal ? Est-ce que nous sommes lâches ? À agir de la sorte, est-ce que nous ne nous infligeons pas plus de mal que de bien ? Il n'y a qu'en crevant l'abcès qu'on pourra en guérir, mais nous ne parvenons pas à franchir le cap. Pourtant, moi, je n'en suis plus très loin, j'ai fait le premier pas vers la délivrance.

— Je n'en reviens pas qu'on puisse discuter sans avoir envie de s'entre-tuer !

— Je n'ai jamais eu envie de te trucider !

— Moi si, des centaines de fois.

— C'est mérité, je suppose, admet-il en levant son verre.

Nous trinquons et je souris à celui que je considérais il y a peu comme mon pire ennemi. La vie est pleine d'ironie. Et si je lui suis reconnaissante pour ce revirement de situation, je ressens également beaucoup de colère à l'idée que Gaspard ne puisse pas être lui-même. Jusqu'à quand tiendra-t-il enfermé dans cette carapace de faux-semblants ?

Quand il nous commande un second verre, je préfère ignorer que je pourrais me retourner la question et choisis de me consacrer à cette discussion qui est, contre toute attente, très agréable.

— Maintenant qu'on est amis, déclare Gaspard avec une lueur conspiratrice dans le regard, une question me brûle les lèvres : est-ce que tu sors avec le peintre ?

J'avale une poignée de cacahuètes et roule des yeux.

— J'aimerais bien.

— Il est…, commence Gaspard en se frottant le menton.

— Mystérieux ? je suggère. Insaisissable ? Irrésistible ?

Gaspard secoue la main pour me signifier qu'il pense à un autre qualificatif.

— Un peu tout à la fois, mais surtout renversant !

— Hé ! je m'offusque. Je l'ai vu le premier.

— Alors, ça, ça m'étonnerait, ricane Gaspard en me piquant des arachides.

— Ça fait longtemps que tu le connais ?

— Pas en personne, mais je connais sa boîte, il a fait des boulots chez des amis. Et puis, il a sauté la pauvre Sabine qui a cru bon de m'en informer.

Argh, vade retro ! Je ne veux surtout pas de ce genre de

visions avant de me coucher, ce soir. Ni laisser l'idée qu'elle et moi représentons autant aux yeux de Solal faire son chemin dans mon esprit.

— Sinon, continue Gaspard, je l'ai vu de temps à autre quand je venais ici, il y a quelques années. Quand il sortait avec ta voisine.

Mes oreilles se dressent.

— Tu connaissais Céleste ?

— Vaguement. Famille de pêcheurs, une affaire créée par ses ancêtres, je crois. On n'évoluait pas vraiment dans le même monde. Tu ne te souviens pas d'elle ?

— Non.

— Elle a toujours vécu là, pourtant. Mais c'est vrai que tu ne venais pas souvent. Moi, j'y ai passé tous mes étés.

— Elle était comment ?

— Je te dis, je la voyais de loin… Et puis les filles, tu sais, quoi…

Oui, c'est vrai, j'ai encore du mal à m'y habituer. Gaspard répond néanmoins :

— Le même âge que nous, jolie dans le genre robuste, blonde comme toi.

— Tu sais ce qui lui est arrivé ?

Je jure que j'ignorais totalement qu'il pouvait me renseigner sur ce sujet qui m'intéresse au plus haut point. Promis, après, j'oriente la conversation sur un autre sujet. Mais pour le moment, je suis quasi allongée sur la table, suspendue aux mots de Gaspard.

— Un accident de pêche. L'équipage s'est noyé lors du naufrage du chalutier : elle, son père et leur employé. Il n'y a que le grand-père qui a survécu.

Léonard. Quelle horreur ! Quelle horreur ! Je ne peux même pas imaginer ce que c'est que d'être confronté à une telle tragédie.

— Ça a fait les choux gras de la presse locale, poursuit Gaspard. Je suis étonné que tu n'en aies pas entendu parler.

— C'était quand ?

— Hum, cinq ans, peut-être plus.

Une avalanche de pensées déferle dans ma tête. Le fait que je n'ai jamais rencontré Céleste alors qu'elle était ma voisine et que nous avions le même âge, l'accident dont je n'avais pas connaissance, la douleur de Solal, Naya qui était si petite à la mort de sa mère… Pour ma défense, il y a cinq ans, je rentrais de mon année catastrophique et j'avais juré à mon père que j'allais m'investir à fond dans mon master. Je n'ai pas mis les pieds au bunker, cet été-là.

— C'est pour ça que tu ne t'intéressais pas à moi, alors ? demande Gaspard, un sourire en coin. Je ne suis pas assez torturé, je n'ai pas de bagages aussi lourds qu'un trente-trois tonnes tel qu'une femme décédée et une fille à charge ?

Je lui souris, consciente qu'il tente de changer de sujet et de chasser les larmes qui affleurent au coin de mes yeux.

— Oui, voilà, j'approuve en touillant mon verre avec ma paille, rien à voir avec ton attitude détestable.

Nous rions ensemble et je sens un poids que je n'avais pas conscience de porter s'envoler comme par magie. Ce soir, je me sens moins seule. Plus sérieuse, je me tourne vers mon nouvel ancien meilleur ennemi :

— Qu'est-ce que tu vas faire, maintenant ?

— Et toi ?

Aucun de nous n'apporte de réponse. Le nez dans nos verres respectifs, nous plongeons dans des rêves d'accomplissement et d'émancipation que nous espérons réaliser sans pour autant perdre nos parents.

20. Attention

Assise à ma table de travail, il me semble voir de la neige du coin de l'œil. Je crois d'abord à une hallucination, mais non, des points blancs constellent la nuit. La main tendue à travers la fenêtre du dressing, j'observe un délicat flocon se poser dans ma paume et fondre presque instantanément. Ça me donne envie de sortir sur la plage et de tendre le visage vers le ciel pour sentir la neige danser sur ma peau, pourtant je referme la fenêtre avant que les odeurs d'embruns et de neige mêlées sapent tout à fait ma résolution.

Aujourd'hui, c'est soirée studieuse. Découvrir le Dr Jekyll de Gaspard m'a encouragée à me focaliser sur mon projet, parce que c'est le seul moyen pour que je ne devienne pas une personne aigrie et misérable. Si j'échoue et que je retourne à mes études de droit, il est fort probable que je me transforme en la version féminine du Mr Hyde de Gaspard. Et ça, c'est hors de question. Nous méritons tous deux d'être épanouis.

En attendant de pouvoir trouver une solution pour lui, la mienne est à portée de main, je n'ai qu'à la saisir. Je ne veux pas décevoir ceux qui croient en mon talent : Gloria, Berthold, maman autrefois. Je ne veux pas non plus décevoir la petite fille en moi qui s'inventait des histoires et rêvait d'en faire des livres. Je sais que je peux y arriver. J'ai le droit d'avoir la tête dans les étoiles, à condition de garder les pieds sur terre.

Je reprends place devant ma planche en cours et attrape mon pinceau enduit de bleu. Sur la feuille, Jacob se tient droit et résigné au fond du cimetière, à l'abri des regards. Dans la vignette suivante, le lecteur comprendra qu'il observe Rosalie, en pleurs, effondrée sur la tombe de Thomas. Je mouille le pinceau et ajoute de la couleur dessus, pour ensuite le faire glisser sur le papier et dessiner les contours de la pupille de Jacob. L'intensité du bleu va permettre d'apporter l'étincelle de désarroi et de renoncement que je veux qu'on y lise.

Depuis que j'ai commencé mon livre, je me suis toujours identifiée à Rosalie : son besoin de s'affirmer dans ce monde d'hommes, de grandir loin de sa famille, de s'émanciper, de parvenir à surmonter la mort d'un être cher – même si dans mon histoire, Thomas est en réalité encore vivant. Aujourd'hui, je réalise que Jacob est beaucoup plus proche de moi que je le pensais. Comme lui, je suis celle qui attend, celle qui s'interpose. Je suis celle qui observe l'autre aimer un absent.

Jacob regarde Rosalie aimer Thomas. Je regarde Solal aimer Céleste.

Maintenant que j'en sais plus sur elle et que les dernières pièces du puzzle s'agencent, je réalise que Céleste a laissé peu de chance aux autres. Ce n'est pas une critique, ce n'est même pas sa faute. C'est juste un constat. Elle est morte très jeune, en laissant derrière elle une enfant en bas âge et un amoureux éploré. Comme me l'a confié Cat, Solal croit qu'il ne peut plus aimer et je comprends pourquoi. Si Céleste était son âme sœur, il est incapable de se projeter dans une autre relation puisque, de toute façon, elle sera forcément moins parfaite.

Mais il ne s'agit pas de remplacer Céleste, je n'en ai jamais eu l'intention, ni comme compagne ni comme maman. Je suis Liv et je sais ce que c'est de perdre une personne essentielle à sa vie. Je connais la sensation de néant que laisse l'absence. Moi aussi, j'ai manqué d'air pendant de longs mois, moi aussi, j'ai cru que je ne m'en relèverais pas. Il faut juste parvenir à ouvrir son cœur et laisser les autres y entrer. Gloria n'est pas ma mère, elle n'a d'ailleurs jamais prétendu le devenir et pourtant je l'aime comme telle. Parce qu'elle a toujours été là pour moi, parce qu'elle a apprivoisé mon chagrin sans jamais le renier.

Est-ce que je suis capable de ça avec Solal ? Est-ce que ma présence lui apporte du réconfort ? Je suis prête à braver les obstacles qui jalonnent le chemin jusqu'à son cœur, mais je n'y parviendrai que s'il me laisse une chance. A-t-il seulement envie d'essayer ? Est-ce que je lui plais assez pour qu'il m'envisage autrement que comme une énième Sabine ?

Je jette un œil à la case que je viens de terminer. Il faut que je la laisse sécher avant de poursuivre, donc je la mets de côté et descends au rez-de-chaussée pour me préparer un café. J'ai besoin d'un regain d'énergie.

Le percolateur crachote le liquide noir dans ma tasse préférée, un mug rose à fleurs. Ça me fait aussitôt penser à Naya et au dessin qu'elle m'a offert en remerciement de son livre. C'est un portrait de moi au milieu d'un champ de fleurs géantes ; des pâquerettes génétiquement modifiées, je dirais. Je l'ai scotché sur le frigo pour l'avoir sous les yeux le matin. Il me donne le sourire pour bien démarrer la journée et m'offre surtout l'illusion que mon visage est aussi lisse et frais que sur l'image. Un nez tout rond, des yeux immenses et asymétriques, une bouche en cœur et des cheveux aussi longs que Raiponce, je n'ai vraiment pas à me plaindre ! Mais le détail que je préfère, ce sont les minuscules coccinelles qui parsèment ma peau à la place de mes taches de rousseur. Je trouve ça adorable.

Brusquement, je sens un nœud me serrer la gorge et une sensation de froid me parcourir l'épiderme. Finir mon livre, c'est partir d'ici. C'est l'éventualité de ne plus jamais voir Solal, ne plus jamais entendre le rire de Naya. Sauf que je n'ai pas envie de renoncer à eux. C'est au-dessus de mes forces !

En quelques semaines, la présence de M. Grincheux m'est devenue indispensable. Et je me rends compte que ce n'est pas mon départ qui pose problème, car je ne suis qu'à quelques heures de voiture, mais la peur de Solal. Cette peur d'aimer, cette terreur à l'idée d'être abandonné une nouvelle fois. Il faut qu'il comprenne que je sais me montrer patiente, je n'ai aucunement l'intention de le presser ou de le bousculer. Si j'ai commencé par mettre les pieds dans le plat, j'ai compris sa situation et appris de mes erreurs. Je ne dis pas que je ne commettrai plus d'impairs, il ne faut pas rêver non plus, mais je sais que je marche sur des œufs. La délicatesse et la douceur n'empêchent pas la sincérité. Après tout, depuis le départ, je me suis montrée très franche avec Solal et il doit comprendre que je suis prête à attendre et à faire les choses comme il faut.

Prise d'une urgence effrayante, je pose ma tasse sur le comptoir et enfile une Converse et un escarpin à la va-vite. Pas le temps de dégoter la bonne paire ! On ne ralentit pas un élan du cœur, on ne transige pas avec un besoin aussi impérieux !

Il faut que j'aille parler à Solal. Je suis encore là, rien n'est joué. Je tourne en rond comme une girouette un jour de tempête et ne trouve pas mon manteau. Tant pis ! Enroulée dans le plaid du canapé, boitillant à cause de mes chaussures dépareillées, je traverse la pièce le plus vite que je peux. Sur le point d'ouvrir la porte de derrière, j'attrape mes clés et mon portable pour vérifier l'heure. Je retire le mode avion pour appeler Solal et être certaine de ne pas le réveiller, quand je remarque qu'un numéro de fixe a essayé de m'appeler plusieurs fois durant les dix dernières minutes. J'ignore à qui il appartient, mais ça me préoccupe. Qui pourrait me téléphoner à cette heure-ci ? C'est un numéro local. Est-ce que je dois rappeler ? Je tente d'abord de joindre Solal, mais il ne répond pas.

Alors que je suis encore hésitante sur ce que je vais faire, quelqu'un frappe à la porte. Je contrôle l'heure une nouvelle fois, il est 21 h 32. Ça ne peut être que mon voisin. À la perspective que Solal ait ressenti le même besoin de me retrouver, des picotements me chatouillent le ventre et ma tête se remplit d'un brouillard lénifiant qui me fait aussitôt oublier le numéro inconnu.

Quand j'ouvre, ce n'est pas Solal. Sous la neige qui tombe plus dru que tout à l'heure, Naya en pyjama, doudoune et bottes en caoutchouc, tient Plagg dans une main et Léonard, échevelé et vêtu de son peignoir, de l'autre. La petite a des larmes qui lui coulent le long des joues et le vieil homme ne m'a jamais semblé aussi halluciné. Brouillard et picotements s'évaporent pour faire place à une terreur froide qui ruisselle le long de ma colonne vertébrale.

— J'ai, j'ai, j'ai essayé de t'appeler, sanglote Naya.

— Oh ! ma chérie, viens là, je dis doucement en la prenant dans mes bras.

J'affiche un calme que je suis bien loin de ressentir.

— Ne restez pas là, Léonard, entrez, il fait un froid de canard.

Je parviens à faire refluer la panique qui menace de m'envahir en comprenant qu'ils sont tous les deux transis. Ils sont venus chercher de l'aide, pas quelqu'un d'aussi perdu qu'eux ; je dois assurer.

— Venez vous réchauffer, je dis en ôtant mon escarpin puis ma tennis avec mes orteils.

Je guide Léonard près du chauffage.

— J'ai appelé tatie Cat, mais elle ne répondait pas non plus, pleure Naya en serrant plus fort ses bras autour de mon cou.

Nous nous asseyons tous les trois au plus près de la source de chaleur et j'installe Plagg sur un coussin qu'il adopte aussitôt.

— Quand Naya m'a réveillé, je rêvais que j'étais jockey à l'hippodrome de Longchamp et j'allais gagner la course ! s'offusque son arrière-grand-père.

Je lui frotte la cuisse pour le consoler de cet affront insupportable. Depuis ma conversation avec Gaspard, j'avoue que je perçois Léonard différemment ; quel traumatisme ce doit être de perdre sa famille dans un accident dont on est le seul survivant ! Je lui souris et lui assure que je comprends très bien sa frustration, puis je me tourne vers Naya. Elle sanglote si fort qu'elle n'arrive pas à articuler le moindre mot intelligible. Des flashs de Solal blessé – ou pire – crépitent dans ma tête comme un parterre de paparazzis. Je berce Naya une longue minute et elle finit par s'apaiser.

— J'ai cherché papa partout dans la maison, dans le jardin, dans le garage…

Une angoisse sourde me broie l'estomac et à peu près tous les autres organes à proximité.

— On a lu ton histoire avant de dormir, sanglote-t-elle de plus belle, il m'a, il m'a… il m'a fait un bisou et après, je sais plus. Mais, mais quand je me suis réveillée parce que j'avais soif, il était pas dans sa chambre.

Mon cerveau tourne à plein régime, mais force est de constater que ça ne sert à rien. Je pédale dans la semoule. J'ai l'impression qu'on vient de décréter que j'étais la personne en charge du sort de l'univers tout entier alors que j'en suis encore à comprendre l'intitulé du poste. La vérité, c'est que j'ai envie que tout ça ne soit pas mon problème, pas parce que je m'en moque, mais parce que je ne sais tout simplement pas comment agir. Naya tourne ses grands yeux innocents vers moi et je peux y lire un profond besoin d'être rassurée. Elle a besoin de voir que la femme qui grimpe aux arbres et fait apparaître des trampolines n'est pas une imposture, que tout ça n'est pas que de la poudre aux yeux. Parce que être responsable d'une enfant, ce n'est pas juste la faire rire, c'est surtout l'empêcher de pleurer.

La détresse de la petite fait soudain basculer quelque chose en moi, comme un interrupteur qu'il suffisait d'enclencher. Je m'imagine, enfant, si je n'avais pas eu Gloria pour m'expliquer pourquoi ma maman venait de mourir. Mon père était trop dévasté par le chagrin pour endosser ce rôle et il avait bien fallu que quelqu'un s'y colle. On ne nous donne pas de mode d'emploi, parfois, il faut juste improviser. Avec un air surpris, je demande :

— Tu n'as pas trouvé son mot ?

Naya renifle et s'essuie le nez du dos de sa petite main.

— Quel mot ?

— Il a laissé une note au cas où tu te réveillerais, justement. Je sais, je l'ai vu l'écrire tout à l'heure, il l'a posée près de ta lampe de chevet.

La petite fronce les sourcils, tentant de se remémorer si elle a raté ce fameux mot.

— J'allume pas quand je vais boire à la salle de bains.

— Ah ben voilà, tu ne l'as pas vue.

Je ne suis pas sûre qu'elle achète mon bobard, mais je n'ai pas envie qu'elle croie que son père est parti en la laissant seule, ce que je sais qu'il ne ferait jamais. J'ajoute :

— Je lui ai garanti que ce n'était pas la peine, vu que j'étais là pour vous surveiller Léo et toi… Parce que, parce que ton papa m'a demandé de venir chez toi, le temps de faire une course. Ce qui veut dire qu'il va bientôt rentrer, il n'en a sûrement plus pour longtemps.

Plagg escalade les genoux de sa maîtresse pour s'y pelotonner et Naya le caresse, pensivement.

— Mais tu étais pas chez moi…, commence-t-elle.

— J'y étais, il y a quelques minutes à peine, et je me suis aperçue que j'avais oublié mon téléphone. Comme vous dormiez Léonard et toi, j'ai pensé que je pouvais le récupérer très vite et revenir. C'est pour ça que j'étais sur le point de sortir quand vous êtes arrivés.

Ses larmes ont séché. Je ne sais pas si j'ai été très convaincante ou si elle a juste désespérément besoin de croire que son père va revenir vite, mais elle grimace avec une mine désolée.

— Papa, il va être très, très en colère contre toi s'il sait que tu ne nous as pas surveillés pour aller chercher ton téléphone.

Mon soulagement doit se voir comme le nez au milieu du visage, mais je tente d'y ajouter de la contrition.

— Et il aura raison. Je me suis montrée irresponsable.

— J'avais la casaque verte, déclare rêveusement Léonard, qui s'est mis devant la baie vitrée pour regarder la neige tomber sans bruit. C'est ma couleur favorite.

— Si tu veux, je ne lui dirai pas, me propose Naya d'une petite voix.

Est-ce que j'ai envie de la bouffer toute crue tellement elle est mignonne de vouloir me protéger de la sorte ? Tout à fait.

— Non, surtout pas. C'est ma bêtise, je dois l'assumer. Il ne faut jamais mentir pour cacher ce qu'on a fait, il n'en ressort jamais rien de bon.

— Mais je ne veux pas que papa soit fâché contre toi.

— Ne t'inquiète pas, je lui dis en passant la main dans ses fins cheveux blonds. Il finira par me pardonner.

Léonard vient se planter devant moi en resserrant son peignoir.

— On va faire un bonhomme de neige ?

Naya éclate de rire.

— C'est la nuit, pépé !

— Dans ce cas, pourquoi on ne dort pas ?

Excellente question, à laquelle je réponds aussitôt en leur proposant de dormir chez moi dans l'attente du retour de Solal. Léonard ne se fait pas prier, en particulier quand je lui montre la chambre d'amis immense, contiguë à la mienne. Tandis que le vieil homme et Naya jouent avec Plagg qui n'a plus du tout sommeil, je prépare le lit avec des draps propres et une multitude de coussins. « Sinon pépé ne peut pas dormir », m'explique la fillette.

Une fois Léo au lit, je borde Naya dans le mien après un lait chaud, une histoire inventée de toutes pièces et un câlin censé effacer la peur et le chagrin ressentis plus tôt. Ce qui me rassérène un peu est son air de conspiratrice et son sourire ravi quand elle me dit qu'elle est persuadée que l'absence de Solal a un rapport avec Noël.

Une fois que je suis certaine qu'elle s'est endormie, ma peur afflue encore plus fort qu'auparavant. Il me paraît impensable que Solal soit parti en abandonnant Naya et son arrière-grand-père et s'il ne l'a pas fait de son plein gré, c'est qu'il lui est arrivé quelque chose de grave. Je tente de l'appeler vingt fois, laisse dix messages en me rongeant les ongles avec frénésie.

Est-ce qu'il est quelque part sur la plage ? Dois-je arpenter la grève à la recherche de son cadavre ? Est-ce qu'il aurait mis fin à… *Non*, je refuse même d'aller au bout de cette idée saugrenue de peur d'invoquer le mauvais œil ou je ne sais trop quoi. En plus, je me souviens parfaitement de son attitude face à mon « suicide » lors de notre rencontre. Solal ne laisserait jamais Naya. C'est la seule certitude que j'aie. Partant de ce postulat, que reste-t-il comme hypothèse ? Faut-il joindre la police ?

Je devrais moi-même explorer sa propriété avant d'en arriver à cet extrême, Naya l'a peut-être manqué. Désemparée et nerveuse, je m'aperçois qu'il n'y a qu'une personne que j'ai envie d'appeler à mon secours et c'est mon père. Il est loin, il ne pourra pas grand-chose, mais son flegme et sa capacité à analyser les situations avec méthode peuvent m'apporter la sérénité qui me manque.

Pour la première fois de mon existence, je lui envoie un SMOS, un de mes fameux SMS-SOS, qui sont d'ordinaire destinés à Gloria.

J'ai besoin d'aide.

Je remplis plusieurs fois mes poumons d'air pour apaiser mon pouls qui atteint des records de vitesse.

La réponse de mon père ne se fait pas attendre.

Tu vas bien ? Blessée ? Perdue ? Problème d'argent ?

Je sens déjà que je respire mieux. Pouvoir compter sur son efficacité et sa gestion rapide des crises m'apporte un peu de soulagement. Je réponds par la négative à toutes ses interrogations.

Quel est le problème ?

Avant de lui expliquer le contexte, je me rends dans le dressing dans le but d'enfiler un pantalon. Je jette un regard par la fenêtre pour observer le jardin de Solal et une chose me saute alors aux yeux : sa camionnette est là. Et si je me souviens bien, elle y était déjà quand j'observais les flocons. Ce qui signifie qu'à moins d'être parti avec quelqu'un, il est dans les parages. J'envoie alors :

Attends, j'ai peut-être eu peur pour rien…

Puis je dévale les marches et sors en courant par la porte de derrière. Jambes nues, sans manteau ni chaussures, le froid me saisit. Je continue jusque chez Solal, contourne la maison et jette un œil par les vitres de la camionnette. Je ne vois rien, elle est fermée. Mue par une intuition improbable, j'ouvre le portail qui mène à la rue et balaye les trottoirs du regard.

À quelques mètres, je repère une tache rouge tout près d'un conteneur. Ce sont les baskets de Solal, j'en suis convaincue. La gorge nouée, le corps traversé de frissons, je me précipite avant de perdre totalement la raison et découvre Solal, assis contre la poubelle. Jambes repliées, il se tient la tête entre les mains. Ses cheveux sont parsemés de cristaux gelés qui scintillent à la lueur des réverbères, et, sur les tatouages de ses bras, une couche de neige m'indique qu'il est dans cette position depuis un moment. Je m'agenouille et dis à voix basse :

— Solal ?

21. Proposition

Je ne me suis jamais sentie autant en colère de toute ma vie ! Contre lui, contre la peur qui me lacère la poitrine, contre le fait qu'il ne soit pas mort, contre moi d'avoir pu imaginer l'inverse. Oui, le soulagement s'est mué en fureur en une fraction de seconde. Et dire qu'il me taxait d'irresponsabilité il y a peu ! Qu'est-ce qu'il fout ici dans la rue, à l'extérieur de sa maison où dormaient sa fille et Léonard ? Est-ce qu'il n'a pas entendu la petite l'appeler ? Je comprends parfaitement ce qu'il a ressenti en me voyant agir sans discernement avec Naya, car actuellement j'ai envie de le gifler d'avoir provoqué une telle situation.

— Solal !

Le ton que j'emploie est plus autoritaire et ça fonctionne : il redresse la tête. J'ai un mouvement de recul et je tombe les fesses dans la poudreuse. Son œil gauche est tuméfié, sa lèvre inférieure éclatée saigne et en l'état actuel, il est difficile de dire s'il lui manque des dents ou pas. Pendant un instant, il me regarde comme s'il ne me reconnaissait pas, puis il tend une main tremblante vers moi.

— Liv, chuchote-t-il et un filet de sang dégouline sur son menton.

Aveuglée par mes émotions, je n'ai pas réalisé que le devant de son T-shirt est maculé de taches de sang et de goudron, et son jean griffé sur le devant, comme si on l'avait jeté à terre et tabassé. Des larmes de regret jaillissent de mes yeux comme d'un geyser. Elles n'attendaient que le top départ pour se manifester et je les laisse dévaler mes joues en abondance. Je me sens immédiatement coupable d'avoir pu douter de Solal. Je lui attrape la main et la pose contre ma joue pour lui transmettre de la chaleur, mais surtout du réconfort. Et si je veux me montrer parfaitement honnête, j'essaye aussi de lui injecter les sentiments que je ressens pour lui. Mon cœur a repris vie quand je l'ai découvert derrière cette poubelle, je ne peux pas ignorer cette sensation. C'est bien au-delà de l'inquiétude.

Sa peau est glaciale.

— Ne pleure pas, jolie Liv, tente-t-il de me rassurer en me caressant avec le dos de son pouce.

C'est un comble. C'est lui qui agonise dans la rue et c'est lui qui me console ! C'est alors que ça me frappe : ce n'est pas le moment de craquer. Pas encore. Comme Naya, Solal a besoin de quelqu'un qui a la tête sur les épaules. Avec un regain de détermination, je ravale mes larmes. La crise n'est pas passée, je ne peux pas me répandre en flaque d'eau. En plus, on baigne déjà dans la neige fondue. J'essaye de plaisanter :

— Tu n'as pas vu ta gueule. Tu ne te rends pas compte, mais je ne vais plus pouvoir me servir de toi comme modèle pour Jacob.

Il a un mini-éclat de rire qui le fait aussitôt grimacer.

— Au contraire, les pirates, c'est connu pour avoir des balafres.

Les hypothèses et les questions concernant ce qui lui est arrivé prennent d'assaut mon cerveau, mais ça attendra qu'on soit au chaud. De plus, j'ai peur que Naya se réveille et s'aperçoive de mon absence.

— Tu peux marcher ?

Il approuve d'un geste du menton qui semble déjà lui demander un effort important.

— Allez, viens, je l'encourage en passant son bras autour de mon épaule pour le soutenir du mieux que je peux.

Il se lève en gémissant et même s'il prend appui sur moi, je sens qu'il tient debout. Ses jambes fonctionnent, c'est déjà ça. Un pas après l'autre, nous progressons lentement mais sûrement, d'abord vers le portail, puis vers sa maison où la lumière brille encore dans la cuisine.

Quand il constate que je continue vers chez moi, il fait mine d'objecter, mais je lui explique la situation en quelques mots sans toutefois m'appesantir sur l'angoisse de Naya. Contre toute attente, Solal n'insiste pas et me suit docilement. Si je n'avais pas encore compris qu'il était à bout de forces, j'en ai maintenant la preuve.

J'ai les orteils et les fesses frigorifiées, Solal doit faire trente kilos de plus que moi, mais je m'en moque, je ne le lâcherai pas, je suis boostée à l'adrénaline. J'ignore qui lui a fait ça. Une chose est sûre, quand je le saurai, les foudres de l'enfer s'abattront sur lui, ou elle, ou eux.

Mes pouvoirs sont limités, mais mon père sait se montrer impitoyable envers les gens qui nous posent problème, et il a le bras long. En général, je le garde éloigné de mes soucis, mais être la descendante de Piotr Van Dalfsen doit avoir ses avantages. Et je compte bien les utiliser !

Avec une vigueur que je ne me soupçonnais pas, je parviens

à mener Solal jusqu'au canapé où il s'affale en geignant comme un animal blessé. J'ai à peine le temps de souffler qu'il se redresse en lâchant un juron.

— Où tu vas ? je demande, inquiète.

— Faut que je voie Naya.

Je n'ai pas le cœur de m'y opposer, rien ne pourra l'empêcher d'y aller. Il titube. Je sens qu'il ira en rampant s'il le faut, alors je reprends mon rôle de béquille humaine et nous escaladons l'escalier. À la lumière du palier, Solal pénètre dans ma chambre, je l'attends à l'entrée pour lire le dernier SMS de mon père.

Problème avec ton voisin ?

Il a le nez creux ! Je l'entends presque jubiler à distance, prêt à dégainer son fameux regard « je te l'avais dit ». Mon père n'a pas besoin de prononcer les mots, ses yeux expriment la déception et la condescendance comme personne.

Tout va bien, je gère.

J'espère qu'il ne va pas débouler en hélicoptère dans l'heure qui suit, le GIGN à ses côtés.

Du coin de l'œil, j'observe Solal qui, au bout de quelques pas, doit se stabiliser sur le bout du lit. Il marque une pause et finit le trajet lentement. Son instinct paternel et son besoin viscéral de s'assurer que sa fille va bien m'émeuvent. Je comprends qu'à sa manière particulière, mon père vient juste de faire la même chose. Je pianote alors rapidement un :

Merci, papa.

Solal s'agenouille au niveau de Naya et pose son visage près du sien pour la contempler plusieurs secondes. De là où je suis, je distingue les traits poupins et délicats de la petite : une princesse endormie. Plagg, roulé en boule sur l'oreiller, pousse un miaulement fluet.

— Naya, appelle Solal doucement.

Quand je réalise qu'il a encore du sang plein la face, je croise les doigts pour que la petite ne demande pas à allumer la lampe de chevet. Heureusement, elle se contente de passer les bras autour du cou de son père.

— Papa ? demande-t-elle pour vérifier, encore ensommeillée.

— Oui, ma chérie, c'est moi, tout va bien, dors. Je voulais juste t'embrasser… je…

Sa voix tremble. Je fais un pas en avant, prête à intervenir s'il flanche.

— Je t'aime, Naya, parvient-il à prononcer, malgré son émotion.

Je ne peux qu'imaginer à quel point il doit se sentir coupable et je crois comprendre ce que ça signifie pour lui d'avoir failli. Je commence à saisir les rouages complexes du mécanisme Solal et je sais qu'il va se blâmer pendant des siècles pour ce qui vient d'arriver.

— Moi aussi, répond la petite. Tu ne fâcheras pas Liv, d'accord ?

Elle marmonne d'autres mots incompréhensibles et Solal me lance un regard perplexe. Enfin je crois… avec son hématome, il pourrait tout aussi bien me faire un clin d'œil.

— Elle ne voulait pas, reprend Naya, de manière décousue, replongeant déjà au pays des rêves. Bêtise, pas… pépé… Cadeau ?

Elle se tourne de l'autre côté du lit et se met à sucer son pouce.

Face à la faiblesse de Solal, je lui propose de rester à l'étage pour que je le soigne et qu'il se couche dans l'une des chambres, mais il refuse. Il veut qu'on retourne en bas pour parler et si possible, il veut aussi goûter le rhum hors de prix avec lequel je m'étais pris une cuite. Têtu comme une mule, il tient même à rester assis sur l'un des fauteuils, plutôt que de s'allonger sur le canapé.

— C'est quoi cette histoire ? Pourquoi je serais fâché contre toi ?

Je hausse les épaules.

— Je crois qu'elle rêvait.

— Liv ! Dis-moi.

Je m'active dans la cuisine. J'occupe mes mains du mieux que je peux, papillonne du percolateur où je lance un grand café au placard où j'ai remisé l'alcool maléfique. Avant d'en apporter à l'estropié, j'en avale une petite lampée.

— Je lui ai raconté que tu avais une course à faire et que tu m'avais demandé de veiller sur elle et Léonard. J'ai prétexté avoir oublié mon portable chez moi… Bref, elle pense que tu vas m'en vouloir.

— Liv ?

Je me retourne et m'appuie contre le comptoir. De là où je suis, il est difficile de percevoir ce que véhiculent ses prunelles bleues, mais je sais qu'il me fixe. Je préfère les mots prononcés à haute voix, mais s'il n'en est pas capable, je me contenterai de ça. J'aime énormément l'intensité de son regard, je me sens bien quand elle m'enveloppe. Je fais plus confiance à ses yeux qu'à ses paroles, parfois, parce que la façon qu'il a de me dévisager, de m'envisager, n'a rien d'anodin. Je sais qu'il me remercie et je lui souris. Je brise notre contact visuel pour servir le café brûlant et l'alcool, puis je m'absente le temps d'attraper une trousse à pharmacie dans la salle de sport. Après plusieurs minutes de recherche, je la trouve entre les serviettes et des haltères qui n'ont probablement jamais servi.

Je pose tout le nécessaire sur un plateau et viens m'installer sur le tapis, face à Solal qui a les coudes appuyés sur les genoux et la tête entre les mains.

— Léonard n'était pas trop perturbé ? me demande-t-il.

— Je n'en ai pas eu l'impression. Il voulait faire un bonhomme de neige.

Je souris, mais pas Solal. Je n'ose pas le bombarder de questions tant il semble sur le point de tomber en lambeaux, et je ne parle pas de son physique. Je lui tends son verre.

— Tu veux que je te désinfecte avec ? je tente de plaisanter. À la mode pirate.

Il descend sa dose de rhum cul sec, puis me rend le verre comme s'il était trop lourd. Je bois une gorgée de café, puis enduis un coton de désinfectant. Les doigts de Solal sont écorchés, ainsi que le dos de sa main gauche et son poignet. Une partie de *Alta alatis patent* disparaît sous le sang. « Le ciel est ouvert à ceux qui ont des ailes »... je suppose que cette phrase concerne Céleste également.

— Est-ce qu'il faut que j'appelle la police ?

Il remue la tête de droite à gauche, confirmant ainsi ce que je redoutais : il ne s'est pas fait casser la gueule par hasard. Son manque d'empressement à appeler les secours m'a interpellée, mais je préférais être sûre.

— Et un médecin ?

Nouveau refus.

— Je n'ai rien de cassé, affirme-t-il.

Je ne sais pas s'il parle d'expérience ou si c'est uniquement pour ne pas m'affoler. La violence physique m'est étrangère. La seule « bagarre » à laquelle j'ai assisté impliquait Berthold et un de ses copains qui me trouvait « bonne ». Ce que mon cousin n'avait pas apprécié. Ils s'étaient vaguement donné des coups de pied. Il n'y a que l'amour-propre de Berthold qui avait été blessé quand il avait mis fin au combat en se plaignant d'un claquage.

— Je nettoie tes plaies et tu me racontes ?

Au fur et à mesure que je fais disparaître les coupures et entailles de Solal derrière une multitude de pansements, je sens qu'il se détend. Ses épaules s'affaissent, il décrispe les poings, ses mâchoires se relâchent et dans son regard brille une vulnérabilité qui déferle en moi comme une vague. J'ai envie de le protéger de ceux qui lui ont fait du mal, mais surtout de lui-même et de toutes les pensées qui, je suis sûre, gangrènent son esprit.

Pour la première fois depuis que je l'ai rencontré, Solal s'abandonne vraiment, me laissant désinfecter chaque plaie, chaque éraflure avec soin et application. Silencieux, il m'observe d'un œil, avec un sachet de petits pois surgelés que je suis allée chercher dans le congélateur plaqué contre le visage.

Je suis Florence Nightingale au chevet d'un soldat, je suis Meredith Grey prétendant savoir ce qu'elle fait, je suis la sauveuse de Solal !

Au moment de passer le coton sur le tatouage de l'étoile filante, je le considère avec nervosité. Est-ce que j'ai le droit d'y toucher ? Le blessé conserve les yeux rivés sur sa main et je me décide enfin à nettoyer avec délicatesse sa peau abîmée, mais les griffures sont superficielles et ne nécessitent pas de pansement. Il semble que j'en ai fini avec mon rôle d'infirmière. Je relève les yeux vers Solal qui ne m'a toujours fourni aucune explication.

Il pose sa poche par terre, puis lentement me retire mon matériel de soigneuse des mains. Le bleu de sa prunelle s'est tellement assombri qu'on pourrait croire qu'elle est anthracite ; quant à l'autre, je peux à peine la discerner derrière la contusion. Entre son pouce et son index, Solal capture une mèche échappée de mon chignon et la glisse derrière mon oreille.

— Est-ce que tu vas me raconter ? je demande dans un murmure.

Mon cœur tambourine dans ma poitrine et sur mes tempes. La main de Solal s'attarde dans mon cou, puis du bout des doigts, il effleure ma peau le long du col tailleur de ma chemise de nuit en pilou. Je prends alors conscience que je suis habillée de façon totalement ridicule depuis le début de cette soirée de fou. L'index de Solal remonte jusque sous mon lobe, passe sous ma mâchoire et je me dis qu'il doit parfaitement sentir que ma carotide pulse dix litres de sang à la seconde. Il sait qu'il me trouble.

Je plisse les paupières, concentrée sur ce contact minuscule qui provoque pourtant un séisme de magnitude maximale en moi. Solal caresse maintenant ma lèvre inférieure. J'entrouvre la bouche, haletante.

Et tout s'arrête.

J'ouvre les yeux, prête à me révolter contre les promesses non tenues, mais je constate que Solal est à quelques centimètres de moi. Son souffle vient se mêler au mien et cette délicate caresse m'arrache un soupir.

Je ne serai pas celle qui cède. Solal doit finir ce qu'il a enclenché. S'il me veut, qu'il l'assume. Il se penche plus avant et nos bouches s'unissent enfin. J'ai l'impression d'avoir été privée d'air, privée de vie pendant des semaines, tellement je suis affamée de lui. Je l'embrasse plus en profondeur, ma langue trouvant la sienne. Il a le goût du rhum, mais aussi du sang. Et ce goût me ramène à la réalité. Qu'est-ce que je peux être bête, par moments ! Je suis en train de tomber dans le même piège qu'il y a deux semaines. Du sexe et pas de discussion. Comme si je ne méritais pas de savoir ce qu'il se passe, que ça n'avait pas d'importance, que *je* n'avais pas d'importance.

Mon baiser se fait plus pressant et quand il gémit, je sais que ce n'est pas de plaisir. Il a mal. Il recule subitement en se tenant la lèvre et remarque tout de suite que mon regard n'est plus dégoulinant de désir. Il comprend qu'il n'échappera pas à une explication. J'aboie aussitôt :

— Tu peux, s'il te plaît, arrêter de me prendre pour une imbécile !

— Ce n'est pas ce que je fais.

— Si, précisément. Je te signale que je suis venue t'extraire de la poubelle dans laquelle quelqu'un t'avait jeté comme un sac d'ordures !

— J'étais à côté, Liv.

— Ne joue pas avec les mots, Solal ! Tu sais ce que je veux dire. Maintenant, j'ai le cul anesthésié par le froid et si ça se trouve, je ne retrouverai peut-être jamais de sensations dans mes muscles fessiers !

Il me jette un regard blasé.

— Tu es en colère ou tu essayes de sortir la meilleure vanne de la soirée ? On ne sait jamais avec toi !

Je me redresse, les poings sur les hanches et toujours en chemise de nuit à motifs écossais. Ce qui n'est pas la meilleure tenue quand on veut être prise au sérieux…

— Non, je suis vraiment furieuse, Solal. Parce que si tu crois que tu peux faire diversion avec le sexe, c'est raté. Et puis… Et puis, quoi ? Je ne suis bonne qu'à ça ? Tu ne penses pas que je mérite un minimum de considération ?

Il soupire et je ne sais pas si c'est parce que ce que je lui dis ne lui plaît pas ou si au contraire, il admet que j'ai raison.

— Je ne te remercierai jamais assez d'avoir pris soin de Naya et de Léonard. Je ne sais pas ce que j'aurais fait s'il leur était arrivé quoi que ce soit.

Je penche la tête. Est-ce que je ne suis pas encore en train de me faire avoir, moi ?

— Tu n'as pas à me remercier ! Je ne l'ai pas fait pour avoir ta reconnaissance éternelle. Et la considération que tu me dois, ce n'est pas lié au fait que je les ai aidés ni que je suis venue te chercher dans la neige. C'est juste que je suis là, Solal. Et si je t'offre mon corps avec grand plaisir, j'ai envie que tu acceptes plus de ma part, que tu exiges plus. Je suis prête à te donner mes bras, mon cœur, mes matins et même mes soirées que j'aime pourtant passer à dessiner ! Tout est à toi. Tu me plais, je ne peux pas être plus explicite que ça ! Et je suis certaine de te plaire aussi, sinon… Sinon, nous n'en serions pas là.

Solal se lève, vacille, se rattrape avant que je puisse intervenir et plaque ses deux mains contre la vitre de la baie.

— Je veux que tu me parles. Parce que je dois savoir qui t'a blessé, parce que je peux peut-être t'aider, parce que partager ses fardeaux est le seul moyen d'y arriver.

Face aux flocons qui virevoltent dans la nuit, il me demande :

— Tu as déjà été amoureuse ?

— Quoi ?

— Tu as déjà eu l'impression que sans l'autre le monde n'avait pas de sens ?

Je garde le silence. Puis d'un coup, me lance :

— Et si j'étais amoureuse de toi ? Et si je ressentais toutes ces choses envers toi ? Et si je te disais que je crois bien que ça a été un coup de foudre quand je t'ai vu sur la plage, le premier jour ?

Il se retourne, sceptique.

— Crois-moi, tu n'as pas envie de ça.

— Pourquoi ?

— À cause d'une soirée comme celle-ci, notamment. Alors, je te le répète, rends-toi service, ne tombe pas amoureuse de moi.

— Tu me connais assez pour savoir que m'interdire quelque chose est le pire moyen de l'obtenir. Depuis quand est-ce que j'écoute les conseils et les ordres ?

— Tu es une gamine.

— Et toi, un vieux grincheux. Maintenant, tu me dis ce qu'il s'est passé, sinon je te traîne au commissariat et tu déposes plainte pour agression.

— Viens là, d'abord, me prie-t-il d'une main tendue.

Je m'approche avec prudence. Il s'agirait de ne pas tomber dans le piège de ses charmes une nouvelle fois. Je l'enlace et appuie ma joue contre son torse avec légèreté, de peur de lui faire mal. Son odeur m'enveloppe et je m'y perds un moment, oubliant les circonstances et prétextant ne pas savoir que la discussion à venir – ou l'absence de discussion – ne va pas me plaire. Il enfouit ses doigts et son visage dans mes cheveux, prenant plusieurs longues inspirations, comme s'il cherchait à y puiser force et courage. J'espère qu'il a trouvé dans mes bras ce dont il a besoin, parce que quand il relâche son étreinte, je le sens déjà loin.

— C'était pour quoi ? je demande.

— Pour tout, pour rien en particulier, lâche-t-il d'une voix rauque.

Il retourne s'asseoir dans le fauteuil du bout des fesses, appuyant ses coudes sur ses genoux. Je sens que l'apaisement acquis plus tôt fuit comme une volée d'étourneaux. Solal se noue à vue d'œil.

— Et parce que, après ce que je vais te raconter, tu ne voudras plus que je t'approche.

Mes mains deviennent moites, je déglutis avec difficulté.

— Il y a ce gars… Il a une grosse boîte dans le bâtiment. Il m'avait déjà contacté plusieurs fois pour m'impliquer dans des boulots, mais j'avais refusé, je savais qu'il trempait dans des trucs pas nets. Et puis, il y a quelques semaines, il m'a appelé pour que je réponde en notre nom à un appel d'offres, c'était pour un énorme chantier. L'idée a fait son chemin… Je me suis rassuré en me disant que ça ne pouvait pas foirer. Notre dossier était solide. Il m'a fait une avance de trésorerie, parce que j'avais besoin de sous rapidement, des arriérés d'impayés, tout ça. Je devais le rembourser après qu'on a bossé ensemble… Seulement voilà, on n'a pas été retenus. Donc je lui dois une montagne de fric.

La parenthèse câline vient de se refermer comme on claque la porte au nez : brutalement.

— Mais pourquoi tu as fait ça ?

La question sort avant que j'aie pu la retenir. Je sais qu'il va la percevoir comme un jugement parce qu'il s'en veut déjà terriblement. Il se lève d'un bond et hausse la voix en faisant de grands gestes :

— Parce que j'ai plus un rond, voilà pourquoi, Liv ! Je peux même plus payer les frais de la maison ! Tu sais combien ça coûte la taxe foncière ici ?

Je me mords la lèvre et me creuse la cervelle à la recherche d'une solution.

— Et, non, objecte Solal avant que j'ouvre la bouche, je ne peux pas en parler aux flics sinon moi aussi, je serai accusé d'avoir magouillé.

D'un pas décidé, je me lève pour attraper mon sac qui gît sur la console de l'entrée. Je commence à fouiller dedans pour dégoter mon chéquier, mais Solal arrête mon geste d'une main ferme et couverte de pansements.

— Non, Liv, déclare-t-il en me lançant un regard noir.

— Dis-moi combien.

— Je ne veux pas de ton argent, laisse tomber.

— Pourquoi ? Parce que je suis une femme ?

Il lâche mon bras, choqué.

— Tu dis souvent des conneries, gronde-t-il, exaspéré, mais là tu bats des records !

— Dans ce cas, explique-moi. C'est parce que c'est moi ?

Il se dirige vers la cuisine et je le suis, mon sac à l'épaule.

— Non plus, non, dit-il d'un ton las en se servant un autre verre de rhum qui disparaît aussi vite que le premier. Nelson Mandela, mère Téresa et le dalaï-lama pourraient se cotiser, je refuserais encore.

C'est un non catégorique, franc et indiscutable.

— Shiva en personne, insiste Solal, pourrait se pointer avec une montagne de billets dans ses quatre bras, je déclinerais toujours.

— C'est bon, j'ai compris.

Nouvelle lampée d'alcool. Je lui retire la bouteille des mains pour qu'il ne rajoute pas la gueule de bois à la longue liste de douleurs qu'il ressentira demain, au réveil.

— Combien est-ce que tu dois ?

— Je vais me débrouiller.

— Cinq mille ? Dix ? Plus ?

Mon interrogatoire se fait plus pressant au fur et à mesure que mon exaspération grandit.

— Ils t'ont laissé combien de temps ? Ils ont menacé de te faire subir quoi, la prochaine fois ?

— Je ne veux rien te devoir, Liv, tu comprends ça ? Ni à toi ni à personne d'autre !

— Ben, c'est raté parce que tu me dois déjà d'avoir pu conserver tes dix orteils indemnes au bout de tes pieds !

Ma colère commence à me remonter dans la gorge et je crispe mes doigts sur le dossier d'une chaise.

— Je te fais un chèque et ton problème sera réglé, immédiatement, Solal. Pourquoi tu te bornes à refuser ? Pour des principes et l'honneur ? T'as pas vu *Game of Thrones* ou quoi ? Ça ne sert à rien !

Je me garde de lui avouer que mon compte en banque n'est pas si fourni que ça. Mon père m'aide à hauteur du loyer de mon appart, à la condition que je sois assidue dans mes études. Il va sans dire que si je me lance en tant qu'illustratrice ou autrice indépendante, il ne me versera plus un centime. Je n'ai que l'argent que m'a légué ma mère à sa mort et je ne peux qu'espérer que ça suffise. Je poursuis ma diatribe :

— Pourquoi faut-il que tout soit compliqué ? De quoi veux-tu te punir au juste ? Si ça peut te rassurer, même quand tu auras remboursé ta dette, tu auras encore des problèmes d'argent ! Mais laisse-moi t'accorder un répit et éloigner tes créanciers. Repose-toi sur moi, bon sang. Ce n'est pas si difficile que ça.

— C'est à moi de régler ça, tranche Solal.

Je ferme les yeux, dépitée.

— Ce sont mes problèmes, je vais trouver une solution.

Je hoche la tête sans rien ajouter, tout en examinant sa gueule cassée et son T-shirt maculé de sang. De sacrés problèmes, oui…

— Je vais trouver une solution, répète-t-il pour tenter de s'en convaincre. Comme je l'ai toujours fait.

22. Passion

Poussée par le besoin de m'éloigner de Solal quelques instants, je vais chercher des rechanges. Je ne me dirige pas vers le dressing de mon père, mais bel et bien vers le mien. Malgré mon irritation, j'ai envie d'envelopper Solal dans de la douceur, dans un vêtement qui m'appartient et que j'aime. Sans faire de bruit, je vais dans ma chambre où Naya dort paisiblement avec Plagg, et fouille jusqu'à mettre la main sur mon pyjama préféré : un T-shirt taille XL offert par Berthold, orné d'une photo de *The Lightning Field,* l'œuvre de Land art de De Maria.

J'en profite pour me changer et enfiler une autre chemise de nuit pas du tout glamour – en même temps, au départ j'étais venue ici pour bosser nuit et jour, pas pour draguer un peintre sexy et entêté. Quoi qu'il en soit, ça fera l'affaire. Je veux juste me coucher et dormir. Solal fait bien ce qu'il veut, soit il rentre chez lui, soit il reste. Je m'en fous.

Dans le couloir, je me cogne au chambranle en sursautant quand je réalise que Léonard m'observe dans le noir.

— Est-ce que tout va bien, Léo ? je demande en allumant le plafonnier.

— Il neige.

Sans pouvoir me l'expliquer, j'ai la sensation que ça fait un moment qu'il se tient là.

— Oui, j'ai vu. C'est beau, n'est-ce pas ?

Il acquiesce en silence.

— Vous avez besoin de quelque chose ?

Ne faut-il pas que j'appelle Solal ? Je ne voudrais pas commettre d'impair et ajouter à la confusion qui brouille le regard du vieil homme.

— Est-ce que Solal a des ennuis ? me demande-t-il en me prenant totalement par surprise.

— Quoi ? Non, non, tout va bien, Léonard. Solal va bien. Vous pouvez aller vous recoucher.

— Je cherche mon lit.

— Ah, eh bien, là, vous êtes dans ma maison, vous vous souvenez ? Je suis Liv, la voisine, je vous ai installé dans ma chambre d'amis.

Je passe à côté de sa grande carcasse et lui indique la pièce qu'il vient de quitter pour lui montrer son lit. Il entre, s'assoit sur le rocking-chair qui fait face à une télé grand écran et commence à se balancer.

— Il doit y avoir des compétitions de ski, au programme.

Évidemment, malgré la profusion de chaînes que je parcours, ce n'est pas le cas ; Léonard finit par accepter la rediffusion d'un championnat de curling. Il m'explique qu'il éteindra quand il aura de nouveau sommeil. Je lui installe un casque sans fil pour ne pas qu'il réveille Naya en poussant le volume à fond.

À mon retour dans le salon, les éclairages sont éteints. Seule la loupiote de la hotte dans la cuisine apporte une source lumineuse.

En revanche, à l'extérieur, la blancheur immaculée de la neige qui recouvre le jardin éclaire la nuit d'une lueur fantomatique.

Je m'approche du fauteuil sans faire de bruit, pensant que Solal s'est peut-être endormi, affalé contre le dossier, jambes écartées. Mais il a les yeux ouverts. Et le torse nu. Je sens une chaleur soudaine se répandre en moi et mon ventre se contracter. Ce n'est absolument pas le moment d'avoir ce genre de pensées, d'autant plus que, malgré la coupure bienvenue offerte par Léonard, je suis encore très en colère contre lui et son obstination.

Je ne vais pas mentir, j'aimerais que Solal poursuive ce qu'il a initié tout à l'heure, parce qu'à chaque fois que je le vois, ma peau a besoin de sentir la sienne. Mais ce serait une mauvaise idée. D'ailleurs, la tension de notre conversation flotte encore dans la pièce. Je n'ai pas envie de réitérer l'erreur de notre semaine de sexe. Je m'exprime mal, je la revivrais avec grand plaisir, mais je veux que ça ait un sens, je veux que nous partagions plus que nos fluides corporels. Je veux l'histoire d'amour, les grandes déclarations dignes des meilleures comédies romantiques, les palpitations, les sorties main dans la main. Je veux sentir que son cœur bat à l'unisson du mien, mais en est-il seulement capable ?

Je m'approche jusqu'à être entre les jambes de Solal et lui dépose mon T-shirt sur le torse.

— Couvre-toi, je dis plus sèchement que je le voudrais.

Ses yeux – devrais-je dire son œil ? – remontent de mes jambes à mon ventre, s'attardent sur ma poitrine qui se devine sous la toile de coton – traîtres de tétons –, puis terminent leur exploration sur ma bouche. Il lèche ses lèvres irritées.

— Liv.

L'entendre murmurer mon prénom dans un souffle provoque

une éruption volcanique en moi. Dans la pénombre, j'espère qu'il ne perçoit pas le trouble que déclenche ce simple fait, parce que je dois rester maîtresse de la situation. Il pose ses mains derrière mes genoux et il a beau être à moitié nu, sa peau est incandescente ; la mienne s'embrase dès qu'il la touche. Je sens qu'il glisse ses doigts sous ma chemise de nuit et remonte lentement jusqu'à l'arrière de mes cuisses. Quand il effleure mes fesses et le bord de ma culotte, j'intercepte son geste.

— Non, Solal, arrête. Je ne peux pas…

— Tu me voles ma réplique.

— Je sais et tu avais raison. Je n'ai pas envie d'être un substitut, ça ne me convient pas. J'ai eu beau m'en défendre, mon cœur s'est engagé dans la partie et crois-le ou non, il est fragile. J'aime jouer, mais je suis très mauvaise perdante. Il me faut plus.

Je retiens ma respiration face à cet aveu. Si ça s'arrête là, je serai déchirée en deux, effondrée, mais à trop jouer avec le feu, il est en train de me consumer. Solal lève les yeux vers moi. Je dégage son front de ses mèches folles. Même le visage tuméfié, il est encore beau comme un astre et la lueur qui brille dans son regard me fait chavirer. Ce n'est pas du renoncement que j'y lis, mais de l'espoir.

— Je veux essayer, Liv. Vraiment. J'ai conscience que si ça ne marche pas avec toi, ça ne marchera avec personne d'autre.

— Pourquoi ?

J'ai besoin de savoir.

Il n'hésite pas une seconde avant d'énumérer :

— Parce que tu donnes sans compter. Parce que tu te montres généreuse et attentionnée. Parce que tu es belle et solaire. Parce que Naya sourit à chaque fois qu'elle te voit.

Ses compliments coulent en moi comme du miel sucré et chaud, mais ce n'est pas ce que j'ai envie d'entendre.

— Et toi, Solal ? Parle-moi de ce que tu ressens, toi.

Sa poitrine se soulève plusieurs fois et il appuie son front contre mon ventre. Par réflexe, je plonge mes doigts dans sa chevelure.

— Je ne sais pas manier les mots comme toi.

Non, ça, c'est trop facile. Je tire ses cheveux vers l'arrière et l'oblige à me contempler.

— Essaye.

Il retire ses mains de sous ma chemise de nuit. Je le lâche et il m'enlace, fort. Sans me regarder, il murmure :

— Tout me semble moins sombre en ta présence. Comme si tu apportais la lumière. Quand tu es près de moi, j'ai l'impression de... de voir les couleurs pour la première fois en cinq ans. Tout est plus intense. Plus savoureux. Plus ardent.

Couleur, lumière, intense, savoureux, ardeur, ses mots ont un effet hautement aphrodisiaque sur moi.

— Tu me donnes l'espoir que je peux tout recommencer. Tu es comme le printemps. Tu es mon printemps.

J'ai tellement envie d'y croire ! Si un mec déclarait ça dans une des séries que j'affectionne tant, j'aurais déjà explosé en éclats de guimauve. Là, en dehors du fait que j'ai follement envie qu'il repose ses mains sur mon corps, un doute pernicieux me taraude. Et s'il se contentait de me dire ce que j'ai envie d'entendre ?

— Je suis ton printemps ? je demande en soulevant un sourcil.

— Je t'ai prévenue que j'étais nul.

Je redresse son visage vers moi en lui attrapant le menton pour le sonder et ne vois que de la sincérité dans son regard.

Le printemps, c'est bien. C'est le renouveau, la fraîcheur, les abeilles et les fleurs. C'est la sève qui monte dans les végétaux et les animaux qui se reproduisent. C'est la vie.

Ça me va.

Quand je me penche et que nous nous embrassons avec fougue, je sens que nous avons tous les deux une furieuse envie de croire que ça peut marcher. L'empressement avec lequel il remonte ma chemise de nuit jusqu'à ma taille provoque en moi un gémissement qui l'encourage. Il me la passe par-dessus la tête et la lâche au sol, avant de se rasseoir. Je me tiens debout devant lui, exposée et fébrile. Ses yeux suivent le même parcours que tout à l'heure, mais sans la barrière du tissu, je sens que son excitation a monté d'un cran. Il entrouvre la bouche et sa respiration s'accélère. Moi, je ne sais même plus si je respire encore tant je suis impatiente qu'il me touche. Curieusement, après la semaine torride que nous avons déjà passée, j'ai l'impression que c'est la première fois que je suis nue face à lui et surtout la première fois que nous allons faire l'amour. Mais peut-être est-ce le cas.

Je mets d'abord ma jambe droite, puis la gauche de chaque côté de Solal. Il m'observe sans bouger et je sais que, comme moi, il repousse le moment où nos peaux entreront en contact. Nous savons sans nous le dire que dès que nous nous connecterons, nous ne contrôlerons plus rien. Solal écarte les mains pour éviter de toucher mes cuisses, mais il avance son bassin.

Maintenant que je suis sur lui, je sens que le désir n'est pas que dans son regard. Je me mets à bouger tout doucement, des mouvements d'avant en arrière d'une lenteur intolérable qui provoquent les grognements de Solal.

L'avidité qu'il affiche est sûrement le reflet de la mienne. J'ai envie de le sentir en moi, que nous fassions l'amour encore et encore dans une nuit infinie. Je veux qu'il me fasse sentir que ses mots sont réels, qu'il s'oublie en moi et s'offre à moi comme je m'apprête à le faire pour lui.

Du bout des doigts, j'explore les tatouages de son torse. Je tremble, il ferme les yeux. Je sillonne ses bras, navigue au-dessus de son cou jusqu'à son visage sans cesser de basculer mes hanches sur son érection. Sa chaleur me parvient par vagues, le plaisir monte en moi rien qu'à me frotter contre lui.

Je m'appuie sur les accoudoirs et dépose des baisers délicats sur son arcade sourcilière, sa tempe, sa pommette. Haletante, je lèche ses lèvres de la pointe de ma langue de peur de lui faire mal. Il gémit, mais cette fois ce n'est pas de douleur, c'est uniquement parce que j'ai cessé de bouger sur lui.

Il m'empoigne une fesse et m'incite à continuer ma danse lascive. Il l'accentue même en poussant ses hanches plus fort. D'une main, il s'empare d'un de mes seins et en titille le téton. Il fait pareil sur l'autre avec sa langue.

Je sais que je pourrais atteindre l'orgasme rien qu'avec ces délicieux préliminaires, mais j'en veux plus. Dans un éclair de lucidité, mon cerveau passe au crible la maison et le meilleur endroit pour trouver un préservatif. Perturbée par les baisers fiévreux de Solal, je tente d'articuler des mots intelligibles pour qu'on calme le jeu. Il doit m'entendre malgré tout, car sans attendre, il me soulève et me susurre à l'oreille :

— Dis-moi où je dois aller.

J'enroule mes jambes autour de sa taille tout en me concentrant sur ma recherche. Je balbutie :

— Je crois… je crois qu'il y a une boîte dans le tiroir.

— Où, Liv ? Utilise des mots simples, mon cerveau n'est pas bien irrigué.

J'éclate de rire et lui montre la cuisine du doigt. Il s'empresse de s'engager dans la pièce, avant de marquer une pause en me plaquant contre le mur, comme si ces quelques mètres étaient beaucoup trop longs à parcourir sans me toucher. Il lèche, suce mon cou, mes oreilles.

— Comptoir, je murmure pantelante.

Il me porte jusqu'au tiroir que je lui indique, m'assoit sur le marbre glacé et fouille frénétiquement à l'intérieur. Quand il trouve le paquet de capotes, il pousse un cri victorieux avec un sourire carnassier. Nous nous emboîtons de nouveau en riant. Nous sommes trop pressés de nous dévorer pour atteindre le fauteuil et nous nous effondrons sur le tapis, après nous être cognés à la cloison, puis à un meuble. Solal semble avoir oublié que son corps est contusionné de partout.

Sentir son poids sur moi déclenche des décharges électriques dans chaque terminaison de mon corps. Je tâtonne jusqu'à parvenir à déboutonner son jean. Il se redresse pour le baisser avec son caleçon. Les pupilles dilatées, la respiration saccadée, il me considère tout en enfilant le préservatif.

Je me mords les lèvres pour ne pas crier de plaisir quand il entre en moi, mais j'émets tout de même un long gémissement de satisfaction. Nous bougeons en harmonie, plus vite, plus fort, affamés, avides de l'osmose que nos deux corps créent au contact l'un de l'autre. Les mouvements de Solal enflamment mes sens et toutes les parcelles de ma peau vibrent de sensualité. Pour la première fois, à chacun de ses coups de reins, Solal murmure mon prénom et je sais que c'est sa voix qui me mène à l'orgasme. Dans une synchronisation quasi parfaite, il explose en moi quelques secondes plus tard. Après avoir tendrement déposé un baiser sur mes lèvres et roulé sur le côté. À bout de souffle, nous restons là immobiles, dans le contentement de ce moment de communion hors du temps.

Je m'assoupis pendant plusieurs minutes ou peut-être plus, je ne sais pas. Quand je me réveille, Solal a étendu le plaid sur moi et la lampe vintage, installée sur la table basse, diffuse une lumière chaude. Je l'appelle deux ou trois fois avant de le voir descendre l'escalier, revêtu de son jean et de mon T-shirt qui lui va comme un gant. Il m'explique qu'il est allé jeter un œil à Naya et Léonard, et qu'il a éteint la télé. Je lui raconte ma rencontre dans le couloir avec le vieil homme un peu plus tôt, mais Solal ne me laisse pas finir. Il m'embrasse passionnément et me fait basculer sur le canapé, comme un danseur de tango. Nous refaisons l'amour en pleine lumière, lentement, nos yeux intimement connectés. J'ai la conviction profonde que ce soir, pour la première fois, Solal est vraiment avec moi.

Allongés, nos têtes en appui contre l'accoudoir, nous nous tenons serrés l'un contre l'autre pour nous tenir chaud. Je somnole à moitié.

— C'est quoi cette cicatrice ? demande Solal en glissant son index sur mon bas-ventre.

— Une petite chute en parkour.

— Petite ?

Je sens l'incrédulité dans sa voix. C'est vrai que la marque blanche est de taille conséquente.

— Petite comme un étage, le ventre éclaté et mon père qui incendie tout le service des urgences pour qu'ils me sauvent. Petite comme mon année de première passée à l'hôpital.

Il demeure silencieux, mais son doigt a cessé de tracer des cercles autour de mon nombril.

— Et la phrase, c'est quelle langue ?

Il parle du tatouage que j'ai dans le pli de l'aine, en dessous de la cicatrice.

— Du néerlandais.

Vu notre proximité antérieure, il l'a sûrement déjà remarqué, mais il n'en a pourtant rien dit. L'écriture est très fine, de véritables pattes de mouche, presque illisible, sauf à avoir le nez dessus, ce qui était le cas de Solal il y a quelques minutes.

— Ça veut dire « Tous les nuages n'apportent pas la pluie », je précise. C'est pour me rappeler qu'il y a parfois du bon, même dans les pires moments de l'existence.

— En référence à ton accident ?

— Pas seulement.

J'ouvre les yeux et nous échangeons un long regard qui se passe de commentaire : chacun a son lot de drames. Comme je sais quelle va être sa prochaine question, j'anticipe :

— Je t'expliquerai pourquoi j'ai ce tatouage, un jour… si j'ai la chance de devenir ton été…

Je l'embrasse sur l'épaule.

— Ton automne…

Un autre baiser dans le cou.

— Et ton hiver.

Il me coule un regard en biais, conscient que je tente de noyer le poisson. Je ne suis pas une personne secrète et je suis prête à tout évoquer avec lui, sauf ça. En tout cas, pas maintenant. Si nous avons un avenir ensemble, je lui dirai, parce que je me suis promis d'en parler avec celui que j'aurai choisi, dès le début de notre relation. C'est un sujet susceptible de tout changer et il mériterait de savoir.

Mais Solal et moi n'en sommes pas encore là. Peut-on considérer que des aimants ont une relation ? Nous sommes attirés l'un par l'autre, oui. Nous nous cherchons. J'apprivoise sa peur et je ne baisserai pas les bras tant qu'il aura des moments de fragilité et d'abandon, mais, même si ça me coûte de l'admettre, je ne suis pas sa petite amie. Il vient vers moi, il s'intéresse à moi, il essaye… Oui, je vois qu'il essaye.

Les yeux sur le torse de Solal, là où est tatoué son phénix, je ne peux m'empêcher de me demander si je serai celle qui parviendra à le faire renaître de ses cendres ou si je ne serai que la première étape de cette renaissance.

Le pire est que je saurais m'en contenter. Pour le bonheur de Solal, je saurais l'accepter.

23. Pardon

J'entends Naya rire. Depuis mon dressing, malgré le mur, malgré la distance, j'entends le rire de la petite caracoler dans le jardin de Solal et s'élever jusqu'à moi. Depuis une heure, ils sont en famille en train de confectionner le plus gros bonhomme de neige de l'histoire des bonshommes de neige.

Même si je suis en train de rajouter quelques détails à la scène où Rosalie tombe sur Thomas après plusieurs mois à le croire mort, je ne peux m'empêcher de sourire. Je pourrais mettre des écouteurs pour me concentrer, mais ça me réchauffe le cœur d'entendre la joie incommensurable de Naya qui joue avec son père et son arrière-grand-père. D'autant que sans m'en accorder tout le mérite, c'est quand même un peu grâce à moi.

Ce matin, Solal m'a réveillée aux aurores alors que j'étais recroquevillée sur le canapé, plongée dans un rêve extraordinaire. J'ai alors compris la frustration de Léonard de ne pas gagner le Grand Prix d'Amérique. Solal, qui avait rejoint Naya pour le reste de la nuit, m'a indiqué qu'il rentrait avec la petite et son arrière-grand-père.

— Pourquoi tu ne veux pas les laisser dormir un peu ? je lui ai dit alors. Je pense que vous méritez tous les trois de vous reposer après ce qui s'est passé. Et puis, tu ne vas pas aller travailler comme ça.

— Liv, je ne peux pas manquer une journée de boulot ! Et Naya a école.

— Baptiste ne peut pas assurer, au moins pour la matinée ? Quant à l'école, ce ne sont que quelques petites heures, ta fille ne passe pas le bac à la fin de l'année.

Il s'est assis par terre, l'air de sérieusement y réfléchir, ce qui m'a prise par surprise, je dois bien l'admettre. J'en ai profité pour lui assener le coup de grâce :

— Je pense que Naya serait contente que tu passes du temps avec elle après sa frayeur d'hier soir.

Dans les yeux orage de Solal, j'ai vu passer une éclaircie et il m'a souri.

— Tu as raison.

J'ai ensuite eu droit à un baiser délicat du bout des lèvres, puis un peu plus appuyé. Je l'ai poussé pour qu'il réintègre sa chambre, avant que ça dégénère. En quittant la pièce, il m'a lancé un merci que j'ai feint de ne pas entendre. J'aimerais tellement faire plus !

Vers 9 heures, nous avons tous petit-déjeuné ensemble et je ne sais pas ce que Solal a raconté à Naya pour justifier son visage boursouflé, mais elle ne pensait qu'à une chose : sa matinée de libre. On aurait dit que c'était encore son anniversaire tellement elle était joyeuse. Elle a planifié la moindre minute jusqu'au début d'après-midi et puis Léo est intervenu pour proposer la confection d'un bonhomme de neige et ça a tout chamboulé.

Assister à cet échange m'a fait me sentir privilégiée, parce que je trouve que le petit déj est un repas très intime. Je me suis même lancée dans la préparation de pancakes après avoir constaté que mes placards ne contenaient rien de conséquent. Naya a bombardé Solal de questions sur sa course de la veille, toujours persuadée que cela concernait ses cadeaux. Plagg a vidé une écuelle de lait et Léonard n'a accepté de manger un pancake qu'à la condition qu'il ait une forme de poisson. Après plusieurs lamentables échecs que Solal a ingurgités en grande majorité – il n'a fait qu'une bouchée de mes pieuvres et autres crabes –, j'y suis parvenue, mais Léo n'avait plus faim. Solal a pleuré de rire face à ma mine déconfite.

C'était un moment parfait.

Quand ils sont partis, Solal m'a encore dit merci et j'aurais préféré qu'il ne le fasse pas. Il ne me doit rien, prendre soin d'eux trois me semble naturel et me comble de joie. Je n'attends rien en retour. Si Solal ressent le besoin de me remercier, c'est qu'il me considère encore comme une étrangère. La gentille voisine serviable. Je me désespère de changer d'échelon et d'atteindre le cran du dessus, celui où ce que je ferai pour eux semblera normal, parce que je n'aurai pas à prouver que je les aime profondément.

Je pose mon pinceau en soupirant. Juste à côté de ma palette de couleurs, mon portable me fait de l'œil. Le SMS que m'a envoyé Solal semble clignoter pour m'empêcher de l'ignorer :

Tu nous rejoins ?

J'en meurs d'envie, évidemment. De tout mon être. Sans vouloir me vanter, je déchire dans la confection de ces bonshommes d'hiver. J'ai toujours adoré fabriquer des formes dans la neige, le sable et toute autre matière salissante. Je ne suis pas aussi douée qu'en dessin, mais je me débrouille vraiment pas mal en sculpture.

Autant dire que j'aurais remporté haut la main le concours de bonshommes ! Solal n'aurait alors eu qu'à admettre sa défaite, nous aurions roulé dans la poudreuse et de fil en aiguille, nous nous serions embrassés, Naya nous aurait lancé des boules gelées, Léonard aurait abrité dans ses larges mains le minuscule Plagg et… et rien. *Tu ne vis pas dans une série, Liv !*

Oui, me mêler à eux serait génial et amusant, mais je suis persuadée que ce n'est pas la chose à faire. Je ne veux pas m'imposer. Ils ont besoin de ce temps précieux en famille.

Avant, j'aurais foncé sans une once d'hésitation, ne pensant qu'au plaisir que j'en aurais retiré, mais aujourd'hui, c'est différent. Je ne peux pas penser qu'à moi et céder à la moindre pulsion, quand bien même c'est Solal qui me le demande. Il faut que je lui accorde l'espace suffisant pour qu'il comprenne que je lui manque… ou pas.

Je descends dans la cuisine pour me faire chauffer du thé et avaler un pancake méduse.

Quand je remonte pour continuer mon travail, j'enfile mon casque et me coupe du monde, de la mer, du rire profond de Solal qui résonne en écho à celui de sa fille. Au travail ! Je veux être la meilleure version de moi-même. Pas cette fille qui suit sans passion des études d'avocate ni une personne qui ne se donne pas les moyens d'obtenir ce qu'elle veut vraiment.

Je passe l'heure suivante à me replonger dans les recherches que j'ai effectuées ces derniers mois. Je veux être sûre que la tenue que Rosalie porte le jour de ses retrouvailles avec Thomas soit le reflet de ce qu'elle est devenue. Je veux que le marin soit aussi choqué de la découvrir en haut-de-chausses et chapeau de feutre qu'elle à le voir vivant. Jusqu'alors, je n'ai eu besoin que d'être fidèle aux costumes féminins qu'elle arborait, mais là, la situation est différente pour Rosalie. Elle a évolué en tant que femme et en tant que personne.

Après avoir accepté la mort de Thomas, elle a laissé partir Jacob. Ça a été un crève-cœur, il l'épaulait, l'aimait, mais elle avait l'impression de trahir son défunt fiancé à chaque regard qu'ils échangeaient. Elle ne voulait pas rompre la promesse qu'elle avait faite à son marin à qui elle avait juré un amour éternel.

Le pirate a repris la mer, le cœur brisé, prêt à piller tous les navires qu'il croiserait. Rosalie n'a plus de nouvelles de lui sauf à travers les nombreuses rumeurs qui circulent à son sujet. Il serait devenu un trompe-la-mort qui s'attaque à des adversaires beaucoup trop puissants pour lui. Rosalie l'ignore, mais Jacob rentre parfois, incognito, et il se rend alors sur les quais pour l'épier tandis qu'elle supervise l'appareillage des bateaux de sa flotte.

À la sueur de son front, Rosalie est devenue une armatrice réputée, même si son statut n'est pas apprécié de tous. Elle a de nombreux ennemis et a dû gommer toutes les faiblesses de son caractère. Aussi, quand elle tombe nez à nez avec son marin, elle perd contenance. La carapace à toute épreuve qu'elle s'est construite pour affronter ce monde brutal et dangereux dans lequel elle évolue se fendille. La voilà face à son talon d'Achille : Thomas surgi d'entre les morts. Elle est profondément déstabilisée.

C'est un soulagement, l'exaucement de ses prières et à la fois, c'est une remise en question de tout ce qu'elle a accompli depuis qu'elle s'est crue seule au monde. Elle est maintenant indépendante, autonome, elle ne rend de comptes à personne d'autre qu'à elle. Thomas l'acceptera-t-il ? En a-t-il seulement envie ? Où était-il pendant ces longs mois ?

D'ailleurs, Rosalie aussi se pose des questions. Il a été douloureux de renoncer à lui, peut-elle faire machine arrière ?

J'ai finalisé les derniers changements et si plusieurs planches vont me demander encore du travail, c'est réalisable sur la dernière semaine. De toute manière, la fin sera ouverte. Des questions resteront en suspens. Je ne compte pas tout résoudre, parce que la vie n'est pas toujours aussi simple. Peut-on renoncer à son premier amour ? Peut-on avancer en l'ayant perdu ? Peut-on avoir une nouvelle chance ? Et la saisira-t-on ? Comment ouvrir son cœur après avoir perdu l'amour ou en découvrant une nouvelle personne que celle que l'on a aimée ?

Le parallèle avec ce que je vis actuellement m'apparaît clairement, mais je ne suis pas bien sûre que ça m'aide en quoi que ce soit.

24. Évasion

La neige n'a pas tenu. J'ai à peine eu le temps d'en profiter lors de mes footings de ces derniers jours qu'elle fondait, ne laissant que des flaques éparses et des taches blanches de-ci, de-là. La plage a retrouvé son aspect habituel, avec ses graminées qui dominent les dunes balayées par le vent. Officiellement, il ne me reste que quelques jours ici et j'y suis presque. J'ai respecté ma parole, je n'ai pas relancé Solal. De son côté, il ne l'a pas fait non plus. Peut-être que ma stratégie qui est de me faire désirer ne fonctionne pas.

Depuis lundi et sa matinée de repos forcé, Solal part très tôt le matin et rentre tard le soir. Pas que je l'espionne, mais il m'arrive de jeter un œil en me rendant dans le dressing, et quand je sors faire une course, et quand je quitte la maison pour mon footing, ou quand je me balade… OK, je guette ses allers-retours. Et mon portable. Plus aucun message, depuis son « Tu nous rejoins ? » que j'ai décliné. La seule preuve que j'ai qu'il pense encore à moi est le petit bouquet de cyclamens blancs qu'il a laissé sur le seuil de la porte de derrière.

Au-delà de mon envie impérieuse d'être avec lui, je veux aussi savoir s'il a trouvé un moyen pour rembourser ses créanciers. Dans ma tête, j'ai cherché les recours possibles ou les possibilités de se débarrasser de ces sales types, mais je ne trouve pas de solution sans impliquer Solal. Je me tiens prête à dégainer mon chéquier en cas de besoin ; ma mère comprendrait que j'utilise son argent pour aider quelqu'un qui m'est cher…

Mardi, avec le décalage horaire, j'ai dû appeler Berthold au milieu de la nuit pour être sûre de le joindre. Je lui ai demandé son avis sur l'attitude à adopter dans cette étrange situation et il m'a félicitée pour ma maturité et ma détermination. J'ai tu qu'à ce moment-là, je venais de découvrir que Solal prenait un bain de minuit nu dans la mer et que je l'observais avec des jumelles. À la lumière de la lune, ses fesses en manque de soleil se découpaient très clairement sur la plage déserte.

Mercredi, c'est Gaspard qui a eu droit à mes sollicitations et il ne m'a pas été plus utile. Tout ce qui l'intéressait était de savoir dans les moindres détails si Solal était un bon coup.

Jeudi, j'ai essayé d'avoir une discussion avec Gloria sur une situation hypothétique où une femme s'intéresserait à un homme dont le cœur n'est pas libre. Elle a menacé de venir me démêler les cheveux avec une étrille.

Ce matin, j'observe par la baie vitrée le brouillard qui nappe les alentours, cachant le soleil qui se réduit à un halo lumineux. Même si je me suis réveillée aux aurores, je ne suis pas allée courir, je n'ai pas la tête à ça. J'hésite à changer les deux dernières planches, je dois déterminer si Rosalie retourne auprès de Thomas ou si elle continue sa route sans lui. Je n'arrive pas à me décider. Et si Jacob revenait dans la course ? Je soupire. Il faut que j'arrête de tergiverser et que je finisse ce satané bouquin !

Quand la sonnette de la porte retentit, je m'arrache à la

contemplation du paysage pour enfiler le jean qui m'attendait sur la planche à repasser.

Solal se tient sur le seuil. Je ne sais pas si c'est de n'avoir vu que ses fesses – et encore, de loin – en quatre jours, mais mon cœur bondit dans ma poitrine. Son visage, même teinté de bleu, de jaune et de violet, m'a manqué. Terriblement. Comment pourrais-je me passer de le voir plus de quelques jours ? Une peur irraisonnée s'empare de moi, mais je la camoufle derrière un sourire, je l'espère, convaincant. Solal est là ; pour le moment, c'est tout ce qui compte.

— Bonjour ! Il paraît que tu as commandé une sortie en bateau ?

— Oui, mais… maintenant ? Tu as trouvé quelqu'un qui peut m'emmener ?

— Ça se pourrait.

Les yeux pétillants de malice, il m'agite devant le nez une clé accrochée à un flotteur en liège. Je le toise et remarque alors son pantalon cargo kaki, son pull beige à grosses mailles et surtout le ciré bleu marine qu'il tient dans son autre main.

— Il te manque la casquette, capitaine, je plaisante, le cœur gonflé de joie à l'idée d'une promenade avec lui.

— Elle est dans la camionnette, avec ma pipe et ma boîte d'épinards.

Malgré la bonne humeur évidente de Solal, je ne peux m'empêcher de penser à Céleste qui est morte en mer. Est-ce que ce n'est pas difficile pour lui de monter sur un bateau ? Je ne veux pas lui imposer quelque chose qui est au-dessus de ses forces. En même temps que ces pensées traversent mon esprit, je me dis que je suis vraiment stupide de me prendre la tête avec ce genre de considérations, dans la mesure où c'est Solal lui-même qui me soumet l'idée. C'est quand même extrêmement pénible de réfléchir aux conséquences de ses actes !

Solal me sourit de toutes ses dents, attendant ma réponse et je décide, à cet instant, de refermer la bulle dans laquelle j'ai envie de vivre cette journée. Pour les prochaines heures, plus rien ne nous atteindra ; ni Céleste, ni les problèmes financiers de Solal, ni mes interrogations, ni mon départ. Je suppose que Cat s'occupe de Léonard et que Naya est à l'école. Oui, pour les prochaines heures, c'est juste nous deux dans l'insouciance d'un moment suspendu.

J'accepte évidemment sa proposition avec enthousiasme et me précipite dans ma chambre pour me changer. Je joue le jeu à fond et abandonne ma blouse difforme pour une marinière seyante, un trench imperméable jaune et une paire de chaussures bateau crème. Quand je descends les marches, Solal me considère une poignée de secondes depuis le bas de l'escalier, mais n'ajoute rien.

— Quoi ? je demande.

— Rien, sourit-il, visiblement sur le point d'éclater de rire.

J'observe ma tenue sans comprendre.

— Nous sommes fin novembre, explique-t-il. On va sur l'océan, dans le brouillard.

— Je prends une étole ?

Cette fois, il laisse libre cours à son hilarité.

— Il faut sans doute que je te précise que je ne possède ni un voilier ni un catamaran. Sur ma coque de noix, tu ne pourras pas t'abriter dans le carré à moins de te plier en deux. Alors tu peux prendre une étole et une combinaison de ski pour aller avec.

Satisfaite de ce que je porte – pour une fois que je ne suis pas en pyjama ou dans un déguisement ridicule –, je décide d'ignorer les conseils de Solal et le suis avec entrain dans sa camionnette.

Il ne me faut pas plus de dix minutes pour le regretter. En fait, juste le temps de quitter le port à bord du petit bateau. À peine dépassons-nous la digue qui protège des vents du littoral que je suis frigorifiée, en dépit du gilet de sauvetage. Fierté oblige, il me faut malgré tout encore cinq minutes supplémentaires pour l'admettre. Solal me regarde, le bout du nez rosi par le froid, et se penche pour m'embrasser, sans me faire l'affront d'un « Je te l'avais dit » qu'il aurait tout à fait le droit de prononcer.

Comme à chaque fois qu'il fait ce genre de choses, je me plais à imaginer que nous sommes un couple, que tout est simple, que ce baiser n'est que le premier d'une longue série avant que nous rentrions chez nous pour faire l'amour sous des draps chauds.

Coupant court à mes délires, il me demande de tenir la barre du moteur, m'enroule le coupe-circuit autour du poignet et se lève de la banquette où nous sommes assis, à l'arrière.

— Je ne sais pas diriger ce truc, Solal, je précise, affolée.

— Garde le soleil dans le dos et va tout droit, j'en ai pour une minute.

Il fouille dans la cabine qui, contrairement à ce qu'il m'a annoncé, pourrait aisément contenir mon corps congelé si elle était rangée. Il extirpe une parka longue et un bonnet deux fois trop grand pour moi du fatras de bouée, filets et autre bidon d'essence.

— Tiens, dit-il en m'enfonçant le *beanie* de laine noire sur le crâne. Ne t'en fais pas, tu seras toujours aussi séduisante.

Il me fait un clin d'œil et je rougis d'être aussi lisible sur ma coquetterie.

Solal reprend le contrôle du bateau et, emmitouflée dans le manteau, je progresse prudemment vers l'avant de l'embarcation. En s'éloignant de la côte, le brouillard est moins dense et l'eau calme. Je prends une profonde inspiration et m'imprègne de ce que je cherchais quand j'ai demandé à Solal de faire un tour en bateau : l'immensité d'eau derrière laquelle on espère trouver des réponses, l'horizon riche de promesses, les embruns qui fouettent le visage pour éclaircir les idées…

Avec le gilet de sauvetage, dans mon bonnet et mon manteau trop larges, je suis loin de la fière jeune femme vêtue d'une longue robe de taffetas, se tenant à la proue d'un sloop qui fend les flots à vive allure. Mais je n'ai qu'à me projeter à la place de Rosalie pour être investie des sentiments qui bouillonnent en elle.

Au bout de trente minutes de navigation, nous approchons d'un banc de sable sur lequel ont poussé un bosquet de pins et quelques buissons disséminés. Nous accostons en douceur. Le soleil s'est maintenant levé ; il traverse les eaux peu profondes des abords de l'îlot, les rendant cristallines. S'il ne faisait pas si froid, on pourrait se croire sous les tropiques. Solal saute sur le sable, tire l'avant du bateau, puis entre dans l'onde jusqu'aux genoux pour venir me chercher. Le genre de galanterie qui ferait lever les yeux au ciel à Gloria, mais que je trouve absolument craquante.

Solal me dépose sur la terre ferme et je me détache de lui avec regret. J'ai un besoin inexplicable de rester contre lui, comme si le laisser s'éloigner même de quelques mètres pouvait devenir définitif. Il retourne au bateau attraper le sac qu'il a apporté.

— Si tu veux, on naviguera un peu plus longuement tout à l'heure, propose Solal en revenant vers moi.

Je pivote pour l'observer. Des mèches blondes s'échappent

du bonnet bleu marine qu'il vient d'enfiler et la lumière danse dans ses prunelles bleues. Nous nous dévisageons longuement.

— Non, c'est parfait, je décline. J'ai ce qu'il me faut.

Maintenant que je suis sur une île déserte avec lui, je n'ai plus envie d'en partir et je crois que c'est pareil pour lui. Je perçois un soulagement dans la façon dont ses épaules s'affaissent légèrement.

Est-ce que c'est bon signe ? L'annonciateur d'un vrai progrès ou une simple envie de s'accorder une journée avec moi ? J'espère en avoir la réponse bientôt. Il reste si peu de temps.

Solal étend une bâche sur le sable froid et y étale ce que contient son sac : un thermos de café, des œufs durs, une petite miche de pain et des quartiers de pomme dans une boîte en plastique.

— Des fruits ? Tu m'as prise pour un rongeur ?

Il éclate de rire. Ce son s'échappe loin du rivage, mais une infime part se loge au creux de moi, là où je garde mes souvenirs les plus précieux.

— Tu n'as pas préparé de cookies ? Des muffins ? Un minuscule financier ?

— Non, et je t'ai rendu service, déclare-t-il en s'asseyant. Je suis un piètre cuisinier.

Je m'installe entre ses jambes pliées. Il referme ses bras autour de moi et respire dans mes cheveux.

— Merci de m'avoir emmenée, je lui dis en redressant légèrement la tête pour qu'il m'embrasse. J'ignorais que tu avais un bateau.

— Je suis un homme plein de surprises. C'est juste qu'elles ne sont pas toutes bonnes.

— Je… je ne pensais pas que tu… tu sais, que tu naviguais encore, après ce qui est arrivé à…

— Si, me coupe Solal avec calme. Je n'ai jamais eu peur de la mer, même quand elle m'a presque tout pris. Nous ne sommes pas amis, mais pas ennemis non plus. Cela dit, ça faisait des années que je n'avais pas sorti le bateau. Léonard me tanne parfois pour que je le fasse et je détourne systématiquement son attention. J'ai trop peur que cela réveille des souvenirs…

Nous nous servons un café chacun. Solal touche à peine au sien, visiblement perdu dans ses pensées. Moi, j'entoure ma tasse de mes mains pour les réchauffer. Une fois que mon corps a à peu près retrouvé une température normale, je m'allonge, la tête sur les genoux de Solal.

— Pourquoi tu ne vends pas la maison ? je suggère sans préambule.

— Non, s'il te plaît, ne parlons pas de ça ici.

Je n'insiste pas, même si j'en meurs d'envie. Il m'est difficile de laisser de côté tous les non-dits qui persistent entre nous. Et je m'en veux pour ça. Mais pour que nous vivions d'autres merveilleux moments dans le futur, libérés des poids du passé, il faut qu'on se parle. Finalement, au bout d'un moment durant lequel il me caresse la joue rêveusement, c'est lui qui reprend :

— Je ne peux pas la vendre. Elle appartient à la famille de Céleste depuis toujours, elle doit revenir à Naya quand elle sera plus grande. Léonard l'a donnée à Céleste à la naissance de Naya et son père avant lui l'a léguée à Pascal, le papa de Céleste, le jour où elle est née. C'est la tradition. Je n'en suis que le propriétaire temporaire.

Je me redresse pour me mettre au niveau de Solal et le regarder dans les yeux tandis qu'il me confie ce que j'attends d'entendre depuis que nous nous sommes rencontrés.

— La mer est dans l'ADN de leur famille, poursuit Solal en brisant un petit bout de bois en plusieurs morceaux. Je ne veux pas priver Naya de son élément. Je ne suis qu'une pièce rapportée qui ne connaissait rien à ce monde-là avant de rencontrer Céleste. La navigation, la pêche, les poissons, j'ai appris grâce à elle, j'ai filé un coup de main de temps à autre, mais je suis toujours resté en marge, j'étais un peu spectateur. En revanche, garder Naya et Léo au plus près de ce qu'ils ont toujours connu, ça, ça dépend de moi et je ne veux pas foirer. Où qu'ils soient, Céleste et Pascal attendent de moi que j'assure, pas que je détruise ce qu'ils ont construit.

Maintenant qu'il est lancé, c'est le moment ou jamais d'obtenir les informations que j'ai besoin d'entendre de sa bouche. Même si ça me coûte…

— Parle-moi d'elle, je demande du bout des lèvres.

J'ai envie de comprendre ce qu'il ressent pour elle, je dois savoir contre qui je me bats, même si je sais que Céleste n'est pas mon adversaire. Je n'ai pas longtemps à attendre pour assister à la transformation du visage de Solal. Son regard s'illumine, un coin de sa bouche se soulève légèrement.

— Elle était courageuse. C'est la première chose que j'ai remarquée chez elle. Elle savait ce qu'elle voulait, quel que soit le domaine. Elle avait de grands projets pour l'entreprise familiale, elle voulait investir, agrandir, diversifier aussi. Elle avait de la détermination à revendre et il lui en a fallu pour rester avec moi, tu peux me croire. Je n'ai jamais compris pourquoi elle m'aimait, ni ce qu'elle a pu voir en moi, mais du jour où elle m'a choisi, elle ne m'a plus lâché. Elle croyait en moi et mes capacités, quand je persistais à penser que je n'étais qu'un loser chanceux. Céleste était forte, elle nous portait tous à bout de bras.

La voix de Solal vacille, il ferme les yeux pour se ressaisir. Son cœur a été brisé. Avec toute ma volonté, même en étant patiente et aimante, arriverai-je à lui faire ressentir pour moi ne serait-ce qu'un dixième de l'amour qu'il a eu – qu'il a – pour Céleste ? L'entendre parler d'elle est un calvaire que je me suis infligé toute seule.

— Et c'était une maman formidable, poursuit Solal, résolu à me faire aimer Céleste. On était des gamins quand on a eu Naya. Elle n'était pas prévue, j'ai paniqué, pas Céleste. Elle savait qu'elle voulait être mère, le fait que ça arrive plus tôt ne changeait pas grand-chose. Elle comptait de toute façon reprendre l'affaire familiale, elle ne voulait pas s'éterniser sur les bancs de l'école. Son calme m'a rassuré. Je l'ai suivie et ça a été merveilleux. Flippant, mais génial. Naya était un bébé facile et heureusement : Céleste était sur tous les fronts, sur le bateau avec son père et Léonard en journée et le soir, à la maison, elle gérait. La nuit aussi… Moi, je trouvais ça amusant d'être père, j'aimais ce bébé adorable et à la fois, la nuit j'avais envie de dormir, pas de préparer des biberons. Au début de notre relation, j'ai effectué quelques remplacements chez un peintre que Pascal connaissait, juste pour donner le change… Mais dès qu'il n'y avait plus besoin, je restais à la maison pendant que les autres trimaient. Mon prétexte, c'était Naya, il fallait bien que quelqu'un la garde. En réalité, pendant qu'elle s'occupait gentiment, moi, j'étais sur mes jeux vidéo ou en train de fumer des clopes sur le canapé. Le pauvre mec par excellence.

L'amertume dans sa voix me fait tressaillir. Je suis frappée par la mauvaise opinion qu'il a de lui. Il se déteste.

— C'est pour ça que je n'ai pas droit à l'erreur avec Naya. Je dois rattraper ce que je n'ai pas su faire quand Céleste était là.

— On a tous droit à l'erreur, Solal, personne n'est irréprochable. Et tu n'étais qu'un ado…

Il secoue la tête, refusant que je lui trouve la moindre excuse.

— Le jour où elle est morte, insiste-t-il pour que je comprenne bien la pression qu'il s'inflige, je devais l'accompagner. Ils avaient besoin d'un coup de main sur le bateau parce qu'un des gars était malade. Il était prévu que Cat garde la petite, elle nous dépannait souvent. Mais j'ai refusé de me lever, parce que la nuit précédente, je m'étais occupé de Naya, elle avait eu de la fièvre et je n'avais pas beaucoup dormi. Ils sont partis sans moi.

Oh non, il se croit responsable de ce qu'il s'est passé ce jour-là !

— Si tu y étais allé avec eux, tu serais certainement mort, toi aussi.

Il me décoche un regard assombri par la culpabilité.

— Qu'est-ce que tu en sais ? Peut-être pas. Si je n'avais pas été obnubilé par ma petite personne, j'aurais été présent pour elle !

— Tu ne peux pas t'en vouloir de ne pas avoir été là, Solal, je tente de le convaincre en lui prenant la main. Naya serait orpheline à l'heure qu'il est.

Je lui fais la leçon, mais je sais ce qu'il éprouve. Cette sensation d'avoir abandonné l'autre dans le besoin, l'égoïsme dont on peut faire preuve et que l'on se reproche parfois en se disant « et si ». Les situations que l'on ressasse en boucle, parce que c'est trop tard et que rien ne changera jamais ça. Oui, je connais bien et même si je déteste en parler et remuer des émotions pénibles, il me semble important de partager ma propre expérience avec

Solal. Il ne s'agit pas de minimiser sa douleur, mais de compatir et qu'il comprenne qu'il n'est pas seul.

— J'avais huit ans quand ma mère est morte. Exactement l'âge de Naya.

Il me considère avec attention, mais je ne lui laisse pas le temps de dire quoi que ce soit. Je ne suis pas certaine d'arriver au bout de ma tirade sinon.

— Elle était malade depuis plus d'un an, on faisait des allers-retours incessants à l'hôpital. Je m'étais acclimatée à cette vie, aussi horrible que ça puisse paraître. Ce n'était pas mon existence de rêve, j'aurais préféré faire toutes les activités que l'on avait coutume de faire avant, mais je m'habituais. Être à son chevet, parler doucement, parcourir les couloirs aseptisés quand elle avait ses soins, tout ça, c'était ma nouvelle vie, mais ça m'allait. Maman était là. Malgré son état de santé qui se délabrait, je n'ai pas pensé un seul instant que ça pouvait s'arrêter aussi brutalement. Je pensais qu'elle allait rester comme ça, avec des hauts et des bas, que nous aurions encore l'occasion de parler, de rire, de jouer dans le jardin… Jamais je n'ai imaginé qu'elle ne rentrerait pas. Ce jour-là, elle était très faible, mais elle avait bien voulu jouer avec moi à mon jeu favori : elle me donnait un thème et je devais inventer et dessiner une petite BD d'une page maximum. Au bout de la troisième ou quatrième, je ne sais plus, elle s'est lassée et je l'ai regardée somnoler un moment. Elle se réveillait par intermittence, mais était trop fatiguée pour jouer à nouveau, c'était ennuyeux. Plus tôt, mon père m'avait donné de l'argent pour que je puisse m'acheter un joli carnet de dessin que j'avais repéré à la boutique de l'hôpital. J'avais vraiment hâte de l'avoir, l'autre ne possédait presque plus de feuilles vierges et je n'ai pas écouté mon père qui voulait que je reste près de ma mère. Ce n'était qu'un saut rapide à la boutique, je n'en avais que pour quelques minutes. Je ne comprenais pas l'insistance de mon père. Je voulais absolument ce carnet et ma mère, dans un sourire compréhensif, m'a poussée à y aller. Quand j'ai réintégré la chambre, mon trophée sous le bras, ma mère n'a plus jamais ouvert les yeux. Elle est morte une heure après. Je n'étais pas là quand elle a balayé la pièce du regard une dernière fois. Je n'ai pas non plus vu son dernier sourire, entendu ses derniers mots… Tout ça parce que je voulais un carnet.

Nous voilà comme deux imbéciles qui se font face, les yeux perlés de larmes. Dans le regard de Solal se reflètent les mots que je lui ai adressés avant mon discours : « Ce n'est pas ta faute. » Je peux également y lire autre chose, peut-être de la surprise. Solal comprend que des souffrances m'ont façonnée, moi aussi, et que j'ai avancé malgré tout.

J'y ai pensé tellement de fois à ce moment ! Je sais que je n'étais qu'une petite fille et que la mort était une notion trop abstraite pour que je réalise la portée de mes actes, mais évidemment, une part de moi s'en veut – et s'en voudra – toujours. L'autre a pardonné et fait en sorte que cela ne me paralyse pas. Ou alors si ? Raison pour laquelle je repousse le moment de dire stop à mon père ? Ai-je trop peur de le perdre en assouvissant une fois de plus mes propres désirs ? Je crois que c'est exactement ça… Sauf que ce n'est pas un caprice d'enfant, ce coup-ci, il s'agit de mon avenir.

Solal se penche pour m'embrasser et la sensation de ses lèvres brûlantes réchauffe le froid que notre conversation a déclenché en moi. Je me rallonge, la tête en appui sur ses genoux et je dis avec toute la conviction dont je suis capable :

— Moi, je trouve que tu es un père formidable. Crois-en mon expérience de fille élevée sans mère. Je peux te garantir que ta présence et l'attention que tu portes à Naya sont inestimables. C'est ce dont elle a le plus besoin. Alors, ne sois pas trop exigeant ni avec toi ni avec elle, et tout ira bien.

Il fait glisser du sable entre ses doigts.

— Je ne sais pas. C'est le rôle de ma vie, Liv, et j'ai perpétuellement l'impression de tout faire de travers. Jamais je n'aurais cru élever Naya seul. J'étais aux antipodes du père modèle, et j'ai dû apprendre, parfois à la dure. Et sans doute qu'il en résulte une trop grande sévérité, un manque de souplesse… Mais quand… après l'accident, le chagrin m'écrasait littéralement, j'étais une loque. Si Cat n'avait pas été là pour me forcer à m'occuper de Naya et de Léonard, j'aurais abandonné.

Pour la première fois, je prends conscience que la situation de Solal est l'écho fidèle de celle de mon père. J'ai toujours vu les choses sous l'angle de l'enfant orphelin d'un parent, mais voilà que j'ai le point de vue du veuf éploré. Mon père n'était, a priori, pas plus prédisposé à engendrer et à élever une fille, et sans ma mère, il est clair qu'il était perdu. Il n'a jamais su quoi faire de moi.

Solal semble lire dans mes pensées.

— Je suis certain que ton père t'aime profondément, Liv. Et qu'il ferait n'importe quoi pour toi.

J'observe un groupe de mouettes passer au-dessus de nous, puis se poser sur une bande de sable qui affleure à la surface de l'eau, non loin.

— Oui, il m'aime et je l'aime aussi. Mais c'est un sacré emmerdeur.

— Tu crois que c'est ce que Naya pense de moi ?

— Pas en ces termes, mais…

Solal pose une main sur ma bouche pour me faire taire et je ris dans sa paume. Nous abordons ensuite des sujets beaucoup moins épineux : nos goûts en littérature, en cinéma ou en musique. La légèreté de la conversation nous permet d'oublier tout ce qui nous attend dès que nous aurons quitté le havre de paix qu'est cette île, cette journée. J'apprends qu'il lit beaucoup de romans philosophiques et voue une passion à la culture amérindienne.

J'ai l'impression de découvrir une nouvelle personne, mais il est vrai que nous ne nous sommes jamais prêtés au jeu des questions-réponses pour apprendre à nous connaître. Après tout, c'était le contrat de la règle numéro un.

Nous nous baladons sur la plage d'un bout à l'autre de l'île, faisant l'aller-retour plusieurs dizaines de fois, perdus dans nos échanges. Je lui pardonne son obsession de l'univers Marvel et il lève les sourcils quand il apprend que je connais par cœur tous les dessins animés du Studio Ghibli. Je partage son engouement pour le cinéma asiatique et me note mentalement de me renseigner sur un musicien islandais qui provoque son enthousiasme. Après, je le soûle pendant une heure en lui détaillant les émotions que j'ai ressenties face aux œuvres des grands peintres, dans tous les musées où j'ai mis les pieds. Main dans la main, nous revenons à notre point de départ et nous nous rasseyons sur la bâche. Solal sort de sa poche sa boîte de Hubba Bubba pour s'en couper un bout.

— Pourquoi est-ce que tu mâches ce truc chimique à longueur de temps ? je demande.

— Pour m'empêcher de me remettre à fumer. C'est un peu difficile, en ce moment.

Je lui prends le rouleau des mains et enfourne moi aussi une portion de chewing-gum.

— Tu es au courant qu'il y a des dérivatifs plus sains ?

— Je sais, mais pas aussi dissuasifs. Ce bonbon rose me fait penser à Naya et ça me coupe aussitôt toute envie. Ça me rappelle pourquoi j'ai arrêté en premier lieu.

Je comprends mieux son goût pour cette friandise hyper sucrée et bien sûr, mon cœur s'attendrit à l'idée que sa fille soit son garde-fou. Je frissonne et Solal m'entoure aussitôt de ses bras puissants. Nous demeurons silencieux à mastiquer comme des vaches dans un pré et j'ai envie de rire. Avoir confié ce dont je suis la moins fière m'a allégée d'un poids immense, et j'espère qu'il partage ce sentiment. Je croise aussi les doigts pour que Solal se rende compte à quel point nous sommes bien tous les deux.

Les portables ne passent pas ici. Pas de réseau. Pas de bateaux. Pas d'autres humains que nous pour s'aventurer dans le coin. Nous nous tenons enlacés, réchauffés par la présence de l'autre. Dans les bras de Solal, le froid ne m'atteint pas. Paupières closes, j'expose mon visage au soleil et savoure chaque seconde de ce moment où le sauvage Solal n'appartient qu'à moi. Ses doigts effleurent ma peau, caressent mes taches de rousseur.

— On dirait des constellations, murmure-t-il.

J'aime tellement que mon ancien complexe soit devenu une part de notre intimité.

— Liv ?

— Hum ? je grogne en ouvrant les yeux.

Il me regarde avec tendresse en souriant.

— Et ton livre, tu en es où ? s'enquiert-il.

Sa question me fait quitter les étoiles et me ramène à la réalité un peu trop brutalement. Je soupire en jouant avec la fermeture Éclair de ma parka.

— Il est presque terminé…

— Félicitations ! Et alors ? Le pirate l'emporte, j'espère.

Je contemple Solal ; le grain de beauté sur son oreille, sa mâchoire carrée, ses iris presque anthracite et la joie qu'il manifeste. Je ne sais pas pour Rosalie, mais pour moi, il est certain que le pirate a gagné. Il a capturé mon cœur, même si je ne crois pas qu'il le sache vraiment. Est-ce qu'il se rend seulement compte que la fin de mon livre signifie mon départ ? Que s'il ne me retient pas, je ne pourrai pas rester ? Que tout dépend de lui ?

— Pour être honnête, je n'ai pas encore choisi.

Solal hoche la tête, puis remet le bonnet qu'il a abandonné sur un bâton planté dans le sol. Il a dû sentir que je ne débordais pas d'enthousiasme face à la fin prochaine de mon travail. Il consulte sa montre et commence à rassembler nos affaires. Comme un automate, j'enfile à nouveau le gilet, aide Solal à plier la bâche, vide mes chaussures du sable accumulé… puis je m'arrête quand il me dit :

— Je suis tellement bien avec toi, Liv.

Mon cœur se serre de joie de l'entendre m'avouer cela, néanmoins, je ne peux ignorer l'énorme « mais » qui flotte entre nous. Je souris malgré tout, je fais comme si je n'avais rien remarqué pour profiter de ces instants. Mon intuition me chuchote que tout cela ne durera pas et que ce sont les ultimes minutes de ce *nous* que je fantasme. Je n'arrive pas à me départir de l'impression que ce qui s'est tissé entre nous va bientôt se dénouer, comme le sable qui glisse entre les doigts.

Lorsque nous quittons le rivage de ce que je verrai dorénavant comme notre îlot, Solal et moi reprenons notre place l'un contre l'autre, sur la banquette arrière du bateau. Le bruit du moteur se mêle aux cris des oiseaux marins dans notre sillage.

Solal conduit lentement, comme s'il était aussi réticent que moi à rentrer. Nous gardons les yeux en direction de la côte qui se profile et nous savons, sans nous concerter, que nous y retrouverons tout ce que nous y avons laissé, le bon comme le mauvais.

En pénétrant dans le port, je me tourne vers Solal pour enfouir mon visage dans son cou, y sentir son odeur réconfortante, maintenant familière, mélange d'after-shave, de chewing-gum et de peinture. Pendant une seconde, quand les pare-battages heurtent le ponton, je ne me résous pas à ouvrir les yeux ni à bouger, incapable de me séparer de Solal, qui me rassure d'un baiser sur le front.

Je comprends alors que je suis profondément, désespérément et irrémédiablement amoureuse de lui. À mon corps défendant, je finis par m'écarter de Solal et le froid qui me saisit n'a rien à voir avec le temps.

Tandis qu'il termine de fermer le bateau, il me donne ses affaires et les clés pour que je m'installe dans la camionnette et la mette à chauffer. Ce que je fais.

Quand le portable de Solal sonne, la lumière de l'écran attire mon regard. Mon intention n'est absolument pas d'espionner ses appels, mais je crois reconnaître le numéro qui s'affiche et mon réflexe est de vérifier. Mon cœur tombe dans ma poitrine comme une ancre au fond de l'océan.

Des mots prononcés aujourd'hui me reviennent en mémoire, « Il t'aime, il ferait tout pour toi ». Une boule d'angoisse se forme dans ma gorge. De plus près, il n'y a pas de doute possible : c'est bien mon père qui est en train d'appeler Solal.

25. Affirmation

D'habitude, mon père est au travail tous les jours de la semaine, et même un samedi comme aujourd'hui, il ne déroge jamais à cette règle. Toujours le premier dans l'immeuble et le dernier à partir. Quand j'arrive, pourtant, il n'est pas là. Un de ses proches collaborateurs, qui a le nez dans ses dossiers quand j'entre comme une furie, m'explique qu'il est malade.

Ma colère, qui n'a pourtant pas diminué pendant l'heure de trajet qui m'a menée du blockhaus à ici, se mue aussitôt en inquiétude. Mon père n'est jamais malade. Jamais. Comme s'il avait le pouvoir de le décider. Le fait que ce qu'il a l'empêche d'aller au bureau me glace le sang. C'est inhabituel et déstabilisant.

Quand je me gare devant sa propriété, une maison bourgeoise du XVIIIe siècle en pierres de taille, j'ai les mains moites et des palpitations dues à l'anxiété.

Ce matin, quand je suis partie de la maison, mon degré de colère atteignait la stratosphère, peut-être même l'infini et au-delà. J'étais persuadée que j'allais déclencher un esclandre devant les employés de mon père, j'étais prête à retourner son bureau. Hier, j'en tremblais tellement que je n'ai pas réussi à aborder le sujet avec Solal. J'ai fait comme si je n'avais pas vu que mon père tentait de le joindre. Je ne savais pas s'ils s'étaient déjà parlé – auquel cas ma colère se serait aussi retournée contre Solal – ou si c'était seulement mon père qui interférait dans ma vie. J'ai laissé le bénéfice du doute à Solal. À ce stade, je ne me fais aucune illusion, je sais très bien qu'ils ne se concertent pas en secret pour m'offrir un cadeau de Noël surprise ou pour préparer une demande en mariage.

Je grimpe les marches du perron d'un pas décidé. J'ouvre la porte et tombe nez à nez avec Gloria qui est train de s'essuyer les mains sur un tablier.

— Tu aurais pu me prévenir que tu venais ! me reproche-t-elle gentiment.

Elle me serre dans ses bras et m'embrasse. Soudain consciente de ma raideur, elle fronce les sourcils :

— Un souci, *mi querida* ?

— Est-ce que papa est là ?

— Oui, il est un peu indisposé, j'ai réussi à le convaincre de ne pas se rendre au bureau.

Ce qui signifie qu'il est à l'article de la mort. Personne ne parvient à le convaincre de quoi que ce soit qu'il n'ait déjà décidé lui-même.

— Qu'est-ce qu'il a fait encore ? demande Gloria en mettant ses mains sur ses hanches.

— Je suis justement là pour le savoir.

Mamita est au courant de tout ce qui se passe sous ce toit, soit parce que ses oreilles supersoniques captent la moindre bribe de conversation, soit parce qu'elle le devine avec sa redoutable perspicacité. Elle attrape mon bras.

— Ne sois pas trop dure avec lui.

Il n'en faut pas plus pour transformer mon angoisse en peur panique.

— Il va mourir, c'est ça ? je dis d'une voix qui part dans les aigus.

Instantanément, dans ma tête, défilent des flashs de la maladie de ma mère et j'ai l'impression d'avoir huit ans, de nouveau. Une douleur lancinante et familière menace de me submerger.

— Quoi ? Mais non, qu'est-ce que tu vas t'imaginer ! objecte Gloria, effarée. Allez, viens manger quelque chose avant de rentrer sur le ring.

Je la suis dans la cuisine en traînant les pieds, mécontente de repousser la conversation que je prépare sans doute depuis que j'ai dix ans. Malgré tout, quand l'odeur de brioche qui sort du four me chatouille les narines, mon ventre se met à gargouiller. Je n'ai rien avalé avant de partir, j'avais la gorge trop nouée de colère.

— Tu feras attention, elle est encore chaude, me prévient Gloria en me coupant une généreuse part.

— Ça fait longtemps que tu n'en as pas fait, si ?

Elle hausse les épaules, puis va se laver les mains.

— C'est tout ce qui donnait envie à ton père. Il fallait essayer.

Avec tendresse, je l'observe évoluer dans son univers, là où elle nous prépare de formidables repas avec l'envie constante de faire plaisir. Sans elle, et même s'il s'en défend, mon père n'en serait pas là où il en est. Elle a maintenu la maisonnée dans une atmosphère chaleureuse, propice au repos et au ressourcement. Toujours un mot agréable et encourageant, toujours à l'écoute des grognements de mon père ou de mes lamentations de petite fille gâtée, elle ne s'est jamais plainte de nous supporter. Et surtout, c'est elle qui nous a tenus à bout de bras après la mort de maman.

— Est-ce que je t'ai déjà dit merci, Mamita ?

— À quel sujet ? demande-t-elle en garnissant un plateau avec de la brioche, un bol de soupe, des cornichons et des crackers au fromage. Tout ce que mon père préfère.

— À propos de tout.

Elle interrompt sa préparation pour me considérer un instant, puis s'avance vers moi en souriant. De ses larges mains à la peau épaissie par le labeur, elle m'attrape le visage en coupe.

— Te voilà sentimentale, *querida*. Bien sûr que tu m'as déjà dit merci. À chaque fois que tu m'as souri et câlinée, à chaque fois que tu m'as montré un dessin, débordante de joie. Mais aussi quand tu as pleuré dans mes bras ou quand tu m'as fait confiance pour être la détentrice de tes secrets. Tous ces moments, ce sont des remerciements plus puissants que n'importe quel mot.

Des larmes plein les yeux, je l'enlace et murmure :

— Je t'aime, Mamita.

— Mais moi aussi, je t'aime, ma petite. Vous êtes ma famille, ton père et toi.

Elle me frotte la joue et essuie une grosse larme qui dévale la sienne.

— Allez, ça suffit les pleurnicheries ! Il faut que tu te prépares pour parler à ton père.

Gloria sort sa brosse en poils de sanglier, sa préférée, d'un des innombrables tiroirs de la cuisine. Je m'assois sur un tabouret haut et elle commence à démêler ma tignasse désordonnée à grands coups de brosse. Je l'entends marmonner à plusieurs reprises « Je suis contente » et je ne sais pas si c'est parce qu'elle apprécie de remettre de l'ordre dans ma crinière poissée par l'air du littoral ou pour une autre raison. Quand elle se met face à moi et me contemple, satisfaite, j'ai ma réponse. Je décèle une lueur de fierté dans les yeux noisette de Mamita : elle sent que je suis là pour en découdre. Comme si elle attendait ce jour depuis longtemps, et peut-être est-ce le cas. C'est la première fois que je vais m'opposer à la volonté de mon père. Elle a raison de parler de ring, ça va être un affrontement qui promet d'être tumultueux.

Ce moment avec Gloria m'a un peu calmée et c'est ce dont j'avais besoin avant de voir mon père. Le plateau dans les mains, je m'apprête à quitter la cuisine.

— Tu es sûr qu'il va bien ? je demande à Gloria pour être certaine de ne pas accabler mon père, s'il est trop faible.

— Sans doute la grippe. Le médecin vient cet après-midi.

Les appartements de papa incluent sa chambre, un bureau et un petit salon-bibliothèque dans lequel je n'ai jamais été la bienvenue. Maintenant que j'y suis, j'installe le plateau sur un bahut avant de me vautrer dans un fauteuil Louis XV et de poser mes pieds sur la table basse. Sur un guéridon à côté de moi, il y a plusieurs images encadrées qui représentent un condensé de la vie de Piotr Van Dalfsen. Lui qui serre la main à des gens importants. Une photo du mariage de mes parents. Un cliché de famille officiel : je dois avoir quatre ans et j'arbore une frange que j'étais ravie d'avoir coupée moi-même. Encore moi, seule cette fois, bronzée et souriante lors d'un voyage en Grèce avec Berthold et ses parents. Un portrait de ma mère, un bandeau violet noué sur ses longs cheveux blonds, qui regarde amoureusement quelque chose qui se trouve hors champ. Et ce quelque chose, c'était moi.

Mes yeux s'embuent de nouveau. Je m'empare du cadre pour sourire à cette femme que je découvre presque tous les matins dans le miroir. Il est parfois perturbant de voir à quel point je lui ressemble. Je caresse le visage de papier. J'adorais ma mère. Je l'idolâtrais, même. Je l'adore encore d'un amour inconditionnel, mais je lui en veux parfois.

J'ai conscience que c'est égoïste, mais elle a été malade si longtemps… J'aurais aimé qu'elle prépare son départ comme dans les films ou les livres, en me laissant autre chose qu'une lettre et une somme d'argent pour mes dix-huit ans. Je chéris cette lettre, elle est dans mon sac en permanence avec la photo d'elle que j'aime tant, mais elle ne contient aucune réponse, aucune clé. J'ai longtemps imaginé ce que ce serait d'avoir un journal, une liste ou encore mieux, des vidéos provenant d'elle, m'expliquant avec sagesse ce que j'allais devoir traverser. Un guide de survie : comment vivre sans maman les étapes cruciales qui jalonnent l'existence d'une petite fille, d'une ado, puis d'une femme.

Mais je n'ai rien eu de tout ça. En même temps, ma mère n'était pas une donneuse de leçons et prônait l'expérience comme principale source d'apprentissage. Même si elle avait été là, elle m'aurait probablement laissée faire mes propres erreurs. Je crois d'ailleurs que mon roman, cette histoire de femme qui s'affirme et mûrit au fil de ses mésaventures, est un hommage… et peut-être un message pour elle. En espérant que de là où elle est, elle est fière de moi.

Je suis venue à la conclusion que si elle ne m'a rien légué de plus qu'une lettre dans laquelle elle me rappelle combien elle m'aimait, c'est probablement parce qu'elle avait pleine confiance en mon père pour répondre de mon éducation et assurer dans les moments importants. Il faut que je croie en elle, à défaut d'être certaine que lui va accepter ce que j'ai à dire.

Justement, les portes coulissantes s'écartent pour laisser passer mon père, vêtu d'un polo manches longues vert et d'un pantalon de toile décontracté. Depuis quand ne l'ai-je pas vu aussi détendu ? Si la tenue va bien, en revanche, son visage est creusé et cerné. Il semble exténué. Mon père fait ses soixante ans, lui qui en paraît habituellement dix de moins. À mes yeux, il a toujours eu l'air invincible et solide, comme un phare dans une tempête, et m'apercevoir qu'il est fragile me déstabilise.

— Tu as fini ton livre ?

Très bien, l'entrée en matière me rappelle aussitôt à qui j'ai affaire. Il consulte la date sur sa montre Baume & Mercier et arque un sourcil.

— Pas encore, non, je rétorque en croisant les bras, fière de pouvoir l'affirmer haut et fort.

— Alors pourquoi es-tu ici ?

— Déjà, j'aurais aimé qu'on m'informe de ton état de santé. Même si ce n'était pas la raison initiale de ma venue, je suis quand même en droit de savoir si tu vas bien.

— Et je t'en sais gré.

— Est-ce que tu vas mourir ?

Il écarquille les yeux.

— Pas que je sache, non.

Rassurée, je me lève et commence à arpenter la pièce encombrée de meubles d'un autre âge. Sentant remonter en moi l'indignation qui m'a poussée à faire la route jusqu'ici, je prends une profonde inspiration pour déverser tout ce que je retiens depuis trop longtemps :

— C'est terminé, papa. J'en ai marre. Marre que tu joues avec ma vie comme si c'était une partie d'échecs, marre que tu décides à ma place. J'en ai plus qu'assez que tu me dictes ma conduite et que tu gères le moindre aspect de mon existence. Si je suis ici, c'est pour clamer mon indépendance !

Si j'avais eu un drapeau avec mon visage dessus, je jure qu'à cet instant, je l'aurais planté dans l'assise rembourrée du repose-pieds qui nous sépare pour revendiquer mes droits. Mon père ne paraît pas plus impressionné que ça pour l'instant et picore des bouts de brioche.

— Je ne serai pas avocate, c'est hors de question. Le droit me sort par les trous de nez. J'ai eu mon master, c'était la condition pour restaurer la confiance perdue après mon année aux États-Unis, mais que le livre soit fini ou pas n'a pas d'importance, en fait. Je veux être illustratrice et autrice, et arrêter de perdre mon temps, papa. Donc, quand je terminerai mon livre, ce sera uniquement parce que je déciderai qu'il est prêt et pas parce que j'ai peur que tu m'obliges à retourner en droit. Je suis désolée de passer outre tes ordres, je n'ai pas envie que nous soyons en mauvais termes, mais c'est comme ça et pas autrement. J'aimerais vraiment avoir ton aval et que tu approuves mes choix, mais si ce n'est pas le cas, je m'en passerai. Il s'agit de mon futur, mon avenir, ma vie.

Je suis tentée de dire « bordel » pour appuyer mes dires d'un gros mot bien senti, mais le regard de mon père reste intimidant et j'ai déjà l'impression de le gaver comme une oie, alors j'y vais mollo.

— Ce que je te dis te semble peut-être terrible et injuste, compte tenu des attentes que tu as envers moi, mais dessiner, c'est ce que je fais de mieux, papa. C'est mon talent, probablement le seul, alors j'ai vraiment envie de voir où ça me mène. Ton truc à toi, ce sont les affaires, tu es doué là-dedans, moi c'est l'art, l'écriture, la peinture et encore plein d'autres médiums que je n'ai pas expérimentés. Je suis sûre que je peux en faire mon métier, trouver des petits boulots d'illustration, et si ce n'est pas le cas, je me casserai la gueule… je veux dire, j'échouerai et j'apprendrai par moi-même.

Mon père a une subite quinte de toux et je lui tape gentiment le dos. Le pauvre, il est en train de s'étouffer avec tout ce que je viens de lui balancer. Je me sens à la fois libérée, vidée de tout ce que j'avais sur le cœur – je ne pensais pas qu'il y avait autant – et angoissée par sa réaction. Mon père est la seule famille qu'il me reste et même si nous n'avons pas le même point de vue sur de nombreux sujets, je supporterais mal qu'il me bannisse ou qu'il ne m'adresse plus la parole. Je l'accepterais, mais ce serait vraiment très dur.

Il réajuste sa position sur le siège qu'il a choisi, un fauteuil Voltaire à haut dossier inconfortable, et plante ses yeux gris dans les miens.

— D'accord, dit-il simplement.

Je suis prête à monter au créneau et à poursuivre ma tirade, j'ai encore des arguments, mais ma bouche s'ouvre et se referme sans qu'aucun mot en sorte.

— D'accord, Liv, répète-t-il. Si c'est ce que tu souhaites, vraiment. Je n'ai pas d'objections.

— Qui êtes-vous et qu'avez-vous fait de mon père ?

Il a un hoquet amusé. J'insiste, totalement déboussolée :

— Tu vas vraiment mourir, alors.

— Arrête avec ça, Liv, j'ai juste la grippe.

— Tu acceptes ? je demande en lui lançant un regard sceptique.

— Oui.

Il tousse à nouveau. Je pose ma main sur son front et ne peux ignorer qu'il a de la température.

— Ben voilà, tu délires à cause de la fièvre.

Mon père attrape mon poignet et m'oblige à m'asseoir près de lui.

— Cesse de faire le clown, Liv.

Je couvre sa main de la mienne et le dévisage le plus sérieusement du monde.

— Je m'attendais à ce que tu refuses.

— Je m'en doute.

— Mais ?

Le regard de mon père rebondit d'un cadre à l'autre avant de s'immobiliser sur la photo de ma mère.

— Anneleen m'a fait promettre que le jour où tu revendiquerais avec conviction le droit de réaliser tes rêves, je ne devrais pas m'y opposer. Alors voilà.

Je suis sans voix. Pour plusieurs raisons. D'abord pour la simplicité et l'évidence de la situation, comme si je n'avais eu qu'à demander depuis le début. Ensuite, pour l'évocation de ma mère, papa ne prononce quasiment jamais son prénom, je sais que ça provoque chez lui une profonde mélancolie.

— Elle a toujours tellement aimé ton côté rebelle, s'amuse mon père. Elle savait qu'un jour viendrait où tu ne serais plus impressionnée par mes gros sourcils.

Pour être tout à fait honnête, je commence à croire qu'il est drogué. Gloria a dû lui concocter l'une de ses tisanes dont elle a le secret, elle en a pour toutes les situations de la vie. Mon père est shooté à la mélisse ou à la passiflore, ce n'est pas possible autrement.

— De toute façon, je n'aurais pas fait obstacle à tes rêves, Liv. J'attendais juste que tu sois sûre de toi, prête à assumer tes choix. Jusqu'à présent, tu te contentais de dire, mais tu ne savais pas. Là, c'est différent, je sens que tu vas réellement endosser les conséquences de tes actes et je suis fier de toi.

Punaise de nouille à la frangipane ! Chihuahua n'aurait pas suffi pour exprimer toutes les émotions qui se télescopent en moi, créant paix et chaos, cacophonie et silence, sidération et bonheur. Mon père est fier de moi. Je répète pour ceux qui n'auraient pas entendu, au fond de la salle : mon père est fier de moi !

Je réalise alors combien j'avais besoin qu'il me donne son approbation et j'éclate en sanglots contre son épaule. De soulagement. De joie d'avoir obtenu ce que je désire sans entrer en conflit avec mon père.

— Allons, allons, me console-t-il en me tapotant les cheveux maladroitement, comme on rassure un gamin inconnu qui cherche sa maman dans le parc.

Je suis épuisée par cette conversation et par la tension accumulée ces dernières vingt-quatre heures. Sans doute aussi que la petite fille en moi est enfin comblée de pouvoir se blottir contre son papa. Tant pis pour la grippe ! Je respire plusieurs fois les senteurs d'*Eau sauvage* de Dior, le parfum que je lui ai toujours connu, mêlées à celles de la pommade Vicks que Gloria a dû lui badigeonner.

Sans prévenir, alors que je savoure l'instant, mon père lâche la bombe que je comptais désamorcer en venant.

— Je croyais que ta visite concernait M. Perrot.

— C'était en effet la raison première, mais je me suis dit qu'il était temps de mettre les choses au clair. Tout est un peu sorti en vrac, je dois dire.

— C'est lui qui t'en a parlé ?

Je retourne m'asseoir dans le fauteuil et grignote un cornichon pour que l'acidité réveille ma combativité.

— Non, j'ai surpris ta tentative d'appel, hier.

— Je crains d'avoir sérieusement outrepassé les limites, mais je devais savoir. Je croyais que tu avais encore besoin que j'intervienne dans ta vie.

— Crache le morceau, papa, ça ne peut pas être pire que ce que j'imagine.

Son air – presque – repentant me fait de plus en plus peur.

— J'ai proposé de l'argent à ton peintre pour qu'il cesse de te fréquenter. Quand j'ai compris que tu t'intéressais vraiment à cet homme, j'ai fait quelques recherches et constaté que ses finances n'étaient pas au beau fixe…

Je change mon fusil d'épaule : c'est bien pire que ce que je croyais ! Une boule de la taille d'un pamplemousse se forme dans ma gorge. Étant informée des problèmes d'argent de Solal, je sais que la proposition de mon père est un cadeau tombé du ciel. Sans parler du fait que cela pourrait permettre à Solal d'avoir une bonne raison pour ne plus me voir, lui qui est déchiré par ses sentiments.

Mon père tousse encore. Machinalement, je vais lui chercher un verre d'eau, ce qui est un moyen de repousser ce que je redoute d'entendre. La vie est décidément d'une ironie terrible. Juste quand on croit qu'il y a une lueur d'espoir, le rappel est violent. Ça s'arrange d'un côté et ça s'effondre de l'autre.

Mon père s'empare du verre en me remerciant, puis boit

tranquillement, tandis que je suis au supplice. Il lisse son pantalon impeccable.

— Tu ne veux pas savoir ce qu'il a répondu ? m'interroge-t-il face à mon manque de réaction.

Si, plus que tout au monde, mais je suis en train d'avaler mon pamplemousse, je ne peux pas tout faire. La vérité, c'est que j'ai surtout très envie de lancer un objet à travers la pièce. Non, mais quel culot ! La colère que je ressentais en arrivant remonte en flèche. J'inspire et expire plusieurs fois pour parvenir à mener cette conversation à bien.

Je suis tellement soulagée de savoir que l'ingérence est terminée ! Mon père et moi ne sommes décidément pas très doués pour interagir avec les autres.

Je me sers un grand verre d'eau également et soupire. Ce qui va suivre va sceller ma relation avec Solal et je ne crois pas être prête. Cette discussion avec mon père se fait l'écho de mes angoisses de la veille, comme si je pressentais les obstacles à venir.

J'appréhende tellement que je sens que ma colère reflue. En fait, je suis fatiguée d'être en rogne. Je connais mon père, je sais pourquoi il a fait ça, même si je ne le cautionne pas. Nous ne partageons pas la même vision des choses, mais je sais qu'au fond, tout ce qu'il fait, il le fait pour moi. Il ne s'y prend pas de la bonne manière et je pourrais encore me disputer avec lui, mais je décide de passer outre en me disant que tout ça est bien fini. Je m'aperçois que je tiens plus de lui que je ne le croyais. Le fameux chemin pavé de bonnes intentions…

Je me mets face à la porte-fenêtre qui mène dans le jardin aux buissons taillés au millimètre et aux statues antiques qui m'ont toujours angoissée. Devant notre immense terrasse, seuls subsistent des parterres de fleurs que ma mère a plantées elle-même, refusant que le jardinier s'en charge. En ce mois de novembre, il n'y a rien à contempler ; les bulbes attendant le printemps pour refleurir. Mais les magnifiques tulipes et narcisses reviennent chaque année me rappeler que, même si je ne peux plus voir ma mère, elle est encore là, quelque part, elle veille sur moi.

Ma mère avait foi en l'avenir, foi en l'intangible, confiance en la beauté des choses, confiance en l'autre. Elle savait qu'il faut continuer à avancer pour avoir la chance de découvrir ce qui se cache dans les lueurs du lendemain, et qui est parfois meilleur que ce que l'on croit.

— Vas-y, je suis prête. Que t'a répondu Solal ?

26. Décision

Il est tard et je n'ai pas le courage de reprendre la route pour rentrer. Je profite donc d'être à la maison pour passer une soirée avec Gloria. Cela fait trop longtemps que je n'ai pas pris du temps pour elle. Dans les odeurs de bouillon de poule et de persil, Mamita et moi – enfin surtout elle, deux fois plus rapide que moi pour chaque étape – cuisinons des pâtes à la bolognaise tout en discutant de choses et d'autres. Cette sensation de normalité, cette chaleur de se retrouver dans son foyer me ressource. Du reste, je suis sur un nuage après la discussion avec mon père et je me sens libre d'imaginer tout ce que je vais entreprendre pour créer mon activité, faire ma pub, trouver des clients... Je souris sans m'en rendre compte. Même si je dois encore résoudre des choses avec Solal, je me retrouve soudain face à un champ de possibles. Un monde d'opportunités !

Gloria et moi mangeons en tête à tête directement sur le plan de travail tandis que mon père dort, suivant les consignes du docteur qui a confirmé la grippe.

Après une nuit dans mon ancien lit, surplombée des posters de Lorde et du *Grand Budapest Hotel,* je reprends la route, reposée et surtout le cœur plus léger, impatiente de parler à Solal. Il y a si longtemps que je ne fais pas complètement ce que je désire et cette liberté nouvelle est grisante. Cependant, je ne compte pas relâcher mes efforts : je prévois de terminer mon livre dès que possible pour le confronter au regard d'un professionnel.

Quand je me gare dans l'allée du bunker, je me dis que si Solal et moi trouvons un terrain d'entente, ces deux jours seront sans doute les plus beaux de ma vie. L'alignement des planètes. Le *strike* ultime. Belote et rebelote. La cerise sur la forêt-noire, elle-même posée sur un paris-brest.

C'est presque en sautillant que je m'empresse de me rendre chez Solal et dès le portail, je remarque que quelque chose ne va pas. La porte d'entrée est grande ouverte et Léonard est assis sur les marches devant la maison, l'air affolé, une couverture sur les épaules. Plagg joue avec une pelote de laine à ses pieds. Je me précipite vers eux, soudain inquiète.

— Est-ce que ça va, Léo ?

Ses yeux hagards se posent sur moi et je crois une seconde qu'il va m'appeler Céleste une nouvelle fois, mais il se contente de me dire qu'il n'a pas fait exprès. J'entre dans la maison et il ne me faut pas longtemps pour comprendre le problème : je baigne dedans. De l'eau a envahi le couloir, la cuisine et une partie du salon.

Solal a tenté d'éponger avec ce qu'il trouvait et posé par terre toutes les serviettes, nappes et torchons disponibles. Il essaye de se débarrasser de l'eau en la repoussant vers l'extérieur avec un balai serpillière.

— Qu'est-ce qu'il s'est passé ? je demande en ôtant mes chaussures et en remontant mes manches, prête à donner un coup de main.

Les fringues mouillées et les cheveux hirsutes, Solal me jette un regard presque aussi perdu que celui de Léonard. Je remarque alors qu'il pleure à chaudes larmes. Quand il comprend enfin que c'est moi, il lâche le manche du balai qui tombe au sol dans un *plouf* pathétique.

— Je ne peux plus, Liv, souffle-t-il, à bout de nerfs.

Je m'empare de la serpillière et m'attelle à vider le maximum d'eau pour démontrer à Solal qu'il n'y a rien d'insurmontable. On peut gérer.

— Je n'y arrive plus, c'est trop…

Il ne s'adresse pas à moi, mais à lui-même.

— Mais non, ça va aller, je le rassure.

Sans un mot, il me tourne le dos et sort sur la terrasse de derrière, avant de s'appuyer à la rambarde. Je le suis pour tenter de l'apaiser. Subitement, il donne un grand coup de pied dans l'un des transats qui va cogner contre le mur. Je sursaute. Solal fait volte-face et me dit, les mâchoires contractées pour s'empêcher de crier :

— Il a voulu prendre un putain de bain ! Ensuite, il est allé se planter devant la télé et il a oublié que l'eau continuait à couler… Il a oublié, tout simplement.

Solal se passe les mains dans les cheveux, ébouriffant ce qui est déjà totalement désordonné.

— Et moi, je n'étais pas là ! J'étais allé te voir, parce que j'en avais besoin et quand je me suis aperçu que tu n'étais pas chez toi, j'ai eu un moment de panique. J'ai cru que tu étais partie, que je ne te reverrais plus…

— J'étais allée voir mon père, je dis à voix basse.

— Tu n'étais pas là hier soir non plus, continue Solal, comme s'il ne m'avait pas entendue. Et j'ai commencé à imaginer le pire. J'ai réalisé que je ne pouvais pas te perdre, toi non plus... C'était au-dessus de mes forces ! Alors je... je t'ai attendue, espérant que tu rentrerais bientôt. Et je n'étais pas là pour surveiller Léo. J'aurais dû être là. Parce que c'est mon rôle de m'assurer qu'ils sont en sécurité : Naya, Léo, Cat. J'ai encore merdé !

Solal gesticule, s'agace, arpente la terrasse en cognant dans les sièges, la table, des jouets à Naya.

— Putain, mais comme je suis naïf ! J'ai failli croire que je pouvais tout faire. Que je pouvais être partout, pour tout le monde, mais ce n'est pas possible ! Ce n'est tout simplement pas possible ! Je devrais pourtant le savoir que je ne dois pas m'éloigner de la ligne de conduite que je me suis fixée.

— J'étais seulement allée rendre visite à mon père, je répète. Je ne serais jamais partie sans vous dire au revoir.

J'ai envie de lui expliquer que je suis libre, que dorénavant je peux rester aussi longtemps que je le souhaite. Je suis tellement obsédée par le fait que mon père ait donné son aval à mes projets que je ne vois pas ce qui se joue sous mes yeux. Je m'approche de Solal et pose ma main sur son bras.

— À propos de mon père... je veux te présenter des excuses pour ce qu'il a fait, je déclare, dans le but d'orienter la conversation vers un sujet moins épineux. Piotr Van Dalfsen a une vision bien à lui des interactions que les êtres humains ont entre eux. Il croit que l'argent doit intervenir à un moment ou à un autre, mais j'y travaille.

En m'entendant prononcer ces mots, je comprends que c'est exactement comme ça que Solal me percevait au début.

— Tu sais que tu as gagné son respect en refusant son offre ?

Solal crispe ses doigts sur la rambarde en se balançant d'avant en arrière.

— Et moi…, je commence.

— Non, Liv, m'interrompt-il.

Mais si ! Moi, je suis tellement contente qu'il ait décliné une offre aussi alléchante ! Euphorisée par la veille, je me convaincs que les obstacles tombent. Il ne me reste plus qu'à persuader Solal de prendre mon argent et après, eh bien, nous ferons face, ensemble.

— Je ne veux surtout pas que tu me dises que tu es fière de moi, m'ordonne Solal d'une voix blanche. Et je ne veux pas non plus que tu t'imagines savoir pourquoi je l'ai fait.

Quoi ? Je ne m'imagine rien, je sais qu'il l'a fait pour une bonne raison !

— J'en profite pour réitérer ma proposition, Solal.

Il se tourne vers moi et son regard me transperce.

— C'est hors de question, Liv ! Arrête de toujours croire que c'est noir ou blanc ! Si j'ai dit non à ton père, ce n'est pas… ce n'est pas…

Il prend une profonde inspiration, comme lorsque l'on s'apprête à plonger dans le tréfonds de l'océan. Je suis suspendue à ses mots et la crainte qui me colle à la peau depuis notre excursion sur l'îlot revient en force. Mon cœur bat frénétiquement ou ne bat plus, je suis incapable de faire la différence. Je suis au bord d'un précipice et Solal n'a qu'un mot à dire pour que je bascule dans le vide.

— Ce n'est pas pour être avec toi, termine-t-il en me fixant. Je ne peux accepter ni ton argent…

Est-ce que les vagues ont soudainement cessé de se fracasser sur le rivage ? Le vent de souffler ? Est-ce que le monde existe encore autour de nous ? Autour de moi ? J'ai l'impression d'être à l'intérieur d'un cyclone, lorsque tous les bruits cessent et que l'on redoute d'être à nouveau confronté à la fureur des éléments…

— Ni ton amour.

… avant qu'ils s'abattent à nouveau de toute leur puissance et nous engloutissent.

Le cœur broyé, je demande :

— Pourquoi ? Explique-moi pourquoi ?

Solal secoue la tête sans répondre. Il abandonne, je le sens. Il ne reviendra pas en arrière ; sa décision est prise. Il se débat avec trop de fantômes contre lesquels je ne peux rien.

Dans ce qui me demande un effort considérable, je force les coins de ma bouche à se relever pour lui offrir un sourire. Je recule d'un pas, puis d'un autre et hoche la tête.

— Tu ne veux pas de moi, j'ai saisi. Tu refuses de nous laisser une chance. Mais cet argent, je te le donne quand même.

Il a un ricanement épuisé.

— L'argent a si peu de valeur pour toi que tu peux le distribuer comme ça, au premier venu…

Ce qu'il dit finit d'anéantir mon cœur. Cet argent, c'est celui que ma mère m'a légué, mais Solal l'ignore.

— C'est exactement ça, je réponds, amère. J'en ai tellement que je ne sais plus quoi en faire ! Il m'arrive même d'en brûler par pur plaisir. Tu verrais ça, un véritable feu de joie !

Il lève les yeux vers moi et je sais qu'il regrette ce qu'il vient de dire.

— Désolé, je… Pardon, je n'aurais pas dû… Mais je t'avoue

que nous ne pouvons pas être ensemble et tu veux quand même me donner cet argent ?

— Plus que jamais. Et on avait dit qu'on ne s'excuserait plus, toi et moi, tu te souviens ?

— Parce qu'on ne devait plus se faire de mal.

Mes yeux se remplissent de larmes que j'essuie aussitôt. Je veux qu'il comprenne que je suis prête à tout pour l'aider.

— Je ne comprends pas, balbutie-t-il.

— Je t'aime, espèce d'abruti. Cet argent, je te le donne parce que je ferais tout pour toi. Si je ne suis pas là pour t'épauler, pour me battre auprès de toi, je veux au moins savoir que tu ne te débats plus dans tes problèmes financiers. Si c'est le seul réconfort que je peux t'apporter, alors je veux le faire.

— C'est impossible, Liv, je ne peux pas te rendre ton amour et je ne pourrai pas te rendre ton argent. Je refuse que tu règles mes problèmes, c'est à moi de trouver une solution.

Toujours la même rengaine. Je lève les yeux au ciel devant son obstination à penser qu'il peut s'en sortir seul.

— Pourquoi t'imposer ça ? Pourquoi te faire souffrir absolument ? Il ne s'agit pas de tout résoudre, mais de t'offrir un sursis ! Tu vas vraiment refuser par fierté ?

Je sens qu'à chaque mot que je prononce, mon irritation monte d'un cran.

— Tu vas te punir combien de temps, au juste ? Tu t'infliges des souffrances inutiles ; tu n'es pas responsable de la mort de Céleste. Tes erreurs doivent te servir de leçon, pas t'entraver. Tu n'étais pas parfait et tu t'en veux de la façon dont tu as agi, alors change ça, accorde-toi de la bienveillance. Parce que je vais t'offrir un scoop, Solal Perrot, tu n'es toujours pas parfait et tu vas encore commettre des erreurs ! Montre-toi clément envers toi-même. T'empêcher de vivre ne ramènera pas Céleste !

— Arrête de parler d'elle, souffle-t-il.

— Dans ce cas, je te parle de Naya. Parce qu'elle est bien vivante et elle attend que son papa se décide à choisir un camp. Tu creuses la distance qui vous sépare. Toi, tu vis encore avec Céleste, tu souffres, tu rumines et tu penses à ce qui aurait pu être au lieu de te concentrer sur ce qui est. Et je suis bien placée pour te comprendre. Mais Naya, c'est le présent et surtout le futur, sa maman lui manque et lui manquera toujours, mais elle n'est qu'un souvenir pour elle. Sa boussole, sa bouée, c'est toi. Elle se construit à l'aune de ce que tu lui montres, de ce que tu lui donnes.

— Comme si tu savais ce que c'est que d'avoir un enfant ! s'exclame-t-il en se laissant glisser contre le mur pour s'asseoir sur le plancher.

Nous avons déjà eu cette conversation et force est de constater que nous tournons en rond. Il est tellement buté !

— Tu as raison, j'admets dans un soupir. D'autant que je ne le saurai probablement jamais, ça ne m'empêche pas de vouloir le meilleur pour vous.

Il me regarde, perplexe.

— Je suis stérile, Solal. Tu te souviens, l'accident, la cicatrice ? Quand ils m'ont réparée, ils ont découvert une malformation de l'utérus… Et disons que ce n'est pas très accueillant là-dedans pour un bébé.

Il se lève pour s'approcher de moi, mais je fais barrière de mes deux mains. Je ne veux pas de sa pitié.

— Non, ça va. Ne te sens pas obligé. Je le vis bien… je crois.

Jusqu'à ma rencontre avec Naya et toi, je n'ai jamais songé à avoir des enfants. Ce n'était pas dans mes projets immédiats et puis, tu l'as dit toi-même, je suis bien trop puérile pour en avoir.

— Non, ce n'est pas ça, objecte-t-il en secouant la tête.

— Si, justement. Je crois que rester une enfant me permettait de repousser le moment où j'aurais peut-être envie d'en avoir. Maintenant que je vous connais, je réalise ce que c'est que d'avoir cette relation, d'avoir un être humain qui est une partie de vous. Ça m'a aussi permis de comprendre certaines responsabilités qui incombent au parent restant, notamment. Vous fréquenter m'a beaucoup appris.

Je sais que je m'apprête à répéter ce que je lui ai déjà expliqué, mais je n'aurai plus aucune occasion de le faire, alors autant enfoncer le clou.

— Donc, tu as raison, je ne suis pas maman, mais la mienne est morte alors que je n'étais qu'une enfant, tout comme Naya, et il ne restait que mon père. Tu as dû le remarquer, il n'est pas un papa poule, loin de là. Grandir auprès de lui, c'est intimidant.

Solal acquiesce lentement.

— Tu as envie d'être son géniteur ou d'être son papa ? Naya a besoin de tangible, elle a besoin de bras qui la bercent le soir, elle a besoin d'un papa qui remplit le rôle de celui qui reste, aussi difficile que ce soit. Elle a besoin de croire que son père est invincible et qu'il ne peut pas être terrassé par un souvenir.

La poitrine de Solal se soulève en tremblant, il semble désemparé. Est-ce que je suis parvenue à ébranler ses certitudes, à fragiliser ses convictions, à fendre l'armure ?

Mon dernier espoir s'envole lorsque Solal m'achève d'une simple phrase.

— Il n'y a pas de place pour toi dans ma vie, Liv.

Dans un ultime sursaut de pugnacité, je déclare doucement :

— Contrairement aux apparences, je ne prends pas tant de place que ça, tu sais.

— C'est faux ! clame-t-il avec force. Tu prends de la place, tu en prends même énormément, parce que tu es une emmerdeuse de première, Liv Van Dalfsen, et c'est parfait comme ça. Tu mérites quelqu'un qui te laissera tout l'espace dont tu as besoin pour être toi-même. J'aime ce que tu es… tellement ! Et je ne me supporterais pas si je savais que je t'empêche d'être cette personne, ouverte et généreuse.

— Alors, laisse-moi l'être auprès de toi.

Il retire son T-shirt trempé et le balance rageusement dans un coin de la terrasse. Torse nu, en jean mouillé, je le retrouve, identique à la première fois que je l'ai vu, sur cette plage qui nous fait face.

— Je baigne dans les ennuis et j'ai des responsabilités jusqu'au cou. Tu mérites mieux, tu mérites…

Cette fois, c'est moi qui le coupe :

— Je peux encore décider de ce que je mérite ou pas, non ? Je m'en fous de tes problèmes, je vais t'aider à les résoudre, je vais…

— Ça suffit, Liv ! tonne Solal.

Je ne l'ai jamais entendu parler comme ça, pourtant Dieu sait que je l'ai fait sortir de ses gonds, parfois. Il marmonne des paroles inintelligibles.

— Qu'est-ce que tu dis ? je demande, tout en étant persuadée que je ne veux pas savoir.

— J'ai pris l'argent.

Je demeure bouche bée, sans comprendre.

— Je ne sais pas pourquoi ton père t'a affirmé le contraire, mais j'ai accepté sa proposition et maintenant, je dois honorer ma parole. Tout le reste n'a pas d'importance.

Quoi ? C'est absurde. Pourquoi mon père m'aurait menti ? Parce qu'il a compris à quel point j'aimais Solal et qu'il ne voulait pas que j'aie de lui une mauvaise impression ? Ou parce qu'il préférait laisser à Solal le soin de m'avouer qu'il ne pouvait plus être avec moi ?

Tout s'embrouille dans ma tête, je n'arrive pas à aligner deux pensées cohérentes, la douleur irradie dans chaque parcelle de mon corps et ma poitrine est oppressée, je respire par minuscules goulées.

— Je te l'aurais donné cet argent, je t'aurais tout donné.

— Je le sais et c'est la raison pour laquelle j'ai accepté l'offre de ton père.

J'ai l'impression qu'il a jeté ses dernières forces dans ces paroles et que poursuivre la discussion ne servirait qu'à nous faire plus de mal, à lui comme à moi.

— Mais je t'ai entendue pour Naya et je te remercie d'avoir cette générosité-là. Tu es exceptionnelle, Liv.

Je ne veux pas de ses compliments, je me contrefous d'être généreuse ou exceptionnelle, je me sens juste minable à l'heure actuelle. Je me sens rejetée, abandonnée et surtout stupide. J'aurais dû savoir depuis le début que nous en arriverions à cette conclusion. Il me l'a dit de toutes les façons possibles : c'était même la règle numéro un.

Tu es une idiote, Liv Van Dalfsen !

Malgré la douleur de le perdre, une fragile étincelle me fait tenir debout. Si pour Naya, j'ai eu une quelconque influence dans leur vie à tous les deux, je suis heureuse d'avoir eu ce rôle à jouer. Elle ne doit pas attendre d'avoir vingt-cinq ans, comme moi, pour communiquer et se réconcilier avec son père.

Dans les yeux de Solal, l'orage fait place à un horizon obstrué, la fin d'une promesse. Nous nous dévisageons encore. Une seconde. Une éternité. C'est sans doute la dernière fois que je peux me plonger dans l'océan de ses yeux, des flots tumultueux et changeants que je croyais avoir domptés. Mais la mer est ainsi faite qu'elle a sa propre façon d'agir, aussi majestueuse qu'imprévisible.

Les joues mouillées de larmes que je ne parviens plus à retenir, je m'arrache à la contemplation de ce visage que j'aime plus que tout et je pars en courant, de peur de ne jamais y arriver sinon.

27. Opération

Solal m'a menti, mon père a confirmé qu'il ne lui a pas donné un centime. Avec le recul, je suppose qu'il a bien fait, c'était le seul moyen pour que je parte. Il était pourtant clair que nous souffrions tous les deux et que la conversation ne menait, de toute façon, qu'à une issue : notre séparation.

Avant de me réfugier dans le bunker que j'aurais tant aimé imperméable au monde extérieur, j'ai croisé Cat et Naya qui rentraient de promenade. J'ai tout juste pu serrer la petite dans mes bras, échanger un regard désolé avec sa tante et embrasser Léo sur sa joue parcheminée, avant de fuir.

Le soir même, je quittais la maison de la plage, en oubliant la moitié de mes affaires. C'était volontaire, la plupart d'entre elles m'évoquaient Solal et la dernière chose dont j'avais besoin était de ressasser nos moments ensemble.

J'ai terminé mon livre, dans la souffrance et les pleurs à chaque fois que mon pinceau passait sur le visage de Jacob. J'ai été au bout et j'ai au moins eu cette satisfaction dans cette période tourmentée. Après, je me suis littéralement effondrée. Mon corps s'est replié sur lui-même et mon cœur s'est ratatiné, desséché, comme privé de lumière.

Depuis, le temps passe en accéléré, puis au ralenti. Jours et nuits se transforment en une bouillie informe, peuplée de regrets, de rembobinage de dialogues dans lesquels je suis plus persuasive. Je ne me souviens quasiment de rien, si ce n'est de me noyer de larmes au fond de mon lit et de manger en sous-vêtements, à même le sol de ma cuisine, de la bouffe probablement périmée. Tenir un pinceau me semble insurmontable. Même les visites de Gloria, ses mots rassurants, ses étreintes pour me bercer comme elle a pu le faire tant de fois après la mort de ma mère, ne me sont d'aucun secours. Je broie du noir en écoutant ma compilation « Tu déprimes » *ad nauseam*. À la seule pensée de ne pas pouvoir voir Solal quand je le souhaite, je manque d'air, mon cœur explose en milliers de morceaux qui me lacèrent la poitrine et j'éclate en sanglots. Encore et encore.

Ça dure huit jours. Gloria, en désespoir de cause, m'envoie l'artillerie lourde : mon père. En un regard, il obtient de moi que je me douche et m'habille avant qu'il daigne même m'adresser la parole. Ce n'est pas du luxe.

Mon père me renouvelle sa confiance et l'œil humide, me déclare qu'il est fier de me couper les vivres. J'espérais un peu qu'il me laisserait plus de temps, mais ce n'est pas plus mal. Ça a le mérite de me remettre la tête à l'endroit. Il faut en effet que je me bouge et que je cesse de m'apitoyer sur mon sort.

Mon père m'assure néanmoins qu'il se tient prêt à m'aider pour mes démarches si nécessaire et le savoir me fait l'effet d'une couverture de survie après être tombée dans une rivière d'eau glacée.

Le lendemain, quand le réveil sonne, j'ai envie de me lever – ce qui est nouveau – et d'ouvrir les fenêtres en grand. Il faut croire que la visite paternelle a été l'électrochoc dont j'avais besoin. Il faut que je reprenne le cours de ma vie et les projets que j'avais avant ma rencontre avec Solal. La douleur me déchire encore le ventre, mais des paroles prononcées par mon père, la veille, concernant ma mère ont fait leur chemin pendant la nuit.

« La souffrance peut aussi être un moteur. »

Cette phrase me trotte dans la tête toute la journée et elle me fait réfléchir à tout ce que j'ai pu dire à Solal. Il s'avère que je ne suis qu'une étape sur son parcours, là où il restera une aventure essentielle du mien. Il m'a aidée à devenir une femme que je suis fière de regarder dans le miroir. Du moins, dans quelque temps, parce que pour le moment, j'ai juste une tronche de panda dépressif… Il est l'homme que j'aurais pu aimer toute ma vie – et sans doute que ce sera le cas –, mais je ne peux pas aimer quelqu'un si fort s'il ne me rend pas la pareille. Je mérite mieux, il a raison.

En me rendant visite, mon père a réveillé mon instinct de survie. Je ne vais pas me laisser dépérir. Je repense à la matinée sur l'îlot et à la menace que je sentais planer sur Solal et moi. Je pense que j'avais déjà conscience qu'il ne dépasserait pas ses craintes, que c'était trop difficile pour lui. Ses bras autour de moi, sa peau contre ma joue, ses baisers, son rire, l'éclat de son regard… Tout est là, en moi, comme une capsule temporelle qui me ramènera toujours à ces merveilleuses semaines au bord de la mer.

Si je lui reproche d'aimer Céleste alors qu'elle n'est plus, je ne peux pas rester enfermée dans l'amour que je ressens pour lui. Il faut que j'avance et tôt ou tard, un jour, peut-être que je pourrai laisser sa chance à un autre homme. Je dois croire que c'est possible, sinon tout ce que j'ai voulu faire comprendre à Solal aura été vain.

La prise de conscience prend plusieurs jours, qui se terminent souvent en crise de larmes. Mais dans l'ensemble, je crois pouvoir affirmer que je suis sur la bonne voie. Je trouve même la force de consulter mon portable et tous les SMS qu'il m'a laissés.

Dimanche 25 novembre, le jour de notre séparation :

Où es-tu ? Liv, réponds, je t'en supplie.

S'ensuit toute une flopée de messages du même acabit jusque tard dans la nuit.

Lundi 26 novembre :

Dis-moi au moins si tu vas bien. Donne-moi des nouvelles.

Une heure plus tard :

J'ai appelé ton père, il m'a dit que tu étais rentrée chez toi.

Mardi 27 novembre :

Je suis désolé, nous n'aurions pas dû nous séparer comme ça. Je comprendrai si tu ne veux plus jamais m'adresser la parole.

Mercredi 28, jeudi 29, vendredi 30 novembre et les jours suivants :

Je suis désolé. Je suis désolé. Je suis désolé. Je suis désolé. Je suis désolé. Je suis désolé. Je suis désolé. Je suis désolé. Je suis désolé. Je suis désolé. Je suis désolé. Je suis désolé.

À chacun de ses messages, je pense à notre marché sur la plage, celui de ne plus jamais se donner de raison de s'excuser. Nous avons si lamentablement échoué…

Solal m'a même envoyé une photo de Naya en train de lire l'histoire que je lui ai écrite. Je suis incapable de lui répondre directement, mais je textote un message à Cat – qui s'inquiétait également – pour lui dire que je vais bien et que je les embrasse, elle, Léo et Naya. Solal devra encore attendre une décennie ou deux, sans doute.

Dans les jours qui viennent, je n'ai pas de temps à lui consacrer. Sauf la nuit, dans mes rêves et durant mes insomnies, quand je suis sous la douche, quand je prends les transports en commun, quand je vois des couples s'embrasser dans la rue, quand je cuisine, quand je mange, quand je respire. J'ai décroché un boulot de serveuse dans un petit restau créole et je ne suis pas super douée, mais ça a le mérite de m'occuper l'esprit. Je consulte aussi activement les annonces de studio pour déménager rapidement, le loyer de mon appart actuel est bien trop élevé pour moi seule.

Alors que je me fais couler un bain pour profiter de la baignoire que je n'aurai certainement pas dans mon prochain logement, Gaspard frappe à ma porte, une valise à roulettes posée à ses pieds :

— J'ai fait mon *coming out*. Je suis orphelin, je suis à la rue. J'ai mal aux pieds. J'ai faim. J'aurais pu aller à l'hôtel, mais je ne suis pas sûr de pouvoir me le payer longtemps et en plus, il n'y aurait eu personne pour écouter mes lamentations.

C'est ainsi que nous passons la soirée à chouiner sur ce qu'on a perdu – moi sur l'amour, et lui sur sa Corvette. Il m'écoute d'abord lui raconter mes illusions perdues et mon chagrin de ne pas avoir su me faire aimer de Solal. Ensuite, il me décrit la conversation à couteaux tirés qu'il a eue avec ses parents et qui a débouché sur son bannissement de la demeure familiale.

Nous trinquons, navrés l'un pour l'autre, cherchant les bons mots pour nous consoler mutuellement. Après quelques verres, nous avons un sursaut de dignité et les envoyons tous se faire cuire un œuf – avec quelques insultes criées à travers la pièce qui nous font beaucoup de bien. Trois bouteilles de vin plus tard, des grands crus classés que Gaspard a volés dans la cave de son père avant de partir, nous sommes décidés à agir. Quand on débouche un Château Cheval Blanc 2016, nous avons même un plan.

Le lendemain, passé l'ivresse, Gaspard tente de me persuader que nous devrions réellement le mettre en œuvre. Et j'avoue qu'il ne faut pas longtemps pour me convaincre. Je m'en veux d'avoir laissé Solal se dépêtrer seul de ses ennuis financiers et je crois que c'est l'une des raisons majeures de mon accablement. Et pas du tout le fait que je sois amoureuse de lui à en crever… Non, *no*, *niet*, que nenni.

Avant que je change d'avis, Gaspard décrète que nous devons passer à l'acte le soir même. Sous prétexte de récupérer quelques affaires, nous nous rendons en taxi chez ses parents, tandis que son père est au squash. Je découvre à cette occasion que sa mère, Alice, est une femme timide et malheureuse, et je sens bien qu'elle n'est pas à l'origine du rejet de Gaspard. D'ailleurs, nous n'avons pas besoin de prendre les clés de la Corvette en cachette, elle s'empresse de nous les donner, avant d'embrasser son fils en s'excusant environ quarante fois.

Dans la nuit noire, c'est en silence que nous filons vers le bord de mer, espérant que la seconde partie du plan sera plus proche du délire amusant que nous avions imaginé lors de notre beuverie. Mais au fur et à mesure que nous approchons de la ville, la douleur dans ma poitrine irradie dans mon corps entier, tellement je suis nerveuse. Très vite, je suis au regret d'avouer à Gaspard que je risque de pleurer en pleine mission.

Quand nous traversons le quartier que j'ai arpenté pour Halloween avec Solal et Naya, je transpire, j'hyperventile et les souvenirs remontent à la surface. Le sourire de Solal, mon envie de lui plaire, la joie de la petite fille. Je demande à Gaspard de faire demi-tour ; d'autant que dans notre plan génial de dépressifs avinés, nous avons omis le fait que sa voiture de sport se remarque à des kilomètres à la ronde.

— Tu peux le faire, Liv, m'assure-t-il néanmoins en me tapotant la cuisse. C'est pour la bonne cause. Même si je pense que cet argent pourrait nous servir pour payer quelques loyers d'avance, j'imagine que je n'ai pas voix au chapitre !

Tout en le fixant, je réalise subitement ce que je suis en train de faire. Si on m'avait dit un jour que j'organiserais un coup avec Gaspard Vannier, fraîchement devenu mon colocataire, pour venir en aide à quelqu'un d'autre que son banquier ou lui-même, je n'y aurais jamais cru.

Déposer une enveloppe pleine de billets dans la camionnette de Solal ne me semble soudain plus aussi saugrenu. Nous nous garons à deux rues du « point d'impact », comme se plaît à le dire Gaspard en chuchotant, alors que nous sommes encore dans la voiture. Tout de noir vêtus, nous finissons le reste du trajet à pied en mode ninja. J'ai envie de vomir. Retrouver mon refuge du mois dernier, voir le blockhaus saillir au-dessus de la maison des Perrot aux fenêtres éclairées, imaginer qu'ils sont tous là, à l'intérieur… je me mets à trembler.

Heureusement, Gaspard prend les choses en main. Tandis que je reste cachée derrière la poubelle où j'ai retrouvé Solal, le soir de la neige, il fait des cabrioles inutiles pour s'approcher du véhicule en toute discrétion. J'ai une pensée pour Berthold qui adorerait ce moment. Gaspard et lui vont tellement bien s'entendre ! À défaut d'être amants, ils pourront être amis, c'est certain.

Je découvre que Vannier a des talents cachés pas très reluisants. Tandis que je fais le guet, le palpitant à trois mille pulsations minute, il parvient à déverrouiller la camionnette en un temps record. J'ai peur que nous nous fassions surprendre, mais je suis surtout terrifiée à l'idée de tomber nez à nez avec Solal ou les autres. Contre toute attente, tout se passe comme sur des roulettes et nous retrouvons le confort de la Corvette, euphoriques.

Sur la route du retour, éblouie par les phares des voitures qui arrivent en face, j'ai la sensation du devoir accompli. Ma mère m'a donné cet argent pour que j'en fasse bon usage et je crois que je ne pouvais pas rêver mieux.

Au matin, c'est une pluie de textos qui déferle sur mon portable. Tous de Solal.

Putain, Liv !

Tu es folle !

Je ne veux pas de ton argent, tu ne peux pas faire ça.

C'est très généreux de ta part, mais je dois refuser.

Je sais que c'est toi. Reprends-le, s'il te plaît.

Tu ne peux pas continuer à m'ignorer.

Je replonge sous ma couette et m'étire longuement en souriant. Gaspard est décidément le meilleur colocataire du monde !

Au fil des jours, j'adore entendre les notifications de messages qui font vibrer mon téléphone, de jour comme de nuit. Solal tente par tous les moyens de me faire répondre, essayant la menace, le chantage, l'intervention de Naya, de Cat et même une photo adorable de Plagg, qui a bien grandi, avec écrit au dos :

Plagg te supplie de récupérer ton argent.

Je jubile. J'imagine parfaitement dans quel état Solal se trouve, trépignant et rageant contre moi de m'ingérer encore dans sa vie. S'il veut tant me rendre mon argent, il n'a qu'à me le rapporter lui-même ! Je sais qu'il ne le fera pas, déjà parce qu'il ne sait pas où j'habite, mais surtout parce que notre attirance est réelle et que nous serions une fois de plus incapables de nous séparer. Jusqu'au moment où il paniquerait et me rejetterait pour un souvenir. Encore. Un cercle vicieux.

Ma satisfaction atteint son paroxysme quand je reçois enfin le message que j'espérais :

Ils sont revenus, j'ai donné l'argent.

Et quelques secondes après :

Merci.

Après ça, les messages s'espacent, il prend l'habitude de m'écrire tous les soirs à la même heure pour me raconter brièvement sa journée, l'école de Naya, la nouvelle copine de Cat, les absences de plus en plus fréquentes de Léonard. Je sens que Solal est libéré d'un poids et je suis contente d'en être à l'origine. Ça devient notre rendez-vous quotidien. Une correspondance à sens unique. Je ne lui réponds jamais, c'est plus facile comme ça. Ce n'est pas pour me faire désirer, mais je crois que nous avons chacun notre chemin à effectuer. J'ignore où il en est du sien, mais moi, je vais mieux de jour en jour et je ne veux plus m'infliger de souffrance inutile.

Mon livre est prêt à partir chez plusieurs éditeurs, mais je suis contente d'avoir d'autres projets qui se profilent. Gloria m'a mise en contact avec l'une de ses amies, cheffe d'une petite entreprise, qui cherche quelqu'un pour créer son logo et son identité visuelle. Je suis plutôt excitée à l'idée de ce premier boulot. C'est le début d'une nouvelle aventure !

Les fêtes de fin d'année déboulent sans crier gare et je réalise alors que ça fait un mois que je n'ai pas vu Solal. L'horizon de ses yeux me manque, son odeur aussi. Chaque matin, je reste sous ma couette quelques secondes supplémentaires pour puiser dans mes souvenirs et m'y ressourcer. Après, je suis prête à affronter la journée.

En posant l'étoile au sommet du sapin, je fais le souhait que Noël chez les Perrot soit aussi joyeux que le nôtre. En secret, je ne peux pas m'empêcher d'espérer que le père Noël se montrera très généreux envers moi. Après tout j'ai été super sage, cette année ! J'aimerais bien un énorme paquet incluant Solal, son sourire et son cœur, le tout emballé avec un joli ruban rouge. On a le droit de rêver !

Berthold rentre des États-Unis pour les vacances et il loge à la maison. Gaspard est aux anges et moi, je vois là l'occasion de passer du temps avec mon plus ancien et mon plus nouveau meilleur ami. Pour le réveillon, papa, Gloria, Gaspard, Berthold, ses parents et moi composons une tablée pour le moins hétéroclite et nous nous régalons de plats concoctés par Mamita. Tous ceux que j'aime sont là. Il ne manque que Solal, Naya, Cat et Léo pour que le tableau soit complet.

Oui, je vais de mieux en mieux, je retrouve ma joie de vivre, ma bonne humeur et une féroce envie de dessiner. Ce qui est certain, c'est que lorsque le dernier message de Solal arrive, je me sens suffisamment remise pour envisager d'y répondre positivement.

Je veux te remboursé, Liv. Tu peux venir à la maison, le 31 décembre à 14 heures, s'il te plaît ?

28. Conclusion

Mes doigts gantés tambourinent avec nervosité sur les paquets que j'ai dans les bras : un casque sans fil pour Léo, une écharpe pour Cat et une illustration encadrée pour Naya, représentant son père et elle sur la plage. Quant à Solal, il a déjà eu son présent.

Il est 13 h 54. La camionnette est dans l'allée. Un vent froid me rabat les cheveux sur le visage et me fait frissonner. Pour autant, je ne me décide pas à avancer. Je pensais que j'étais prête, mais j'ai surestimé ma force.

Mon téléphone sonne et je me débats avec mes cadeaux pour l'attraper sans tout faire tomber. C'est Berthold.

— Je suis arrivée, je le rassure.

— OK. Et ?

— Rien. Je suis encore dans la rue, à cinquante mètres, je dirais, mais je n'ai jamais été très douée pour évaluer les distances.

— *Move* ! Tu as fait le plus dur.

Je ne le contredis pas, mais je suis loin de partager son avis.

— Prépare l'alcool fort.

— Pourquoi ?

— Pour l'éventualité où ça se passe mal… et puis, je ne suis même pas sûre qu'il soit là. Si ça se trouve, il va laisser le soin à Cat de m'accueillir.

Un claquement soudain m'agresse le tympan.

— Pardon ! dit Berthold. On décore l'appart, mais Gaspard a tendance à trop gonfler les ballons.

L'intéressé objecte en arrière-fond.

— Et si ça se passe bien ? poursuit Berthold en riant.

— Dans ce cas, vous serez en tête à tête pour la Saint-Sylvestre.

— Que Dieu me vienne en aide, plaisante-t-il. Ton colocataire me regarde comme si j'étais son dessert.

— Il faut dire que tu es très séduisant avec ta barbe de *hipster*.

— Ouais, fous-toi de moi.

J'entends Gaspard qui me crie « Ne rentre pas ! ».

— De toute façon, il y a quatre-vingt-dix-neuf pour cent de chances que je revienne, panique pas.

— Agent L ?

— Hum ? je fais en reniflant.

— Je parie, et je prie, pour le un pour cent restant. Je croise les doigts pour toi. Gaspard et moi, on trinquera à ta santé.

— Merci, agent B.

— *You're welcome.*

Je raccroche, les mains moites, malgré le froid. Je relis le SMS, en souriant à la faute qu'il a faite.

Je veux te remboursé, Liv. Tu peux venir à la maison, le 31 décembre à 14 heures, s'il te plaît ?

Dans tous les précédents messages, il n'y en avait pas. Je ne pense pas que ce soit l'émotion qui ait causé cette erreur. Je crois surtout que c'est Naya qui est à l'origine de ce texto. Je ne sais pas trop ce que ça signifie, mais cela me donne un soupçon d'espoir. La fameuse étincelle, fragile, mais brillante.

Après plusieurs inspirations, je prends mon courage à deux mains et parcours la distance qui me sépare de la maison de Solal. Quand je me retrouve sur le trottoir d'en face, je remarque alors la pancarte « À vendre » accrochée à la barrière. On dirait qu'il y a du changement, par ici…

C'est l'heure. Je jette un coup d'œil rapide au blockhaus. Je n'ai pas pris les clés, car je n'ai plus rien à y faire. Mon aventure à la *Newport Beach* a été un fiasco. Cette maison ne me ressemble pas et ce que j'y ai vécu a été mon trampoline, une manière de rebondir vers autre chose.

En dépit du froid, il fait un temps magnifique en cette veille de nouvelle année. Le soleil brille d'une lumière éclatante dans un ciel rempli de nuages cotonneux. Ça me donne très envie d'aller sur la plage, respirer l'air du grand large.

Je sonne. Deux fois. Je frappe, mais pas de réponse. Je suis tentée de rebrousser chemin pour retrouver les garçons à l'appartement, fêter le Nouvel An et inscrire dans mes bonnes résolutions « Oublier Solal ». Ce serait tellement plus simple. Mais je ne peux pas renoncer maintenant. Je sais que Solal cherchera de toute façon à me rembourser, donc autant me débarrasser de cette formalité le plus rapidement possible.

Je ne devrais sans doute pas, mais j'appuie sur la poignée. Elle n'est pas fermée.

— Il y a quelqu'un ? Solal ?

Visiblement, le comité d'accueil a oublié que je venais. Le fauteuil de Léo est vide, la télé éteinte. Le robinet de la cuisine goutte lentement dans l'évier en inox. La poubelle de recyclage pleine d'une quantité non négligeable d'emballage d'Hubba Bubba attend d'être vidée. Des décorations de Noël ornent les étagères et les placards, ajoutant de la couleur et des paillettes à cet intérieur sobre. Je dépose mes paquets sous le petit sapin qui trône au milieu du salon. Je pivote sur moi-même et me souviens de la première fois que je suis entrée dans cette maison : mes impressions, mon envie de me jeter sur Solal. Aujourd'hui, il règne une odeur de conifère, d'after-shave et de bougie. Et surtout il n'y a personne. Malgré ça, j'aime cet endroit chaleureux et familier, je m'y sens plus chez moi que dans l'immense demeure d'à côté.

Je m'apprête à ressortir pour appeler Solal ou Cat, quand je le vois par la fenêtre. J'ouvre la porte arrière et m'avance sur la terrasse. Je plisse les yeux, mets la main en visière, mais il n'y a pas de doute, je reconnaîtrais sa silhouette entre mille. Dos à moi, Solal se tient face à la mer, les deux mains dans les poches de son jean. Il en a retroussé le bas pour tremper ses pieds dans l'eau qui doit pourtant être très froide.

Une famille avec deux enfants se promène non loin. À quelques maisons de là, des chiens jouent dans les vagues et un petit garçon dirige un cerf-volant avec l'aide d'une vieille dame.

Il est douloureux de constater que notre histoire va se finir à l'endroit exact où elle a commencé. Je resserre les pans de ma redingote, glacée de l'intérieur, et rejoins celui qui tient mon cœur entre ses mains. Je ne sais pas si Solal m'entend arriver, mais il ne bouge pas.

— Ne compte pas sur moi pour venir te repêcher, je tente de plaisanter, la gorge serrée. Je n'ai pas de combinaison sous ma robe.

Il tourne la tête et me scrute, stupéfait.

— Tu es là ? Mais… il est quelle heure ?

— L'heure du rendez-vous que tu m'as fixé.

Le vent ébouriffe ses cheveux blonds et fait claquer les pans de la chemise bleue qu'il porte par-dessus un T-shirt blanc. Son visage ne garde plus trace de coups. Je suis heureuse de savoir que ses créanciers ont récupéré l'argent sans le maltraiter davantage. Je détourne les yeux pour moi aussi fixer l'horizon.

— Qu'est-ce que tu regardes ?

— Le vide.

— Et qu'est-ce qu'il te dit ?

— Ça ne dit rien le vide, ça annihile.

Un gros nuage passe devant le soleil, tamisant la lumière de nos retrouvailles.

— Ce n'est pas moi qui ai envoyé le message, admet-il.

— Je m'en suis doutée.

— Naya et Léo ont conspiré dans mon dos pour te faire revenir.

— Tu étais au courant, néanmoins.

— Je l'ai vu après, oui. J'ai tellement eu envie de le faire moi-même à de multiples reprises que je n'ai pas jugé bon de rectifier. Ce message, je l'ai tapé des centaines de fois, presque autant que j'ai composé ton numéro avant de raccrocher. J'ai même cherché à savoir où tu habitais et puis je me suis dégonflé. J'avais trop honte de la façon dont je t'ai traitée. J'ai été tellement cruel et injuste envers toi !

Solal parle d'une voix assurée. Je sens qu'il essaye de ne pas flancher et qu'il a maintes fois répété les mots qu'il prononce. Aujourd'hui, que ce soit ce que j'ai envie d'entendre ou pas, il ira jusqu'au bout.

— Je ne pourrai jamais te remercier assez de m'avoir prêté l'argent, dit-il en s'avançant d'un pas dans l'eau.

— Je ne sais pas de quoi tu parles.

— Liv…

Il me jette un regard par-dessus son épaule.

— Arrête de nier. En plus, il y avait beaucoup trop.

Je rougis jusqu'aux oreilles.

— Tu ne m'as pas dit combien tu devais ! je m'exclame, me rendant aussitôt compte de mon erreur. Oups !

J'aperçois un faible sourire sur son visage avant qu'il se retourne vers la mer.

— Je peux d'ores et déjà t'en rendre une partie et pour le reste, tu ne devrais pas attendre longtemps.

— J'ai vu que vous vendiez la maison.

— Depuis que je leur ai tout raconté sur mes problèmes d'argent, Léonard dit qu'il ne veut plus vivre ici, qu'entendre la mer est trop difficile, que voir Naya ressembler de plus en plus à Céleste lui est insupportable. Il demande qu'on le place. Il ment. Ce vieux fou ment.

— Il fait ça pour vous.

— Je le sais. Et c'est ce qui m'a ouvert les yeux. Dans sa folie, il est plus clairvoyant que moi ! Et Naya a été jusqu'à inventer une allergie à l'eau de mer pour justifier qu'on devait déménager.

Je ris doucement, malgré mes yeux qui se remplissent de larmes. Solal s'avance encore un peu plus dans l'eau. Il en a maintenant jusqu'aux genoux. Je retiens mon souffle.

— Je suis désolé, poursuit-il. Je voulais t'accueillir à ton arrivée, mais je suis venu ici pour parler à Céleste et elle m'a retenu un peu plus longtemps que prévu.

— Pourquoi voulais-tu me voir, Solal ? Juste pour l'argent ?

Il baisse le visage. J'ai tellement envie de le ramener sur la plage tout contre moi. Comme il l'a fait avec moi lors de notre rencontre.

— Je l'aimais tellement, Liv. Je l'aimais à en mourir.

La première chose qui me vient à l'esprit est de lui avouer que je l'aime à en vivre, mais je lui ai déjà offert mon amour. Solal sait. Je ne peux pas faire plus. C'est à lui de cesser de vivre dans le passé et de choisir le présent. D'accepter.

De lourdes larmes coulent sur mes joues, mais le vent les repousse dans mes cheveux. Je balbutie :

— Je sais que tu aimais Céleste…

— Je t'aime encore plus, affirme Solal en se tournant vers moi.

Je ravale les sanglots qui menaçaient de me submerger. Je ne suis pas sûre d'avoir compris ce qu'il vient de dire. Je m'approche, fébrile.

— Je croyais que je ne méritais pas d'être heureux avec toi, m'explique Solal, j'avais l'impression de trahir Céleste. Il m'a fallu du temps pour comprendre qu'elle ne m'en aurait jamais voulu de t'aimer si fort. Pour tout te dire, je suis sûr qu'elle t'aurait adorée. Je pensais que je ne me remettais pas de sa mort, alors que sans m'en apercevoir le temps avait fait son œuvre.

Quand une vague me pousse, je réalise que Solal m'a attirée à son niveau. Nous sommes immergés tous les deux jusqu'à mi-cuisses et la marée monte. Le monde pourrait tout aussi bien disparaître, je ne m'en apercevrais pas ; le froid n'a pas d'emprise sur moi. Cœur contre cœur, nous bougeons au gré du courant, à l'unisson.

— Quand tu es partie, j'ai redécouvert ce que c'était que de vivre dans la souffrance. Avoir mal à chaque respiration, à chaque seconde qui passe sans pouvoir te parler, te voir ou te toucher. C'est ton départ dont je ne me remets pas, Liv. Tu as ramené un équilibre à ma vie, et si tu me laisses, tout s'effondre. Je m'effondre.

À fleur de peau, je frémis de sentir les mains de Solal sur mon visage, dans mon cou… Il m'entoure de ses bras et sa détermination m'enveloppe. Il n'y a aucune hésitation dans ses propos ni dans ses yeux. J'y lis un horizon libre.

— Qu'est-ce que vous faites ?

Solal et moi tournons la tête vers Naya qui se tient sur la plage avec Plagg dans les bras. Dans ses iris pétille une lueur espiègle. Elle affiche un sourire triomphant. Près de la maison, je vois Cat et Léo qui nous font des signes. Je leur rends leur salut, le cœur au bord de l'implosion.

— On essaye d'attraper des poissons, répond Solal, imperturbable.

— Pourquoi ? Tatie a acheté des Captain Iglo !

Son père n'aurait pas eu l'air plus outré si elle s'était pointée en maillot pour nous rejoindre.

— Chez moi, on mange du vrai poisson, jeune fille, et je pense qu'on va en acheter un énorme au marché pour que tatie le désarête toute seule !

— Je peux aller lui dire ? demande Naya.

— Je t'en prie.

Elle commence à s'éloigner, avant de se retourner et de répliquer :

— C'est sûr qu'il va falloir en acheter un au marché, de toute façon, parce que vous n'allez rien pêcher comme ça.

Solal sourit en coin, sans me lâcher du regard.

— Qui t'a dit ça ?

— Pépé. Il m'a expliqué plusieurs moyens d'attraper du poisson… Et se faire des câlins, ça n'en fait pas partie.

Cette fois, j'explose de rire.

— File ! lui ordonne Solal en ricanant également.

— Je suis trop contente que tu manges avec nous, Liv ! crie Naya en trottinant vers sa tante et son arrière-grand-père.

Solal enfouit son visage dans mes cheveux, puis il me soulève, repousse les flots de ses grandes jambes et me pose sur le sable sec. La douceur dont il fait preuve contraste avec la première fois où il m'a prise dans ses bras.

— Tu te souviens quand tu m'as dit que tu avais eu le coup de foudre pour moi ? demande Solal, la bouche si proche de mon oreille qu'il la caresse de son souffle.

— Oui.

— Pas moi. Quand je t'ai vue dans l'eau, vêtue de cette robe de mariée d'un autre temps, j'ai ressenti quelque chose, mais je ne savais pas ce que c'était. Je suis tombé amoureux de toi petit à petit. Jour après jour. Et à chaque seconde qui s'écoule, je t'aime encore plus. À chaque sourire que tu m'offres, je suis le plus heureux des hommes. Chaque fois que tu caresses tes taches de rousseur en réfléchissant, mon cœur s'arrête de battre. Tout ce que tu es, dis ou fais me fait t'aimer davantage. Entre nous, il fallait tout ça, tous ces moments pour créer un lien qui résistera au temps. C'était le seul moyen pour arrimer mon cœur au tien pour toujours. J'ai guéri de la mort de Céleste, je ne le savais pas encore, c'est tout. J'étais prêt pour toi, pour ton amour immense et la joie que tu répands partout où tu passes. J'étais prêt pour nous.

J'effleure sa peau. Je touche son torse, son cœur qui bat sous mes doigts, sa respiration, je veux m'assurer que tout ça est bien réel. Il serre mes mains dans les siennes et nous regardons ses tatouages qui parlent d'une autre vie.

— Je n'écrirai pas ton prénom à l'encre noire, dit-il en plongeant ses prunelles dans les miennes. Ni maintenant, ni jamais je l'espère, parce que mes tatouages représentent le passé. Toi, tu es mon avenir. Crois-moi quand je te dis que je t'ai dans la peau, je n'ai pas besoin de te dessiner dessus.

— Alors tu as choisi ton camp ? Tu acceptes d'être imparfait ? Parce que moi, c'est exactement comme ça que je t'aime.

Il pose une main sur ma joue et m'embrasse avec douceur sur le nez…

— Je choisis les imperfections.

Sur les yeux…

— Je choisis la vie.

Sur le front…

— Je choisis Naya.

Sur la bouche…

— Et je te choisis, toi.

29. Émotion

Sept ans plus tard

Le brouhaha des conversations et le match de foot diffusé à la télé constituent un bruit de fond qui comble le silence entre nous. Ce n'est pas un silence gênant. Au contraire, il est rempli de rêves, de promesses et de peut-être. Solal me sourit de l'autre côté de la table du café où nous sommes assis, même s'il semble nerveux. L'odeur du chewing-gum rose qu'il mâche frénétiquement me parvient et je souris à mon tour.

Depuis ce matin, honnêtement, je n'arrive pas à faire autre chose, de toute façon. Je suis tellement heureuse ! Quand Solal a traversé la maison en coup de vent, un siège auto sous le bras, des rouleaux de Hubba Bubba tombant de chacune de ses poches, et cherchant son portefeuille qu'il venait de mettre dans le frigo, c'était irrésistible. Naya et moi l'observions, amusées.

Naya… Je lui jette un coup d'œil, à côté de moi. Elle pianote sur son téléphone qui est devenu l'extension de sa main. Elle paraît calme, peut-être même un peu distante, mais je sais qu'il n'en est rien. La semaine dernière, elle nous a traînés dans six magasins avant de trouver la peluche coccinelle qui lui convenait. Elle l'a glissée dans le sac à dos qui gît à ses pieds et je sais qu'elle est impatiente de l'offrir. Chignon flou, silhouette élancée, Naya est devenue une adolescente adorable, prévenante et un peu insolente. Par moments, elle rend dingue Solal, mais je suis là pour compenser et garder la communication ouverte.

Solal attrape ma main et la serre, sans me lâcher du regard. Je pose ma tasse de thé et embrasse tendrement ses doigts tatoués. Mon homme. Mon mari. Celui qui partage ma vie dans ce qu'elle a de plus beau et parfois de plus difficile.

Cela fait bien longtemps qu'il n'a pas été aussi nerveux ; il faut dire, le pauvre, qu'entre l'annonce et les quinze ans de sa fille qui approchent à grands pas, il a de quoi s'angoisser en tant que père. Pour l'instant, je garde le secret à propos du nouveau petit ami de Naya, ça risquerait de faire trop.

Moi, je ne suis pas inquiète, nous allons traverser cette étape comme nous avons abordé les précédentes : ensemble. Solal a besoin de ma force et de ma certitude que tout ira bien, comme j'ai besoin de lui pour garder la tête sur les épaules. Je crois pouvoir affirmer que nous avons trouvé le parfait équilibre.

Solal consulte sa montre, puis se met à tourner son alliance avec nervosité. Naya l'apaise en posant sa main sur la sienne, sans même lever les yeux de son portable. Moi, je repense à notre mariage, quelques mois à peine après la vente de la maison de la plage. Nous l'avons célébré en petit comité, contrairement aux désirs de mon père de faire ça en grande pompe avec des milliers d'invités. Il n'y avait que nos proches, des litres de vin, de la bonne bouffe, les étoiles dans le ciel et l'amour qui circulait entre nous.

Tant de choses ont changé depuis ce jour heureux !

Je ne suis pas encore une autrice et illustratrice renommée, mais j'en vis, ce qui est un pas de géant pour moi. J'ai commencé par des petits contrats, j'ai fait des cartes postales et des logos pendant un certain temps. Mon roman graphique est resté assez confidentiel, mais le livre pour enfants que j'ai publié par la suite a remporté un succès d'estime. Solal est toujours ma muse et je pense me lancer bientôt dans un roman pour adultes plus… sexy.

Après avoir vécu dans un appartement pendant plus d'un an, nous avons acheté et retapé une ancienne maison de pêcheur. Elle n'est pas en front de mer, mais dix minutes de marche suffisent pour atteindre la plage. Elle est modeste et chaleureuse. Nous en avons fait un nid douillet où les amis et la famille aiment nous rendre visite. Gaspard et Jalil, son compagnon, passent quasiment tous les week-ends pour discuter, boire un verre et taquiner Naya avec ses histoires de cœur. Gaspard est toujours en froid avec son père, mais le mien, contre toute attente, a joué un grand rôle dans sa vie et l'a beaucoup aidé. Je suis persuadée que la générosité et la gentillesse de Gloria ont fini par déteindre sur lui.

Berthold rentre chaque année pour les fêtes, les bras chargés de cadeaux hors de prix. En bon *work addict*, il n'a toujours personne dans sa vie, mais je ne désespère pas de le voir trouver chaussure à son pied. Cat n'a pas non plus de relation stable. Elle est bien trop occupée à voyager. Elle est partie il y a plusieurs mois pour un tour du monde en solo, ce qui n'arrange pas le stress de son frère jumeau. Sa consommation de Hubba Bubba a explosé.

— Liv ?

Je cligne des yeux et reviens dans le présent. Solal se lève en prenant une profonde inspiration, puis ouvre grand ses bras pour que Naya et moi nous y blottissions. Il embrasse mes taches de rousseur, puis les cheveux de sa fille.

— Vous êtes prêtes ?

Nous acquiesçons. Dans quelques minutes, nous allons récupérer notre petite fille et la ramener chez nous. Je vais être maman, pour la seconde fois. Contrairement à la première, j'ai eu beaucoup plus de temps pour m'y préparer. Les démarches ont été longues et fastidieuses, mais ça en valait la peine. Et pour tout dire, je n'ai pas vu le temps passer. Solal et moi avions notre vie à vivre, notre amour à savourer et des projets plein la tête et le cœur ; pas le temps de s'ennuyer.

Ninon, notre nouvelle petite coccinelle, est entrée dans notre vie le jour où Léo l'a quittée. À quelques minutes d'intervalle, nous avons reçu l'appel de la résidence où vivait Léonard depuis quelques années pour nous annoncer son décès et celui de l'agence pour nous parler de Ninon. Je me plais à croire que c'est lui qui nous l'a envoyée.

Impatiente de rejoindre sa petite sœur, Naya pousse la porte du café et la douce lumière de ce merveilleux début d'automne nous enveloppe. Main dans la main, Solal et moi marchons en retrait, retardant encore un peu la joie qui va nous submerger d'ici quelques minutes. Nous échangeons un regard, nous n'avons pas besoin de nous parler pour savoir ce qu'il nous reste à faire.

Veillés par ceux qui nous ont accompagnés un bout du chemin, nous n'avons qu'à poursuivre notre route et nous aimer le plus fort possible, pour leur rendre hommage.

Remerciements

Ce premier merci s'adresse à toi qui tiens mon livre entre tes mains. Merci d'avoir plongé dans l'histoire de Liv et Solal et merci de leur avoir donné vie dans ton esprit. J'espère qu'ils ont su t'émouvoir et te faire rire avec Naya, Léonard, Gaspard et tous les autres.

N'hésite pas à venir me donner de leurs nouvelles, je serai ravie d'en discuter avec toi !

Sur Facebook : facebook.com/Laureline.Maumelat/

Sur instagram : instagram.com/laurelinemaumelat

Par mail : laureline33@hotmail.com

En deuxième, il me paraît évident de remercier chaleureusement toute l'équipe de chez HarperCollins France, Sophie Lagriffol en tête, ainsi que Serieously et Alana Scott, pour cette magnifique opportunité de voir mon livre sortir en librairie.

Merci à Roxane, mon éditrice, avec qui nous avons travaillé main dans la main pour offrir la meilleure version de *Never Let You Go*.

Vient ensuite ma *dream team*, toutes ces femmes et autrices de talent qui m'entourent, m'aident et me soutiennent dans les moments joyeux comme dans ceux où le syndrome de l'imposteur me tarabuste !

Caro Handon, pour sa détermination et sa gentillesse.

Caro Mélu, pour sa poésie et sa douceur.

Amelia Pacifico, pour son soutien sans faille et son cœur gros comme ça.

Tatiana Dublin, pour son intelligence et sa perspicacité.

Line Carazachiel, pour son souci du détail et sa générosité.

Anne-Estelle Dal Pont, merci d'avoir lu ma première version

et merci pour tes conseils avisés malgré tes propres manuscrits qui t'attendaient, merci de ton amitié.

Elodie Bonpert, merci de m'avoir lue, merci pour tes retours toujours pertinents, merci de papoter de mes histoires avec moi pour que j'y voie plus clair.

Merci à ceux qui soutiennent l'histoire de Liv et Solal depuis le début. Merci à Leïla Gally de m'avoir poussée à la finir. Merci à ceux qui suivent mes aventures littéraires quelles qu'elles soient.

Enfin, *last but not least*, merci à ma famille, mes parents, mon frère et tous les autres qui sont toujours à mes côtés pour m'encourager. Merci à mes trois petits lutins, qui ne sont malheureusement plus si petits. Merci à mon amoureux à moi qui m'inspire toutes ces belles histoires.

Composé et édité par HarperCollins France.

Achevé d'imprimer en octobre 2021.

FIRMIN-DIDOT

à Mesnil-sur-l'Estrée (Eure)

Dépôt légal : novembre 2021.

Pour limiter l'empreinte environnementale de ses livres, HarperCollins France s'engage à n'utiliser que du papier fabriqué à partir de bois provenant de forêts gérées durablement et de manière responsable.

Imprimé en France